SOUVENIRS D'UN AVEUGLE,

VOYAGE

AUTOUR

DU MONDE.

3

SOUVENIRS D'UN AVEUGLE,

VOYAGE

AUTOUR

DU MONDE

PAR

M. J. Arago,

Troisième édition,

OUVRAGE ENRICHI

De soixante Dessins coloriés, de Notes scientifiques,
et des Portraits de MM. J. Arago et F. Arago.

TOME TROISIÈME.

PARIS,

GAYET ET LEBRUN, LIBRAIRES-ÉDITEURS,

6, RUE DES PETITS-AUGUSTINS.

—

1840.

4

MADAME FREYCINET.

On lisait un jour dans tous les journaux de la capitale :

« La corvette *l'Uranie*, commandée par M. Freycinet, a quitté la rade de Toulon et a mis à la voile pour un grand voyage scientifique qu'elle va entreprendre autour du monde. L'état-major et l'équipage sont animés du meilleur esprit, et la France attend un heureux résultat de cette campagne, qui doit durer trois ou quatre ans au moins. »

Puis on ajoutait :

« Un incident assez singulier a signalé le premier jour de cette navigation. Au moment d'une forte bourrasque qui a accueilli la corvette au large du cap Sépet, on a vu sur le pont une toute petite personne, tremblotante, assise sur le banc de quart, cachant sa figure dans ses deux mains et attendant qu'on voulût bien la reconnaître et l'abriter, car la pluie tombait par torrents et le vent soufflait par rafales. Cette jeune et jolie personne, c'était madame Freycinet, qui, sous des habits de matelot, s'était furtivement glissée à bord, de sorte que, bon gré mal gré, le commandant de l'expédition se vit forcé d'accueillir et de loger l'intrépide voyageuse, dont la tendresse ne voulait point que son mari courût seul les dangers d'une pénible navigation. »

La veille on avait lu aussi :

« La corvette *l'Uranie,* qui allait partir pour un voyage de circumnavigation, a été incendiée dans l'arsenal de Toulon ; heureusement personne n'a péri dans le désastre. »

On lut encore :

« Le lieutenant de vaisseau Leblanc, désigné pour faire partie de l'état-major de *l'Uranie,* a été forcé, pour cause de maladie, de demander son débarquement. »

Ainsi se font les journaux, ainsi se remplissent leurs colonnes.

Eh bien ! rien de tout cela n'était vrai, ou du moins il y avait là, côte à côte, la vérité et le mensonge.

L'Uranie avait mis à la voile; un violent orage avait
salué sa sortie de la rade de Toulon; madame Freycinet, fort bien abritée sous la dunette, était à bord du
consentement de son mari; presque tout le monde le
savait; une belle frégate incendiée, dit-on, par la
malveillance avait été sabordée et coulée bas dans
un des bassins de l'arsenal, et une maladie ne fut pas
le motif pour lequel le lieutenant de vaisseau Leblanc,
l'un des plus braves, des plus habiles et des plus
instruits des officiers de la marine française, n'entre-
prit pas la campagne avec nous, qui nous étions fait
une douce habitude de le voir et de l'aimer.

Dès que le premier grain qui pesa sur le navire eut
passé, l'état-major fut mandé chez le commandant,
et là nous fut présentée notre compagne de voyage.

Une femme, une seule et jolie femme au milieu de
tant d'hommes aux sentiments souvent excentriques,
une constitution faible et débile parmi ces charpentes
de fer qui avaient à soutenir tant de luttes contre les
éléments déchaînés, l'étrangeté même de ces contrastes, un organe doux et timide, vibrant comme une
corde de harpe, étouffé sous ces voix rauques et
bruyantes qu'il faut bien entendre en dépit de la lame
qui se brise et des cordages qui sifflent, une silhouette
suave et onduleuse s'accrochant à toutes les manœuvres pour combattre les mouvements assez réguliers du roulis et les soubresauts plus saccadés du
tangage, tout cela faisait péniblement réfléchir quiconque osait reposer sa pensée sur une situation si peu
ordinaire; et puis des yeux inquiets, regardant avec

prière le nuage noir à l'horizon, en opposition avec
ces prunelles menaçantes qui disent à la tempête
qu'elle peut lancer ses fureurs ; et puis encore la pos-
sibilité d'un naufrage sur une terre sauvage et déserte ;
la mort du capitaine, exposé ici autant que les matelots, et plus exposé peut-être ; une révolte, un combat,
des corsaires, des pirates, des anthropophages, que
sais-je ! tous les incidents, escorte inséparable des
navigations à travers toutes les régions du globe ; n'y
avait-il pas là cent motifs d'admiration pour une jeune
femme qui, par tendresse, acceptait tant de chances
horribles ? Pourtant il en fut ainsi.

Notre première visite au gouverneur de Gibraltar
eut quelque chose de gêné, de timide ; le commandant présenta sa femme à milord Don, et comme madame Freycinet avait encore son costume masculin,
son excellence sembla piquée de cette espèce de mascarade fort peu en usage sur les navires anglais : c'est là
du moins, d'après un des officiers de la garnison, le
prétexte sinon le motif du froid accueil qui nous fut
fait.

Quoi qu'il en soit, à partir de là madame Freyci-
cinet reprit ses vêtements de femme, et sa naïve et
décente coquetterie y gagna beaucoup. Ses promenades sur le pont étaient fort rares, mais quand elle
s'y montrait, l'état-major, plein d'égards, abandon-
nait le côté du vent et lui laissait le champ libre, tandis qu'en delà du grand mât, les chansons peu ca-
tholiques faisaient halte à la gorge, et les énergiques

jurons de quinze à dix-huit syllabes , qui amusent les
diables dans leur éternelle marmite, expiraient sur
les lèvres des plus intrépides gabiers. Madame Freycinet alors souriait sous sa fraîche cornette de cette
retenue de rigueur imposée à tant de langues de feu ,
et il arrivait souvent que ce même sourire qui voulait
dire *merci,* différemment interprété sur le gaillard
d'avant, donnait l'essor à une nouvelle irritation
joyeuse, de façon que la parole sacramentelle et dé-
moniale vibrait à l'air et arrivait sonore et corrosive
jusqu'à la dunette ; une bouche toute gracieusement
boudeuse pressait alors ses deux lèvres fines l'une
contre l'autre ; deux yeux distraits et troublés regardaient couler le flot qu'ils ne voyaient pas, ou étu-
diaient le passage des mollusques absents, et l'oreille
qui avait fort bien entendu feignait d'écouter le bruissement muet du sillage. Vous comprenez l'embarras
de tout le monde : il était comique et dramatique à la
fois. Le capitaine n'avait pas le droit de se fâcher ;
nous , de l'état-major , nous étions trop sérieusement
occupés de nos graves travaux de la journée pour rien
observer de ce qui se passait à nos côtés ; les matelots les plus goguenards se parlaient *assez à voix
basse* pour faire entendre leurs quolibets de la pou-
laine au couronnement ; les maîtres cherchaient par
leurs gestes , moins puissants que leurs sifflets , à imposer silence aux bavards orateurs ; et madame Freycinet rentrait dans son appartement sans avoir rien
compris aux *manœuvres* du bord , se promettant bien
de venir le moins souvent possible *jouir* comme nous

du beau spectacle de l'Océan, dont nulle belle âme ne
peut se lasser.

Ce n'est pas tout. Dans un équipage de plus de cent
matelots, tous les caractères se dessinent avec leurs
couleurs tranchées, avec leurs âpres aspérités. Là,
rien n'est hypocrite ; défauts, heureuses qualités et
vices s'échappent par les pores, et l'homme est sur un
navire ce qu'il n'est pas autre part. Le moyen, je vous
le demande, de se travestir en présence de ceux qu'on
ne quitte jamais ?... La tâche serait trop lourde ; il y
a profit à s'en affranchir, il y aurait honte et bassesse
à le tenter.

Parmi les marins que voilà, vivant si pauvrement,
si douloureusement, vous en comptez un bon nombre
qui n'accepteraient un service de vous qu'à charge de
revanche, à titre de prêt. La plupart refuseraient tout
avec rudesse, mais sans hauteur, et quelques-uns,
sans honte comme sans humilité, disposés à vous
donner leur vie à la première occasion, iront à
vous, le front haut, la parole claire et brève, et vous
diront : « J'ai soif, un verre de vin si ça vous va. »
Vous connaissez Petit, taillé comme le portrait que
j'esquisse ; eh bien, ce brave garçon n'était pourtant, sous ce rapport, que le numéro deux de *l'U-
ranie* : Rio était le numéro un. Donc, ce Rio, sur
qui j'aurais tant de choses à vous dire et dont je ne
veux pas réveiller la cendre, regardait comme un jour
de fête la présence de madame Freycinet sur le pont,
et dès que l'élégante capote de satin blanc se dessinait
sur le vert tendre des parois de la dunette, Rio se pré-

sentait et disait en tirant de l'index et du pouce une mèche de ses rares cheveux :

— Vous êtes bien belle, madame ! belle comme une dorade qui frétille ; mais ça ne suffit pas : quand on est aussi belle, il faut être bonne, et ça ne dépend que de vous. C'est aujourd'hui mon anniversaire (chaque jour était l'anniversaire de la naissance de Rio), j'ai soif, bien soif ; l'air est lourd, je viens de la barre du grand cacatois, ousque j'étais en punition, et me v'là ; j'ai soif, humectez-moi le gosier, Dieu vous le rendra en pareille occasion, et Rio vous dira *merci*.

— Mais, mon enfant, cela te ferait mal, cela te griserait.

— Fi donc ! madame la commandante, jamais je ne me suis grisé.

— Jamais, dis-tu ?

— Jamais ! Soûlé, oui, à la bonne heure ! mais le reste... fi donc ! c'est tout au plus bon pour un pilotin. Et puis, si ça arrivait par hasard, si une lame venait et vous emportait brusquement, eh bien ! je serais là pour me f..... à l'eau et vous sauver, en vous empoignant par vos beaux cheveux, sauf votre respect.

— Allons, soit ; tu es trop éloquent, tu t'emportes, je vais te donner une bouteille ; mais j'espère que tu en garderas la moitié pour demain.

— Si je vous le promettais, ce serait une blague ; je boirai tout, et ça ne sera guère.

Madame Freycinet faisait alors son cadeau, le matelot sautait, et il y avait de la joie dans une âme.

Hélas! Rio paya cher son amour du vin. Un jour que, plus ivre que de coutume, il chantait ses refrains grivois sur le pont, il tomba par la grande écoutille et se tua. Il râlait encore quand Petit, qui lui tenait la main, se prit à sourire, croyant encore son noble camarade dans un délire bachique.

— Voilà, gredin, ce que rapporte l'ivrognerie, dis-je à mon vieil ami.

— Eh! monsieur, n'est-ce pas la plus belle mort du monde? Il ne m'en arrivera pas autant à moi, à moins que vous n'y mettiez bon ordre.

Quand un pauvre matelot, dans la batterie, luttait contre les tortures de la dyssenterie ou du scorbut, madame Freycinet ne manquait jamais de s'enquérir de la position du malade, et les petits pots de confitures voyageaient çà et là avec la permission du docteur.

Le soir, assis sur la dunette pour les causeries intimes qui nous rapprochaient de notre pays, combien de fois n'avons-nous pas mis fin à nos caquetages pour savourer les doux accords de madame Freycinet s'accompagnant de la guitare, et faisant des vœux pour que son mari, qui chantait un peu moins agréablement que Rubini et Duprez, lui permît les honneurs et les risques du solo. Mais sur ce point il est juste et douloureux d'ajouter que nous n'étions pas souvent exaucés.

Si le temps, gros d'orage, disait à l'officier de quart que les voiles devaient être carguées et serrées, si le terrible commandement de *amène et cargue! laisse por-*

ter! retentissait éclatant et bref et que le matelot en alerte veillât partout, la jolie voyageuse, l'œil sur les carreaux de sa petite croisée, suivait le gros et noir nuage qui passait, et interrogeait l'horizon pour s'assurer que le danger n'existait plus. C'était de la peur, si vous voulez, mais une peur de femme, une peur sans lâcheté, une frayeur de bon ton, si j'ose m'exprimer ainsi ; on voyait parfois rouler une larme dans un regard de velours et sur une joue pâle, mais cette larme pouvait se montrer sans honte et trahir l'émotion sans faire soupçonner le regret du départ. Tout cela était touchant, je vous jure.

Dans les relâches, madame Freycinet recevait les hommages des autorités en femme du monde qui sait à son tour rendre une politesse et qui s'efface volontiers au profit de tous. Chez une femme, la modestie est souvent de l'héroïsme.

Ce fut un jour bien douloureux pour elle que celui où, partant de l'Ile-de-France et passant à contrebord d'un navire qui venait du Havre, nous apprîmes, quelques heures plus tard, à Bourbon, que le trois-mâts de qui nous avions reçu le salut d'usage portait au Port-Louis sa sœur, qui s'y rendait comme institutrice, et à qui elle ne put pas même presser la main.

Vous comprenez que pendant les relâches difficiles, dans les pays sauvages, où les regards étaient effrayés de certains tableaux odieux, madame Freycinet se trouvait constamment reléguée à bord, et l'on devine si cette vie de couvent aurait dû être pénible pour celle

qui n'eût pas accepté dès le jour du départ tous les
sacrifices dont elle avait d'avance mesuré la grandeur.

Et pour tant d'ennuis, de fatigues, de dangers, pour
tant de misères, quelle récompense acquise? quelle
gloire?

Hélas! que lui importe, à cette femme courageuse,
enlevée si jeune à ses amis et à ses admirateurs, qu'on
ait donné son nom à une petite île d'une lieue de diamètre au plus, à un rocher à pic entouré de récifs,
que nous avons découvert au milieu de l'océan Pacifique?

Voilà tout, cependant... un écueil dangereux signalé
aux navigateurs. N'est-ce pas là aussi peut-être la morale du voyage de madame Freycinet? N'est-ce pas un
triste et utile enseignement pour toute hardie voyageuse
qui serait tentée de suivre ses traces?

Un rocher couronné d'un peu de verdure porte le
nom de la patronne de notre angélique compagne de
périls; ce rocher est signalé sur les cartes nautiques
récentes et complètes : il s'appelle *Ile-Rose;* chacun de
nous l'avait baptisé en passant : que les navigateurs le
saluent avec respect!

Vint enfin le jour fatal à la corvette, le jour où, au
milieu d'un élan rapide, elle s'arrêta tout à coup, incrustée dans une roche sous-marine qui ouvrit sa quille
de cuivre et la fit tomber, douze heures plus tard, sur
un de ses côtés sans qu'elle pût jamais se relever. Je
vous parlerai de cette triste et sombre journée lorsque je vous aurai fait visiter avec moi l'archipel des
Sandwich, Owhyée, Wahoo, Mowhee, le Port-Jak-

son, la partie est de la Neuvelle-Hollande, les montagnes bleues et le torrent de Kinkham ; je vous raconterai ce désastreux épisode de notre naufrage après que je vous aurai fait traverser, de l'ouest à l'est, tout d'une haleine, le vaste océan Pacifique ; lorsque je vous aurai montré ces masses imposantes de glaces que les tempêtes australes détachent des montagnes éternelles du pôle ; lorsque je vous aurai signalé le terrible cap Horn avec ses déchirures et ses rochers taillés en géants ; lorsque je vous aurai fait entendre les terribles hurlements de la tempête qui nous arracha de la baie du Bon-Succès pour nous jeter sur les Malouines, froid cercueil de notre navire en débris.

Mais que je vous dise dès à présent que ce jour si funeste fut un jour d'épreuve pour tous, et que madame Freycinet se retrempa au péril. Triste, souffrante, mais calme et résignée, elle attendit la mort qui nous embrassait de toutes parts sans jeter au-dehors le moindre cri de faiblesse. L'eau nous gagnait, les pompes avaient beau jouer, nous pouvions compter les heures qui nous restaient à vivre. J'entrai dans le petit salon, une jeune femme priait et travaillait.

— Eh bien ! me dit-elle, plus d'espoir ?

— L'espoir, madame, est le seul bien que nous ne perdons qu'à notre dernier soupir.

— Quel mal se donnent ces braves gens !... et quelles horribles chansons au moment d'être engloutis !

— Laissez-les faire, madame, laissez-les agir, ces chansons leur donnent du courage : ce n'est pas de l'impiété, c'est une bravade à la mer, c'est une menace

contre une menace, c'est une insulte au destin. Mais
soyez tranquille, si un malheur arrivait, si vous étiez
condamnée à survivre à votre mari, ces braves gens,
madame, vous respecteraient comme on respecte une
femme vertueuse, ils se jetteraient à vos genoux comme
aux genoux d'une madone! Courage donc, je vais leur
apporter des secours, c'est-à-dire de l'eau-de-vie.

Et madame Freycinet recevait dans sa chambre
quelques débris échappés à l'Océan, et elle gardait re-
ligieusement pour tous les biscuits à demi noyés qu'on
retirait des soutes envahies, et elle voyait passer sans
trembler les barils de poudre ouverts auprès desquels
brûlaient des falots et des lanternes, et elle oubliait son
malheur particulier dans le désastre général. Madame
Freycinet était une femme vraiment courageuse.

Hélas! ce que les tempêtes n'ont point fait, ce que
n'ont pas fait les maladies les plus dangereuses des climats pestilentiels, le choléra s'est chargé de le faire à
Paris, et la pauvre voyageuse, la femme énergique,
l'épouse dévouée, la dame aimable et bienfaisante, a
quitté cette terre qu'elle avait parcourue d'une extrémité à l'autre!

Paix à elle!

ILES CAROLINES.

J'ai remarqué qu'en fait de voyages surtout, le hasard venait toujours en aide à celui qui voulait voir et
s'instruire, et ce hasard est presque toujours une
bonne fortune. Si je n'avais couru après la lèpre, je
n'aurais pas, à coup sûr, rencontré sous mes pas cette
jeune Dolorida si suave, morte au milieu des bénédictions de tout un peuple. Ainsi de mes autres recherches. Est-ce connaître le monde que de le parcourir ? Non, sans doute. Le caissier d'un millionnaire
peut être pauvre ; celui-là seul qui possède est riche , et

se promener en fermant les yeux ou en regardant toujours à ses pieds, c'est rester en place, c'est ne point
bouger de son fauteuil.

Pour ma part, si j'ai tant de choses à raconter, c'est
que je me suis dit en partant qu'il fallait envisager un
retour comme une chose probable. Aussi ai-je visité
bien des îles où le navire n'a point mouillé. Dès qu'on
arrivait dans un port, je m'enquérais du temps nécessaire aux observations astronomiques; je faisais mes
provisions, je prenais un guide ou je m'en allais au
hasard, comptant sur ma bonne étoile, et je m'enfon-
çais dans les terres, et je m'acheminais en compagnie
de sauvages, que je gagnais par mes présents, mes
jongleries et surtout par ma confiance et ma gaieté,
visitant les archipels voisins au milieu des dangers
sans nombre sous lesquels ont succombé tant d'explorateurs. Quand ma tâche était remplie, je retournais
au mouillage, où je furetais encore de côté et d'autre
afin de compléter mon œuvre incessante d'investigation.

Ici, par exemple, j'étais trop avide de ce qui pouvait avoir rapport aux bons Carolins pour que je les
perdisse un seul jour de vue. Je savais où ils pre-
naient leurs repas, et j'allais souvent leur apporter
des vivres et quelques bagatelles; la maison où ils s'a-
britaient lorsqu'ils avaient hissé leurs embarcations
sur la plage était la maison où j'assistais, le soir, à
leurs prières, si pieusement psalmodiées, et je les avais
trop bien jugés en passant au milieu de leur archipel
pour ne pas chercher à me convaincre qu'il n'y avait

rien, en effet, de trop honorable pour eux dans le jugement que nous avions déjà porté de leur caractère.
Leur franchise et leur loyauté furent telles alors qu'il
leur arrivait souvent de jeter à bord les objets qu'ils
nous proposaient en échange de nos petits couteaux
et de nos clous; que, sans crainte de nous voir partir
en les frustrant de nos bagatelles, ils nous lançaient
sur le pont les pagnes, les coquillages, les hameçons
en os qu'ils nous montraient de loin et que nous pa-
raissions désirer. Les échanges une fois acceptés, jamais nous n'en avions vu un seul se plaindre du mar-
ché; et si, feignant de vouloir être trompés, nous leur
présentions un objet plus beau ou plus estimé que celui qu'ils convoitaient, ils s'empressaient d'ajouter
quelque chose à leur part, comme s'ils craignaient
qu'il n'y eût erreur de notre côté, ou de peur que
nous ne les accusassions d'indélicatesse ou de fripon-
nerie.

En vérité, cela est doux à l'âme que l'aspect de ces
braves gens, purs, honnêtes et humains, au milieu
de tant de corruption, de bassesse et de cruauté.

J'ai dit que le hasard devait me protéger dans mes
recherches, et je fus servi à souhait dans cette circonstance comme en mille autres. Voici des détails curieux et authentiques :

Un des pilotes les plus expérimentés des Carolines,
un des plus chauds amis du généreux tamor qui m'a-
vait sauvé la vie devant Rotta, était établi à Agagna
depuis deux ans, dans le but seul de protéger ceux de
ses compatriotes qui, à chaque mousson, viennent

Guham attirés par le commerce. Il parlait assez passablement l'espagnol, et il nous donna sur son archipel et les mœurs de ses compatriotes tous les détails que nous eûmes à désirer. Il parlait, je traduisais sur le papier.

— Pourquoi venez-vous si souvent aux Mariannes?

— Pour commercer.

— Qu'apportez-vous en échange de ce qui vous est nécessaire?

— Des pagnes, des cordes faites avec les filaments du bananier, de beaux coquillages qu'on vend ici aux habitants d'un autre monde (les Européens), et des vases en bois. Nous, nous prenons des couteaux, des hameçons, des clous et des haches.

— Ne craignez-vous jamais de prendre les vices du pays?

— Qu'en ferions-nous?

Méditez cette admirable réponse.

— Votre pays est donc pauvre?

— On a de la peine à y vivre; mais nous ne manquons pourtant jamais de poisson.

— Avez-vous des coqs, des poules, des cochons?

— Presque pas.

— Pourquoi ne tentez-vous pas d'en nourrir?

— Je ne sais; nous avons cependant essayé, mais ça ne nous a pas trop réussi.

— Est-ce le hasard qui vous a fait venir aux Mariannes?

— On dit chez nous que c'est un pari de deux pilotes. Une femme devait appartenir à celui qui irait

le plus loin avec son pros-volant ; tous deux arrivèrent
à Rotta et s'y arrêtèrent.

— A leur retour, à qui appartint la femme ?

— A tous les deux.

— Auquel des deux d'abord ?

— Notre histoire ne le dit pas.

— Dit-elle au moins si les deux navigateurs retrou-
vèrent aisément leur pays ?

— Oui, très-aisément, comme nous le retrouvons
aujourd'hui.

— Perdez-vous beaucoup de vos embarcations dans
ces voyages si souvent répétés ?

— Oui, une ou deux chaque cinq ou six ans.

— Mais ce sont là des bonheurs inouïs !

— Vous savez comme nous naviguons, comme
nous nageons et comme nous relevons nos pros quand
ils ont chaviré. Et puis, nous avons nos prières aux
nuages qui nous sauvent.

— C'est juste ! je l'avais oublié.

Toujours la religion dans leur vie !...

— Comment vous guidez-vous en mer ?

— Avec le secours des étoiles.

— Vous les connaissez donc ?

— Oui, les principales, celles qui peuvent nous
aider.

— N'en avez-vous pas une surtout sur laquelle vous
vous reposez avez plus de confiance ?

— Si, c'est *ouéléouel,* autour de laquelle toutes les
autres tournent.

Nous étions stupéfaits.

2

— Qui vous a appris cela ?

— L'expérience.

Et là-dessus, à l'aide de grains de maïs que nous fîmes apporter, le savant tamor plaça la polaire (*ouéléouel*), fit pirouetter les autres étoiles de la grande-ourse autour, figura sur une table avec une exactitude qui aurait fait bondir de surprise et de joie un certain astronome français dont le nom ne m'est pas étranger, et manœuvra cette roulante armée avec une justesse et une précision admirables : c'était à qui d'entre nous lui témoignerait le plus d'amitié, à qui lui prodiguerait le plus de marques d'affection.

Mais ce qui prouve que ces hardis pilotes n'agissent point par routine et que le calcul seul les guide, c'est qu'après nous avoir signalé un astre à l'aide d'un grain de maïs plus gros que les autres, en nous faisant entendre par des ft, ft, ft répétés, que c'était aussi le plus brillant, il se ravisa et nous fit observer qu'il avait oublié Sirius, qu'il appela sœur de Canapus, sans doute afin de nous dire qu'elles étaient rivales de clarté.

— Mais, reprîmes - nous avec une curiosité inquiète, lorsque les nuages vous cachent les étoiles, comment retrouvez-vous votre route ?

— A l'aide des courants.

— Cependant les courants changent.

— Oui, selon les vents les plus constants, et alors nous étudions la fraîcheur de ceux-ci, qui nous indique d'où ils viennent.

— Nous ne comprenons pas fort bien ce que vous dites.

— Si nous étions en mer, je vous le ferais comprendre.

— Vous avez une aiguille aimantée, une boussole?

— Nous en avons une ou deux dans tout l'archipel, mais nous ne nous en servons pas.

— C'est cependant un guide infaillible.

— Nous sommes aussi infaillibles que cet instrument. La mer est notre élément; nous vivons sur la mer et par la mer; nos plus belles maisons sont nos pros-volants; nous les poussons contre les lames les plus hautes, nous leur faisons franchir les récifs les plus serrés et les plus dangereux, et nous ne sommes gênés qu'en arrivant à terre.

La nuit était avancée; le bon et aimable Carolin nous demanda la permission d'aller retrouver sa femme; mais il ne partit pas sans avoir reçu de nous des témoignages d'une estime bien méritée.

Le lendemain de cette séance nautique et astronomique, nous fîmes de nouveau inviter le tamor si intelligent à une soirée chez le gouverneur, car nos investigations n'étaient point achevées. Il fut exact; comme un bon bourgeois, il s'assit familièrement auprès de nous et parut flatté de notre empressement à le revoir.

C'est une chose bizarre, je vous assure, que l'entrée dans un salon d'un homme, d'un roi nu, absolument nu, alors que tout le monde est couvert de vêtements européens. Le voilà gai, sautillant, point gêné dans ses allures ! Il nous serre la main, il nous frappe sur l'épaule, il nous cajole; il n'est pas chez vous; c'est vous, au contraire, qu'on dirait être chez lui, et s'il s'apercevait d'un seul mouvement qui exprimât un sentiment de pitié ou de commisération, son orgueil d'homme libre se révolterait assez haut pour vous faire comprendre qu'il a droit d'être blessé de votre vanité.

Après qu'il eut accepté deux tranches de melon d'eau, dont il paraissait très-friand, nous le priâmes de nous indiquer avec du maïs, comme il l'avait fait la veille pour les étoiles, le gisement des diverses îles de son archipel; il comprit à merveille, forma le groupe des Carolines, désigna chaque île par son nom, nous montra celles dont les atterrissages étaient faciles et celles que protégent et défendent de dangereux récifs. En un mot, il fut d'une exactitude admirable et si, par hasard, il avait commis une erreur, il la rectifiait après réflexion et calcul. Au surplus, ses connaissances nautiques allèrent plus loin; l'intelligent tamor nous parla du vaste océan Pacifique en homme qui avait puisé à des sources certaines; mais je me hâte d'ajouter, de crainte que quelque navigateur ne s'y laisse prendre, que les Carolins font remonter leur archipel jusqu'aux Philippines, tandis qu'à Guham on appelle les îles Sandwich *Carolines du nord*. Au milieu de ces descriptions toutes rapides, et dont nous ne perdions ni un mot ni un geste, le tamor s'arrêta tout court et baissa la tête en nous désignant Manille. Et quand nous lui eûmes demandé le motif de cette brusque interruption, il nous dit avec une tristesse mêlée d'effroi qu'à côté de Manille était une petite île nommée Yapa, peuplée d'hommes méchants, d'anthropophages ; qu'une de leurs embarcations était venue chez eux il y a déjà bien longtemps, qu'avec leurs *pac* (fusils) ils avaient tué bien du monde et qu'ils s'étaient même emparés de femmes et d'enfants, qu'ils avaient sans doute mangés. Comme nous avions peine à croire à la vérité de son récit, nous lui demandâmes encore s'il ne confondait pas et s'il était bien sûr que ce fût d'Yapa qu'étaient venus ces hommes méchants.

— Si, si, nous répondit-il en serrant les poings comme pour exprimer une menace.

— N'avez-vous jamais été attaqués par des Papous?

— Si, si, Papous méchants.

— Et par des Malais?

— Si, si, Malais méchants; mais jamais ils ne sont venus jusqu'à nous.

— Quand on vous attaque, comment vous défendez-vous?

— Avec des pierres et des bâtons; et puis nous nous jetons dans nos pros, nous prenons le large et nous prions les vents et les nuages de tuer nos ennemis.

— Croyez-vous que les vents et les nuages vous exaucent?

— C'est sûr, on n'a pas vu deux fois les mêmes hommes dans nos îles.

— Pourquoi vont-ils chez vous, puisque vous n'êtes pas riches?

— Les vents les y portent.

— Vous voyez donc bien que les vents ne vous sont pas toujours secourables !

— Parce que nous ne l'avons pas tout à fait mérité. Quand nous avons été punis pour nos fautes, les méchants s'en retournent, et c'est alors sur eux que la colère de Dieu retombe.

— Vous pensez donc qu'on punit les bons par les méchants ?

— Ça est bien vrai ; les bons ne peuvent vouloir punir personne.

— Pas même les méchants ?

Le tamor réfléchit un instant et ne répondit pas.

— Y a-t-il chez vous des écoles publiques pour les garçons et pour les filles ?

— Au moins une dans chaque village.

— Qu'y apprend-on ?

— A prier, à faire des pagnes, à nouer des cordes, à les tresser, à construire des pros, des maisons, à connaître les étoiles et à naviguer.

— Quel est l'instituteur de toutes ces choses ?

— Presque toujours le plus vieux de l'endroit, qui en sait plus que tous les autres.

— Est-ce qu'on n'y montre pas aussi à lire et à écrire ?

— Non, cela n'est pas utile selon nous.

— Nous pensons le contraire, nous autres, et, sans

l'écriture, nous ne pourrions pas raconter fidèlement
à nos amis tout ce que vous nous apprenez en ce
moment.

— Peut-être aurez-vous tort de le leur dire, car, si
notre pays leur plaît et qu'ils veuillent y venir, il n'y
aura pas assez de vivres pour eux et pour nous.

— Oh! soyez tranquille sous ce rapport, nul n'y
viendra.

— Ils sont donc bien heureux là-bas?... Eh bien!
tant mieux.

L'on comprend que si nous n'insistâmes point pour
démontrer au tamor les bienfaits de l'écriture, ce fut
surtout afin de ne pas lui donner trop de regrets. Et
cependant voici un échantillon de leur style et de leur
façon de transmettre au loin leurs pensées :

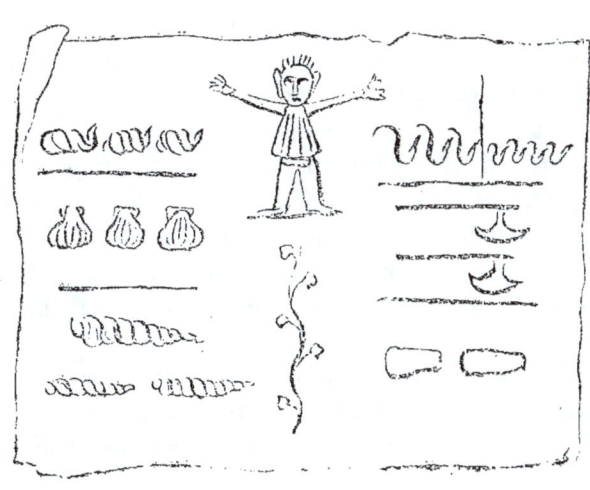

On y voit que les hiéroglyphes sont de tous les pays,
qu'eux seuls peut-être ont inspiré les Phéniciens, et
que l'écriture, comme la parole, est une nécessité de
tous les peuples.

Les caractères de cette lettre singulière sont tracés
en rouge. La figure du haut de la page était là pour
envoyer des compliments ; les signes placés dans la
colonne à gauche indiquaient le genre des coquillages
que le Carolin envoyait à M. Martinez ; dans la colonne
à droite étaient figurés les objets qu'il désirait en
échange : trois gros hameçons, quatre petits, deux
morceaux de fer taillés en hache et deux autres un peu
longs. M. Martinez comprit, tint parole et reçut cette
même année, en témoignage de reconnaissance, un
grand nombre de jolis coquillages dont il m'a fait
cadeau.

Après que nous eûmes achevé de questionner notre
logique nautonnier, il se leva précipitamment et s'é-
lança vers la porte pour aller recevoir sa femme et sa
fille, arrivées depuis peu de Sathoual, et qu'il nous
montra avec un air de jubilation tout à fait comique.
Elles étaient *vêtues* comme le tamor, et leur pudeur
ne paraissait nullement en souffrir. Peut-être, hélas! de
leur côté nous plaignaient-elles de nous voir envelop-
pés si grotesquement et si lourdement dans nos pantalons, nos habits et nos redingotes, sous un soleil si
chaud.

La reine avait sur sa physionomie un caractère de
douceur et de souffrance qui lui allait à merveille ;
elle était jaune presque autant qu'une Chinoise, tatouée

des bras et des jambes seulement; ses yeux, bien fendus, regardaient avec tristesse, et sa bouche, fort
petite et ornée de dents très-blanches, laissait tomber
de rares paroles pleines d'harmonie.

Petit à petit cependant elle s'anima et devint plus
causeuse; je crois même qu'elle demanda à son mari
la permission de danser, que celui-ci lui refusa en
disant que nous avions déjà été témoins de leurs fêtes
nationales.

Apercevant sur le mur l'image de la Vierge, la
bonne femme nous pria de lui dire ce que c'était que
cette belle personne; nous lui répondîmes que c'était
la mère de notre Dieu, et elle sollicita la faveur d'aller
lui donner un baiser, ce qu'elle fit sans attendre notre
réponse; mais elle descendit de la chaise où elle s'é-
tait hissée avec une humeur bien marquée contre la
femme qui avait été insensible à ses caresses.

Quant à la jeune fille, à l'aspect du portrait *véritable* du roi d'Espagne, assez proprement encadré,
elle nous demanda aussi pourquoi on avait coupé la
tête à cet homme et pourquoi on l'avait mise dans une
boîte.

Cependant, comme la mère ne cessait de regarder
avec intérêt la Vierge des douleurs, je lui donnai à
entendre que je faisais de ces femmes-là à mon gré,
et que si elle le voulait, je lui en offrirais deux ou trois
de ma façon avant mon départ. Oh! alors peu s'en
fallut que les caresses de la reine ne devinssent par trop
pressantes; elle me prenait la tête, jetait ses beaux
cheveux sur ma figure, frottait son nez contre le mien,

s'asseyait sur mes genoux et me gratifiait de petites
claques sur les joues, sans que son mari se montrât
le moins du monde fâché de tant et de si vifs témoignages d'affection et de reconnaissance. O maris européens, quelles leçons vous recevez dans ce nouveau
monde !

La religion de ces peuples, hélas ! est comme toutes
les religions du globe, même comme celle des farouches
Ombayens, qui, après avoir déchiré la chair des vivants, professent un grand respect pour la cendre des
morts. Elle offre de singulières anomalies, contre lesquelles le bons sens et la raison ne se donnent pas la
peine de protester. Mais ce peuple seul peut avoir créé
le principe général qui suit, auquel il s'abandonne
avec une foi si ardente :

Quand l'homme a été bon sur cette terre, c'est-à-
dire quand il n'a pas battu sa femme, l'être faible à
qui il doit sa protection ; quand il n'a pas volé du fer,
la chose la plus utile aux besoins de tous, il est changé après sa mort en nuage et il a la puissance de venir
de temps à autre visiter ses frères, ses amis, sur lesquels il répand sa rosée ou vomit ses colères, selon
qu'il est content de leur vie. N'est-ce pas là une
heureuse fiction ?

Quand le Carolin a été méchant, à savoir quand il a
volé du fer et battu sa femme, il est changé après sa
mort en un poisson qu'ils nomment *tibouriou* (requin),
lequel est sans cesse en lutte avec les autres. Ainsi,
chez eux, la guerre est la punition des méchants.

Je ne jette pas un regard sur ces êtres qui m'entourent sans me surprendre à les aimer tous les jours davantage.

Ai-je bien compris, ou cette pensée leur appartient-elle, ou ont-ils déjà adopté les croyances des Espagnols, avec lesquels ils sont fréquemment en contact? Ils ont *trois* dieux : le *père*, le *fils* et le *petit-fils*. Ces trois dieux, comme en un tribunal, jugent leurs actions, et la majorité l'emporte. D'après eux, un seul pourrait se tromper. Au surplus, dans leurs petites querelles, trois arbitres sont également choisis, et il ne serait pas impossible que ce point de leur religion ne fût un reflet de leurs usages. Puisque nous ne pouvons nous élever jusqu'à Dieu, il faut bien, dans notre incommensurable orgueil, que nous le fassions descendre jusqu'à nous.

Je vous l'ai dit, je crois, mon adresse pour les tours d'escamotage est telle que Comte s'en est montré parfois jaloux. A ces jeux bien innocents, à ces puérilités, si vous voulez, je gagnais souvent ce que mes camarades ne pouvaient obtenir avec leurs riches cadeaux, et presque toujours dans mes courses, ou chez moi, une cour nombreuse m'entourait en me priant de l'amuser.

Un jour que, pleins d'enthouisasme, mes spectateurs me regardaient comme un être supérieur aux autres hommes, je leur dis que, grâce à ce merveilleux talent, que je préconisais (car la modestie ajoute au mérite), je m'étais sauvé des dents de certains anthropophages qui, sans ce secours inespéré, m'auraient dévoré, ainsi que huit ou dix de mes camarades de course.

Là-dessus j'ajoutai à l'énergie de mes paroles l'énergie de mes gestes et de ma physionomie, et je ne saurais dire de quel sentiment d'horreur et d'intérêt ces braves gens me parurent pénétrés. A l'envi l'un de l'autre, ils se levaient, me serraient la main, m'embrassaient, reniflaient sur mon nez, et peu s'en fallut qu'ils ne m'adorassent comme un de leurs dieux. Mais l'impression de ce récit fut si vive, si profonde dans leur âme, qu'une semaine après un tamor, dépêché par ses sujets et amis, vint me chercher dans le salon du gouverneur pour me demander, tout tremblant, si le pays où j'avais placé le lieu de la scène était éloigné de leur archipel. Je le rassurai de mon mieux, je lui dis que les Ombayens n'avaient point de marine, qu'ils ne sortaient jamais de leur île et que les bons Carolins n'avaient rien à craindre de leur férocité.

Enchanté de mes confidences, le tamor me pria d'accepter un bâton admirablement travaillé, et alla vite transmettre mes paroles rassurantes à ses compatriotes alarmés.

Le soir, quand je les revis, ils m'entourèrent de nouveau et prononcèrent plusieurs fois avec frayeur le mot *papou*, ce qui me donna à comprendre qu'on les avait déjà épouvantés de l'humeur brutale de ce peuple, et que peut-être aussi quelque pirogue de cette nation poussée par les vents aurait abordé aux Carolines. Ce qu'il y a de certain, c'est qu'on trouve encore des anthropophages sur certaines parties de la côte de la Nouvelle-Guinée.

Les Carolins ont un goût particulier pour les or-nements, ils se parent de colliers, de folioles de co-cotier tressées avec beaucoup d'art; ils se font aussi de fort jolis bracelets, et le manteau des tamors est également orné de bandelettes dont le bruissement perpétuel est passablement monotone. Une ceinture faite en papyrus ou en écorce battue de palmiste ou de bananier leur couvre les reins, mais les femmes sont absolument nues. Je fis cadeau à la belle reine que je vis à Tinian d'un joli madras; elle l'utilisa au profit de sa pudeur et me remercia de ma générosité avec une affection toute pleine de confiance.

Plaignez ce peuple de sa détestable habitude de se percer les oreilles à l'aide d'un os de poisson, d'y sus-pendre un objet dont le poids augmente chaque jour, et de faire descendre le cartilage jusque sur les épau-les. L'extravagance est de tous les pays.

Je fus un jour témoin d'un fait assez curieux et qui prouve combien, en certaines occasions, le respect des Carolins est grand pour les tamors qu'ils se sont donnés. Après un repas de fruits et de poissons fait sur le r vage, deux jeunes gens montèrent sur un co-cotier et en descendirent des fruits. Arrivés au sol, il y eut altercation pour savoir à qui les ouvrirait; des paroles on en vint aux menaces, des menaces on al-lait en venir aux coups, car la colère est une passion de tous les hommes. Plus les Carolins voulaient apaiser les deux adversaires, plus l'ardeur de ceux-ci, qui s'é-

taient armés de deux galets qu'ils brandissaient avec fureur, devenait violente. Tout à coup le tamor Sathoual,
qui m'avait conduit à Tinian, arrive; il voit de loin
le combat près de s'engager, il pousse un cri, jette en
l'air un bâton pareil à celui qu'il m'avait donné quelques jours avant; aussitôt l'effervescence des deux Carolins se calme, ils s'arrêtent comme frappés de la
foudre, les pierres leur tombent des mains, ils jettent
l'un sur l'autre des regards de pardon et s'embrassent
avec un tendresse toute fraternelle.

Je remarquai encore que pendant le repas, qui se
continua sans qu'on reparlât de la scène si merveilleu-
sement assoupie, les deux champions se servaient tour
à tour et buvaient alternativement dans le même vase,
quoiqu'ils en eussent plusieurs à leur service.

Une autre fois, un jeune Carolin s'étant enivré avec
cette liqueur si capiteuse que les Mariannais tirent du
coco, un de ses camarades le prit par le bras, le conduisit dans un lieu solitaire, sous un bouquet de bananiers, le posa doucement sur le gazon, le couvrit
entièrement de larges feuilles, s'assit à côté et ne
quitta la place que lorsque son ami eut recouvré ses
sens et sa raison. Tous deux ensuite se dirigèrent vers
la mer, qui était fort houleuse, s'y précipitèrent, et,
après une demi-heure d'exercice, ils regagnèrent le
rivage, où ils prononcèrent, accroupis et avec leurs
gestes accoutumés, les prières qu'ils ont l'habitude
d'adresser aux nuages. Il y a à parier que c'était une
invocation au ciel pour chasser la passion honteuse
qui venait d'abrutir un homme. Au reste, après tou-

tes ces cérémonies, dont le sens moral ne peut échapper à l'observateur attentif, c'étaient toujours des cris, des trépignements fiévreux, des chants monotones et de chauds frottements de nez, dont ils font usage en toutes circonstances. On dirait que la vie de ces braves insulaires est une caresse perpétuelle.

Deux enfants de six ans au plus se trouvaient parmi les Carolins venus à Guham, et c'est, je vous assure, une chose touchante à voir que l'affection de tous pour ces petits êtres encore sans forces, à qui l'on cherche à donner une précoce intelligence.

J'ai vu un jeune homme fort leste grimper sur un cocotier avec la rapidité de l'écureuil, ayant un de ces bambins sur l'épaule, et arrivé à la cime, l'y déposer et l'amarrer à une branche flexible pour l'habituer au péril en le forçant à regarder à ses pieds. Mais c'est surtout dans les leçons de natation qu'il faut étudier la patience et l'adresse de ces insulaires si curieux et si intéressants. Ils jettent l'enfant à l'eau et lui laissent boire une ou deux gorgées, ils le soulèvent, le poussent, le placent sur leur dos, plongent pour lui apprendre à se soutenir seul, le ressaisissent, le font cabrioler, et il est rare qu'après quelques séances le timide élève ne devienne pas un maître habile et audacieux. Les deux *gamins* dont j'ai parlé n'étaient jamais les derniers à affronter les lames mugissantes, et dans leurs évolutions nautiques, c'était toujours eux qui couraient le plus au large, sans pourtant que leurs pères ou leurs amis, plus expérimentés, les perdissent de vue.

Le peuple carolin n'est pas de ceux que l'on quitte
avec empressement. Avec lui la curiosité n'est jamais
complétement satisfaite ; curiosité de la science , curiosité de cœur, y trouvent de beaux et nobles enseignements qui vivent impérissables. Je vous défie d'étudier
un Carolin pendant une journée sans l'aimer, sans l'appeler votre ami. Notez bien que je ne vous parle point
de leurs femmes , car elles seraient incomprises chez
nous. On les quitte avec des larmes , on les retrouve
avec un sourire , larmes à vous et à elle , sourire à elle
et à vous. Mais la course est longue encore , il faut que
je me hâte. Les individus que nous avons eus devant
les yeux pendant notre relâche à Guham n'offraient
entre eux, quant au physique, aucun caractère de ressemblance. En général , ils sont grands , bien faits , lestes ,
pleins de vivacité; ils sautillent en marchant , ils ges-
ticulent en parlant ; ils sourient toujours , même lorsqu'ils grondent, et surtout lorsqu'ils prient. Comme ils
ne demandent à leur Dieu que ce qui leur paraît juste ,
ils espèrent , et l'espérance est une joie.

Dans la vie privée, il y a parmi eux égalité parfaite.
Les tatouages , c'est-à-dire la puissance , disparaissent,
et le tamor n'est tamor que pour protéger et défendre
contre les passions et les éléments.

Il y a tant de nuances dans la couleur des Carolins
qu'on ne les dirait pas enfants du même climat : les
uns sont bruns seulement comme les Espagnols ; les
autres presque jaunes comme les Chinois ; ceux-ci
rouges comme les Bouticoudos du Brésil, ceux-là ter-
reux ; mais le plus grand nombre sont cuivre-jaune et

cuivre-rouge. Nul n'a les traits du nègre ou du Papou, nul n'a le moindre rapport avec le Sandwichien ou le Malais. Leur front est large, ouvert, couronné d'une chevelure admirable; leurs yeux, un peu coupés à la chinoise, ont une vivacité extraordinaire; leur nez est presque chez tous aquilin, leur bouche bien accentuée, leurs dents très-blanches, leurs jambes et leurs bras dans de belles proportions et parfaitement en harmonie avec l'allure souple et légère qui les distingue.

Les deux reines que j'ai trouvées aux Mariannes, l'une à Guham, l'autre à Tinian, avaient entre elles une telle ressemblance qu'on les eût prises pour deux sœurs. Je ne m'y trompais pourtant pas, moi; les dessins de celle de Tinian étaient infiniment plus réguliers, et sa physionomie avait un sentiment de douceur et de bienveillance qui vous allait à l'âme.

La musique des Carolins n'est point, à proprement parler, une musique, puisqu'elle n'a guère que deux notes ou trois au plus; c'est en quelque sorte un échange de monosyllabes ou de mots très-courts, souvent brusque, rapide, souvent aussi lent et monotone; on dirait des demandes et des réponses préparées d'avance, des bottes portées et parées coup sur coup. Dix ou douze chanteurs, réunis en rond, entonnent souvent une de leurs chansons, le premier répond au second, le second au troisième; puis le quatrième interroge le premier, lequel reçoit une riposte du cinquième, et ainsi de suite; de telle sorte qu'il serait parfaitement exact de dire que leur chant

est l'image de leur danse des bâtons, ou plutôt encore
que c'est une danse parlée.

Quant au sens des paroles prononcées, j'ai vainement interrogé là-dessus le tamor astronome : ou il
n'a pas voulu me répondre, ou il ne l'a pas pu d'une
manière satisfaisante. Seulement il m'a dit que ces
chansons étaient anciennes, que leurs pères les leur
avaient léguées, qu'elles étaient arrivées traditionnelle-
ment jusqu'à eux, et que leurs enfants ne les oublie-
raient pas à leur tour. N'avons-nous pas aussi dans une
grande partie de nos provinces des refrains, des romances, des virelets incompris de nos jours? Au surplus, don Luis de Torrès a traduit un des cha ts carolins, et il m'assura qu'il vantait les douceurs de la
maternité. J'aurais bien été surpris d'apprendre que
ce fussent des chants de guerre.

Le major don Luis de Torrès, qui, après le gouverneur, était le premier personnage de la colonie, et
qui nous servait d'interprète dans les diverses séances
avec les Carolins, alors que notre intelligence se
trouvait en défaut, acheva de nous donner, dans un
récit fort simple, tous les renseignements que nous pa-
rûmes désirer sur l'état actuel de l'archipel des Carolines, sur les mœurs de ses habitants, et sur certaines
cérémonies dont il avait été témoin oculaire. Il y a là,
je crois, un puissant intérêt pour le lecteur. J'écris
presque sous la dictée de don Luis.

Un navire (*Maria de Boston*), capitaine Samuel
Williams, expédié de Manille, par ordre du gouver-
neur-général, pour reconnaître l'état des Carolines,

mouilla devant Guham, où il prit quelques individus
capables de recueillir les renseignements les plus utiles
aux progrès de l'archipel qu'on voulait régénérer.
Don Luis de Torrès fit partie de cette expédition et
visita plusieurs îles, riches de végétation, mais pauvres
par la direction que les naturels donnaient à leurs habitudes de mer. Il ne trouva presque nulle part ni
chèvres, ni cochons, ni poules, ni bœufs; les insulaires ne vivaient que du produit incertain de leur
pêche, de noix de coco et de quelques racines peu
nourrissantes. Leur activité était merveilleuse; ils se
levaient dès le point du jour, et il fallait que la houle
fût bien haute pour les empêcher de lancer au large
leurs pros-volants; le reste de la journée était consa-
cré à la réparation et à la construction des pirogues.
Leurs femmes sont, en général, beaucoup mieux
que celles des Mariannes : elles ne mâchent ni tabac
ni bétel, ne fument jamais et ne vivent que de poissons, de cocos et de bananes, dont elles s'abstiennent
cependant dès la veille du jour où leurs maris vont
entreprendre un long voyage.

Les maisons sont bâties sur pilotis, très-basses et
composées de quatre ou cinq appartements fort spa-
cieux. Dès qu'ils ont été sevrés, les enfants ne couchent jamais dans la chambre de leur père, et les
filles sont toujours séparées des garçons.

Don Luis croit que le frère peut épouser la sœur, et
j'ai entrevu dans les réponses aux questions qu'il a
faites à ce sujet que ces mariages étaient préférés aux
autres. Il ne garantit pas toutefois l'exactitude de son

assertion. Pendant son séjour aux Carolines, il n'a été témoin d'aucun combat ni d'aucune querelle ; les seules larmes qu'il ait vues couler furent des larmes d'amour et de regret.

On le prévint un soir qu'on allait célébrer les funérailles du fils de Mélisso, mort depuis deux jours, et que la cérémonie funèbre commencerait au lever du soleil. Il s'y rendit. Le cortége était composé de tous les habitants de l'île, qui d'abord, dans le plus profond silence, s'acheminèrent vers la demeure attristée de leur ancien chef. Les hommes et les femmes étaient confondus, sans que les familles fussent séparées. On permit à don Luis d'entrer dans l'appartement où on tenait enfermé le fils de Mélisso, enveloppé dans des nattes amarrées avec des cordes de cocotier. A chaque nœud flottaient de longues touffes de cheveux, sacrifice volontaire des parents et des amis du défunt. Le vieux roi était assis sur une pierre, où reposait aussi la tête de son fils. Ses yeux étaient rouges, son corps couvert de cendres. Il se leva dès qu'il vit un étranger, s'avança vers lui, le prit par la main et dit avec l'accent de la plus vive douleur :

« Ces restes adorés sont ceux de mon fils, de mon fils, plus habile que nous tous à manœuvrer un *prosvolant* au milieu des récifs les plus dangereux ! Lui, ce fils adoré de Mélisso, n'a jamais levé une main impie sur sa femme ; jamais il n'aurait volé du fer, lui, et dès demain peut-être il viendra dans un beau nuage passer sur nos têtes, pour nous dire qu'il est content des larmes d'amour que nous avons répandues sur

lui. Le fils de Mélisso était le plus fort et le plus adroit
de l'île. N'est-ce pas qu'il était aussi le plus brave ?
S'il eût été vivant lorsque les méchants d'Yapa sont
venus pour tuer nos frères et enlever nos femmes, ils
ne seraient point repartis avec leurs conquêtes, car le
fils de Mélisso, armé du bâton et de la fronde, les eût
forcés à se rembarquer !

» Maintenant il n'est plus, mon fils tant adoré !
Pleurons tous, couvrons-nous de cendres, brûlons ses
restes précieux, de peur qu'ils ne soient attaqués par
les animaux de la terre ! Qu'avec la flamme qui puri-
fie, il monte là-haut, là-haut ! Et puisse-t-il ne jamais
venir nous visiter, pour lancer sur nos belles îles ses
colères et ses tempêtes ! »

Puis, se rapprochant du cadavre, qu'on allait
brûler :

« Adieu ! dit-il ; adieu, mon enfant ! Ne t'attriste
pas de m'avoir quitté, car je sens à ma douleur que je
ne tarderai pas à te rejoindre et à te prodiguer encore là-haut les tendres embrassements, les douces caresses que je te donnais ici avec tant d'amour !

» Adieu, fils de Mélisso ! Adieu, toute ma joie !
Adieu, ma vie ! »

Dès que le corps, porté par six chefs, fut hors de
l'appartement, le peuple poussa jusqu'au ciel des cris
de désespoir ; les uns s'arrachaient les cheveux, les
autres se donnaient de grands coups sur la poitrine,
tous répandaient des larmes. Le cadavre fut déposé
dans une pirogue et y resta toute la journée. Un
vieillard vint offrir au roi une noix de coco ouverte,

et celui-ci, en l'acceptant, *se condamna à vivre* pour le bonheur de ses sujets. Après le coucher du soleil, la dépouille mortelle fut brûlée, les cendres mises dans le pros et portées sur le toit de la maison du défunt. Le lendemain le peuple parut ne pas se ressouvenir de la scène de la veille. Expliquez de semblables contrastes !

Après la mort du roi, l'autorité passe toujours dans les mains du fils, si le plus âgé des vieillards, qui ne le quitte presque point, le juge digne de la souveraineté. Jamais la femme ou les sœurs du roi n'en ont hérité.

Toutes les îles Carolines sont basses, sablonneuses, mais très-fertiles. C'est sans doute à quelque superstition que les habitants doivent le malheur de ne vouloir nourrir ni porcs ni volailles. Dans le voyage que j'ai fait avec eux, j'ai remarqué que c'était pourtant sur ces animaux qu'ils tombaient avec le plus de voracité. Le jour n'est peut-être pas éloigné où ils sentiront tous les inconvénients d'un usage que la pauvreté de leur pays aurait dû leur faire mépriser, mais auquel ils tiennent peut-être par la sainteté de quelque promesse solennelle.

L'expérience, qui est pour tous les hommes une seconde nature, leur a appris à se défier des audacieuses entreprises de quelques voisins ennemis du repos des peuples ; mais les seules armes qu'ils leur ont opposées sont les frondes. L'art avec lequel ils les tressent prouvent malheureusement qu'ils ont été souvent contraints d'en faire usage ; mais leurs batailles sont presque toujours très-peu meurtrières et ne coûtent aux vaincus que de

légères contusions ou la perte d'une touffe de cheveux.

Patience! la civilisation marche, les peuples primi-
tifs s'effacent, et le fer et le bronze remplaceront bientôt chez les Carolins le bâton et la fronde : les armes
sont un écho fidèle des passions des hommes.

J'ai dit les Mariannes et les Carolines, sœurs hospitalières, parentes sous tant de rapports ; viennent maintenant d'autres terres, d'autres archipels, et le courage
ne me faillira pas pour de nouvelles études.

5

EN MER.

Un Aumônier. — M. de Quélen.

Je vous ai parlé du bord , je vous ai dit les noms de presque tous les officiers de la corvette, j'ai payé aux jeunes et intelligents élèves de marine , souvent chargés des opérations les plus difficiles dans notre longue campagne, le juste tribut d'éloges qui leur était dû ; je vous ai présenté nos maîtres si intrépides , si expérimentés, et cet ardent équipage de *l'Uranie*, que nulle tempête ne pouvait émouvoir, que nulle catastrophe n'a pu abattre.

Pour me servir d'escorte, souvent d'appui dans mes

courses aventureuses, j'ai choisi deux matelots dévoués que certainement vous aimez déjà un peu, car ils ont beaucoup souffert et vivement combattu contre l'adversité.

Eh bien! je ne vous ai pas tout dit encore, il me reste une lacune à remplir. Non pas que je veuille avoir raison sans conteste; mais il est dans le monde certaines différences, certaines oppositions qui semblent des contre-sens et qui blessent même avant qu'on en ait cherché la raison.

Vous savez ce que c'est qu'un homme de mer, et vous comprenez que sa vie, à lui, est une lutte permanente contre tous les éléments. Quelques pouces de bois qu'une roche sous-marine peut ouvrir, un édifice qu'une seule lame de l'Océan courroucé peut chavirer, le séparent du néant, et, ce qu'il y a de mieux à faire, selon nous, c'est de ne pas songer au péril d'une situation si difficile. Effacez le danger, et chacun de vous va partir pour la Chine ou la Nouvelle-Hollande. Ce n'est pas la longueur du trajet qui arrête les plus timides, ce sont les risques des traversées, c'est la tombe qui se promène, le requin qui suit le sillage, ce sont les grains, les calmes, les ouragans, les maladies des climats, les peuplades sauvages. Établissez un chemin de fer d'ici au Japon, et Paris se sera promené en deux ans dans les rues de Iédo; trouvez le moyen d'assurer une navigation paisible aux vaisseaux voyageurs, et la Polynésie deviendra bientôt toute fashionable.

Mais pour de si beaux prodiges, il faut la main de

Dieu, et Dieu est trop immuable dans ses pensées pour vouloir ainsi changer ou détruire ce qu'il a réglé une fois. Les hommes seuls désirent le changement et courent après lui.

Je dis donc que quiconque s'embarque pour une course lointaine doit d'abord mettre tous ses soins à ne plus penser à la question qu'il s'est posée à son départ. Cette question, la voici :

Y a-t-il grand péril à parcourir les océans?

La réponse est aisée :

En mer, le péril est à chaque pas : c'est assez d'y avoir songé en mettant le pied à bord; y penser quelquefois après, cela arrive, mais ne pas trouver en soi la force de vaincre un premier instant de frayeur, ce serait à devenir fou. Si les fêtes et les galas étaient permis sur un navire, je voudrais qu'il y en eût tous les jours; les vents s'y opposent, et le monde vise à l'économie. Mais du moins ne jetez pas imprudemment au milieu de ces hommes qui ne rêvent plus que gloire et retour ce qui peut affaiblir leur zèle et anéantir leurs plus douces espérances.

Ne criez pas à l'anathème, vous qui ne m'avez pas encore entendu; ne vous hâtez pas de m'appeler impie, vous qui me jugez et ne me comprenez pas. Écoutez-moi jusqu'au bout, c'est votre devoir : le mien est d'écrire ma pensée. Ne vous ai-je pas dit que je n'avais jamais rien su déguiser?

Il ne faudrait point d'aumônier à bord.

Vous êtes religieux, dévot à la morale chrétienne, c'est bien; je le suis autant que vous, plus que vous

peut-être. Partez avec une conscience pure, et si vous
succombez en route, faites ce que fait le pèlerin dans
le désert, levez les yeux au ciel et criez miséricorde ;
votre cri monte là-haut sans qu'un prêtre vienne vous
dire : « Vous allez mourir, priez ! »

Prier à l'heure de la mort quand on ne l'a point
fait pendant sa vie est presque un blasphème ; la peur
est en ce moment une lâcheté, de l'hypocrisie ; laissez vivre le moribond, il reniera sa prière.

L'oraison du matelot, c'est le travail. Tel matelot
prie en lançant un juron à l'air ; il ne fatigue pas ses
genoux, lui, sur les dalles d'une église, mais il déchire ses mains et ses membres contre les rudes cordages, contre le bronzé et les avirons. Si vous tombez
à l'eau, il s'y jette après vous et vous sauve au péril
de sa vie. Prêtres! cela vaut-il une prière ?

J'ai entendu des matelots de notre bord, braves,
généreux, dévoués, dire, en voyant notre aumônier se
promener gravement sur le gaillard d'arrière, dans sa
soutane noire : « A quoi bon cela ici ? C'est un meuble
« inutile, nous savons mourir, et pour des regrets,
« des remords, pour obtenir le pardon de nos pecca-
« dilles, nous n'avions pas besoin d'un aumônier,
« nous sommes de braves gens. »

Il y a sans doute de jeunes prêtres, vifs, fringants,
quoique prêtres, joyeux quoique vêtus de deuil, qui,
lancés sur un navire, pourraient devenir matelots et,
au besoin, montrer que le travail est une vertu chrétienne. Eh bien ! à la bonne heure ! des hommes taillés de la sorte sur un vaisseau, je vous fais cette

concession ; mais un vieux prêtre, un homme épuisé
par les ans et le repos du cloître ! non, mille fois non !
ne le mettez jamais en contact avec le matelot, il ne
peut y avoir harmonie entre eux.

Au moment de la bourrasque, quand le navire
battu par les flots crie et mugit sous les vents impé-
tueux qui l'écrasent, quand le chaos de la nuit ajoute
au chaos de la tempête, et que chacun sur le pont
envahi joue des pieds, des mains et de l'intelligence
pour maîtriser le courroux des éléments, le vieux
prêtre dans sa cabine prie, son bréviaire sous les yeux,
et attend que le ciel soit devenu d'azur pour remonter à la surface et apprendre que tout le monde a fait
son devoir.

Il a fait le sien, lui ; mais ce devoir pieux, il
l'eût aussi bien rempli à terre, agenouillé à son
prie-dieu vertical, fortement assujetti, et le navire
eût compté peut-être deux bras de plus pour le travail.

La cabine occupée par le vieux prêtre est un vol fait
à un homme qui a souvent besoin de repos et qui
ne trouve, hélas ! qu'un calme bien agité dans le
poste étroit que les exigences du bord lui ont aumôné
comme par grâce.

Cela est ainsi pourtant.

Le chef de notre expédition avait voulu un aumônier, on lui donna un aumônier ; il en eût demandé
deux ou trois qu'on lui aurait dit : Prenez, ne vous en
faites point faute, ne vous gênez pas, nous en avons
de rechange : un seul aumônier, en vérité, vous êtes

trop discret de nous demander si peu de chose. Voici votre aumônier. C'était la saison des aumôniers.

C'était l'abbé de Quélen, chanoine honoraire de Saint-Denis, cousin de l'archevêque de Paris : j'espère que ce sont là deux titres qui en valent mille autres.

L'abbé de Quélen était gros, lourd, presque sans dents et assez avancé en âge ; les mouvements du navire le claquemuraient fort souvent dans sa chambre, sise d'abord au faux-pont, où le brave homme fondait sous les trente-deux ou trente-trois degrés de Réaumur, quand nous naviguions entre les tropiques. Dans les beaux temps, il avait le petit mot pour rire, il se permettait même l'anecdote gaillarde, car Dieu ne la défend pas ; il contait de charmantes historiettes, il fredonnait de juvéniles refrains et en écoutait même, sans avoir trop l'air de les entendre, de plus croustilleux, fidèlement gardés dans sa mondaine mémoire. Oh ! par exemple, il parlait marine comme un abbé, c'est encore une justice à lui rendre. L'art nautique, c'était pour lui du syriaque, du persan, de l'algonquin. Il n'écrivait rien, ne s'occupait de rien ; il regardait couler le flot ; à table, le verre de rhum ne l'effrayait pas plus que la bouteille de bordeaux, il portait la voile aussi bien que Vial ou Marchais lui-même. Eh bien ! l'abbé de Quélen, homme instruit et tolérant, ecclésiastique sans petitesse et sans préjugés, assez bon vivant au total, quoique vivant fort mal avec nous (médisance à part), était un fort mauvais choix pour notre expédition ; aussi ne tarda-t-il pas à le sentir

lui-même, puisqu'il voulut débarquer au Brésil et
qu'il ne retourna à bord qu'après avoir obtenu une
chambre moins étouffée que celle qu'on lui avait al-
louée en partant, et dans laquelle notre pauvre ami
avait déjà perdu le tiers de son embonpoint.

Les fonctions de l'abbé de Quélen se bornaient à
dire la messe et à confesser ceux de nos matelots qui
avaient de gros péchés sur la conscience. Trois ou
quatre au plus, je crois, pendant notre longue campagne, profitèrent de l'occasion et remontèrent auprès
de leurs camarades plus rétifs, de la bouche desquels
s'échappaient des quolibets qui, entre matelots surtout, ne manquent pas d'une certaine valeur. Et puis,
aller à confesse, c'était avouer aux amis qu'on avait
la conscience bien bourrelée.

La masse des matelots n'aime pas ces aveux publics
commencés dans le tuyau d'une oreille. Nulle exception ne leur plaît, et principalement celle dont je vous
parle.

La messe se disait presque toujours dans la batterie;
un domestique du commandant la servait avec une
dévotion exemplaire, et, de temps en temps, recueilli
comme un saint apôtre, notre capitaine s'approchait de
la table sainte et communiait en compagnie de sa dé-
vote épouse.

Hélas! il m'en coûte de le dire, mais de si nobles
modèles ne trouvèrent point d'imitateurs, et l'abbé de
Quélen ne compta à bord de *l'Uranie* que fort peu de
brebis ramenées au bercail, tant les loups faisaient
bonne garde.

Je vous dirai le baptême du premier ministre d'Ouriouriou, en face de Koïaï : ce fut une cérémonie un peu grotesque, une sorte de mascarade ; mais enfin nous donnâmes une âme au ciel, et il y a bien des consolations dans cette pensée.

Telle ne fut pas cependant la première messe dite aux Malouines, sur cette terre de misère et de deuil, où nous laissâmes notre belle corvette incrustée dans les rochers du rivage. Le spectacle fut imposant, je vous l'atteste, et chacun de nous en gardera longtemps la mémoire.

Nous venions d'échapper miraculeusement à une mort presque certaine ; les débris du navire échoué flottaient çà et là sur la rade ; nos malles brisées, quelques voiles, plusieurs centaines de biscuits gisaient sur la plage. Une pluie fine, froide, un sol sans verdure ; la crainte du présent, qui se dressait avec toutes ses misères ; l'avenir, qui s'ouvrait avec toutes ses privations, loin de toute terre hospitalière, sous un ciel rigoureux, à près de plus de quatre mille lieues de sa patrie, oh ! tout cela avait une teinte de tristesse qui aurait brisé des âmes moins éprouvées que les nôtres. Mais tout cela était solennel et lugubre à la fois.

L'autel fut dressé au pied d'un monticule de sable ; l'image de la Vierge, les habits du prêtre et les ornements sacrés avaient échappé au naufrage ! L'abbé de Quélen, pâle, affaibli, se soutenant à peine, sortit d'une tente élevée à la hâte et officia.

Tout l'équipage, debout et le front découvert, se

jeta bientôt à genoux et reçut la bénédiction du ministre de Dieu. Le *Te Deum* fut chanté après la cérémonie, et l'on ne songea aux moyens de relever la corvette qu'après avoir remercié le Très-Haut.

Quelques instants après, chacun de nous erra çà et
là à travers les bruyères, et le résultat de ce premier
coup d'œil fut presque le désespoir.

Je m'étais assis auprès d'une haute dune de sable
blanc que le flot battait alors avec nonchalance; de l'autre côté étaient groupés plusieurs matelots, parmi lesquels je distinguai la voix glapissante de Petit, le tim-
bre sonore de Vial et l'orgue enroué de Marchais. La
conversation suivante s'engagea.

— Tout cela est bel et bon, mais il valait mieux,
ce me semble, dresser les tentes qu'un autel.

— Du tout, nous devions d'abord des remercie-
ments à Dieu.

— Le remercierons-nous si nous n'avons pas de
quoi déjeuner?

— Moi, je n'ai pas faim.

—Oui, mais tu auras faim dans une heure, et si
nous n'avons pas un brin de viande à mettre sous la
dent, qu'est-ce que nous ferons?

— Nous entamerons l'abbé, il est gras.

— Pas trop, il a diablement maigri depuis le jour
du départ.

— Ce n'est pas à la manœuvre qu'il a diminué.

— Nous aurions dû faire naufrage plus tôt.

Ah bah! c'est égal, ça fera un bon bifteck!

— Tu vois donc bien qu'un prêtre est bon à quelque chose sur un navire.

— Nous n'y sommes plus, imbécile; nous sommes à terre.

— Pauvre corvette! la voilà sur le flanc; c'est embêtant tout de même.

— Si encore il y avait ici des vignes!

— Dis plutôt s'il y avait du vin!

— Mais rien! rien!

— Tu aurais mieux aimé naufrager près de Cognac, n'est-ce pas, ivrogne?

— Ou à la Jamaïque.

— Ou sur les côtes de Bordeaux.

— Mais non, c'est dans un chien de pays où tout est mort.

— Et où nous mourrons sans doute.

— C'est pourtant un brave homme que l'abbé.

— Tais-toi donc, il ne sait pas tant seulement, après trois ans de navigation, ce que c'est qu'une drisse.

— Ce n'est pas son métier de savoir ça.

— C'est le métier de quiconque s'embarque. Et puis, je lui en veux.

— Pourquoi donc?

— Il devait faire comme nous, ne pas boire, et il a bu du vin en disant la messe.

— C'est la règle.

— Cré mille sabords! pourquoi n'étais-je pas prêtre ce matin?

— C'était si peu.

— C'était toujours quelque chose.

— Ah çà! dites donc, vous autres, nous voici là comme de bons garçons; il faudra manœuvrer maintenant.

— Comment l'entends-tu?

— Ça ne s'entend que de reste. Quand on est à terre, on n'en fait qu'à sa tête, on est libre.

— Du tout, on est toujours matelot.

— Il n'y a plus de matelot quand il n'y a plus de navire.

— Tu as tort, le matelot à terre qui possède son commandant et ses officiers n'a pas le droit de bouger : c'est la règle.

— Ta règle n'a pas le sens commun, et si l'on nous embête encore, on verra.

— Il y aura du grabuge, je devine ça.

— Eh bien! enfants! s'écria la voix rauque, du grabuge! il ne doit pas y en avoir; un jour viendra peut-être où nous serons tous égaux ici; alors, mais alors seulement, il y aura du grabuge.

— Oui, mais quand l'abbé sera avalé, qui donc viendra après lui?

Je n'entendis plus rien, les matelots se parlèrent à voix basse.

Que chacun tire la morale de ce dialogue.

Les Espagnols ont presque toujours des aumôniers dans leurs navires; c'est que chez ce peuple dévot, libertin et fanatique à la fois, tout est mis sous la protection des prêtres, des moines, des capucins et des religieux de tous les ordres. Vices ou vertus ont pour patron, en Espagne, une soutane noire ou une robe grise ; sans cela l'*établissement* ne prospérerait pas. Le moyen , je vous le demande, d'oser entrer dans un tripot infâme , dans une maison de prostitution , s'il n'y a pas là , tout près , à portée du fou ou de l'imprudent qui se. risque et se dégrade , une main pieuse prête à bénir, une voix indulgente et miséricordieuse prête à pardonner ! Quand on n'a rien à redouter de ses conséquences , le vice n'est pas sans quelque attrait ; lorsque la conscience ne souffre que peu d'instants , on a presque le droit d'oser ; la mort vous donnera bien le temps de vous amender , et elle ne sera pas assez cruelle pour vous saisir à la gorge au moment même où vous venez de tomber et de vous avilir.

C'est pourtant cela , je vous l'atteste. Le peuple espagnol ne raisonne pas autrement ; le prêtre , lui est un meuble , un objet indispensable ; sans le prêtre, l'Espagnol serait peut-être vertueux ; sans le prêtre , il serait instruit ; sans le prêtre , l'Espagne serait à coup sûr une grande nation. Sur un navire espagnol, le prêtre est logé , nourri , fêté , engraissé pour plus d'un motif. D'abord il bénit le navire , ce que l'on fait aussi chez nous ; puis il bénit l'équipage, ce qu'on a fait à bord de *l'Uranie* en quittant Toulon ; puis il exorcise les nuages, il ordonne aux tempêtes de se calmer, aux vents d'aller porter ailleurs le désordre, et l'on sait si jamais un vaisseau de cette nation s'est perdu en mer ou sur les côtes. Un navire espagnol sans prêtre ! Eh ! bon Dieu ! il naviguerait mille fois mieux sans gouvernail.

Oh! que nous avons, chez nous, une plus haute philosophie! Oh! que nos capitaines entendent mieux les besoins de l'équipage sur lequel ils veillent avec tant de sollicitude!

Écoutez :

Un de nos navires de guerre, battu par les flots, démâté, désemparé, à l'agonie, faisait eau de toutes parts. Le moment fatal approchait; chaque minute le voyait se plonger dans l'abîme, et le désespoir se peignait sur tous les visages. Un prêtre passager se trouvait par hasard à bord, un prêtre entendant beaucoup mieux son métier que celui de marin, fort inutile sans doute dans une navigation. Un craquement horrible se fait entendre; l'équipage se regarde de ce dernier regard qui veut dire : Tout est fini!

— A genoux! à genoux! s'écrie le prêtre, homme de Dieu, et priez sainte Barbe de nous venir en aide!

— Non, debout! debout, matelots! s'écrie le capitaine, homme de mer, et priez sainte pompe au lieu de sainte Barbe!

Les pompes jouèrent en effet, les flots furent vaincus et le navire entra dans le port. Le prêtre chanta un *Te Deum* au lieu d'un *De Profundis;* l'abbé fut utile à terre, il aurait été funeste à bord.

Les Russes, les Hollandais n'ont point d'aumônier sur leurs navires; les Anglais n'y mettent point de ministres; les Turcs n'y jettent point de derviches; faisons comme les Anglais, les Turcs, les Russes, les Hollandais.

Si cependant vous voulez absolument sur vos na-

vires un prêtre afin de rappeler une religion sainte à
des hommes que les préoccupations de leur état font
si souvent oublieux de toute autre chose, eh bien,
suivez mon conseil, faites ce que je ferais : j'accepte
un aumônier, je lui donne une place dans la batterie,
sa ration de biscuit et de viande salée, son petit verre
d'eau-de-vie, je lui donne aussi sa part exacte, ni plus
ni moins, de mes fatigues et de mes tribulations, il
fera le quart avec moi, avant moi ou après moi, il
recevra comme tous, sur ses épaules, les flots de la
mer et les ondées du ciel, il se perchera comme tous
à la flèche des mâts ou à l'extrémité des vergues; en
un mot, il sera matelot et prêtre. Eh ! eh ! ce n'est
peut-être pas là une pensée déraisonnable, un prêtre
matelot ou un matelot prêtre qui prierait, jurerait
et travaillerait en même temps, quoiqu'on ne puisse
guère faire deux ou trois choses à la fois. Un prêtre qui
pomperait pendant des heures entières, selon les besoins
du bord, et qui après les fatigues, lorsque la mer dé-
vorerait tout, hommes et navire, sortirait encore sa
main hors de l'abîme pour bénir une dernière fois
ses camarades, ses amis, ses frères engloutis comme
lui ! Que le législateur y songe sérieusement. Un prêtre tel que Vial, Petit, Chaumont, Barthe ou Marchais
serait, je vous assure, chose fort curieuse et fort utile.
Que risque-t-on d'essayer ?

4

EN MER.

Calme plat.

Il y a deux jours à peine les flots tourbillonnant se ruaient en éclats sur le navire, le lançaient comme une flèche ailée vers l'horizon, l'élevaient aux cieux et le faisaient retomber de tout son poids dans l'abîme entr'ouvert. Cela était grand et beau, cela était terrible et solennel, le désordre en faisait la magie ; mais je n'avais pas assez bien vu, assez admiré pour vous dire encore ce que c'est qu'une tempête, ce que c'est qu'un ouragan ; le jour n'est pas loin peut-être où je vous en apprendrai davantage.

Hier la mer était turbulente, fatiguée, écumeuse, mais on s'apercevait que ce n'était point une fureur naissante : au contraire, et l'on pouvait juger, sans l'avoir longtemps étudiée, que sa colère était une colère épuisée, que ses mugissements étaient le râle d'une brutalité amortie; les vents et la foudre avaient passé par là ; l'écho de la tempête retentissait toujours, et pourtant ce n'était qu'un écho, c'est-à-dire un emportement sans menaces, une fièvre de mourant, ou plutôt des paroles de pardon.

Aujourd'hui le calme est venu, calme profond comme le désert, silencieux comme la tombe; plus de gonflements aux flots, plus de brise à l'air, plus de nuages au ciel ; seulement là-bas, là-bas, à l'horizon, des masses noires et fantastiques qu'une main invisible et puissante tient suspendues, prêtes à peser de nouveau sur l'Océan assoupi.

Voyez, voyez maintenant !

Un large soleil, déployant toute sa majesté de roi de l'univers, inondant l'espace de ses millions de feux croisés et trônant sur l'immensité.

Avec l'ouragan, qui avait réveillé toute la nature, les monstrueuses baleines s'étaient montrées à l'air comme pour essayer leur force et leur puissance; les bancs immenses de souffleurs rapides et bruyants comme la tempête glissaient sur les flots et en quelques instants se portaient d'un horizon à l'autre; les brillantes bonites, les dorades plus belles encore, avaient quitté les profondeurs de l'Océan et passaient inquiètes sur le dos des lames tourmentées. Le gigan-

tesque albatros, sombre précurseur de ces jours de
deuil, avait envahi les airs, qu'il fouettait de son aile
vigoureuse. Et maintenant, rien, absolument rien
ne se meut, rien ne se montre sur l'Océan assoupi.
C'est partout l'immobilité et le silence ; la surface des
eaux est aussi polie que la glace la plus pure ; le mouton du Cap a gagné les régions orageuses des pôles,
les turbulents marsouins ont émigré vers des parages
moins silencieux ; l'Océan, l'air et le ciel semblent
avoir demandé une trève pour se reposer de leurs fatigues, et la corvette, au centre du vaste cercle qui
l'emprisonne, est clouée et fixée sur sa quille de cuivre
comme sur un rocher solide et sous-marin ; ou si un
dernier soupir d'agonie de l'Océan, après lequel tout
meurt, un de ces soupirs que l'on devine plutôt qu'on
ne les sent, dessine un léger dôme sur la surface des
eaux, le navire, alors esclave docile de l'impulsion,
se penche à tribord, puis à bâbord, comme le ferait
un berceau à la dernière oscillation donnée par une nour-
rice attentive et tremblante ; et puis l'immobilité pèse
de tout son poids sur le pont et glace toute espérance
dans le cœur. Le soleil a passé dix fois sur nos têtes,
et rien n'annonce que la nature veuille se réveiller ;
c'est toujours et partout la triste harmonie de la mort,
la grave majesté du silence ; c'est Dieu qui semble mé-
diter une nouvelle création et vouloir corriger son
œuvre imparfaite. La constance du matelot se lasse ;
ses muscles s'énervent dans cette écrasante inaction,
à laquelle il ne voit point de limites ; son pied impa-
tient a beau frapper en mesures égales et régulières les

bordages du pont attristé; il a beau humecter de sa langue à demi séchée le dos de la main qu'il agite à l'air pour chercher à deviner de quel côté soufflera la première brise, rien ne lui dit que ses vœux sont près d'être exaucés, rien ne lui dit qu'ils le seront un jour. Dans sa rageuse impatience, il s'empare d'un mousse, et, armé d'une rude garcette, il fouette le pauvre souffre-douleur du bord, dont le cri aigu doit, selon sa croyance inhumaine, appeler la brise oubliée.

Les terribles jurons qui avaient autrefois accompagné la voix de la tourmente retentissent plus rudes et plus énergiques; c'étaient alors des élans de colère contre une puissance avec laquelle on pouvait du moins essayer de lutter; aujourd'hui, ce sont les cris de fureur du lion pris dans des réseaux de fer. L'ennemi est là sous les pieds, sur la tête; il ne vous touche-pas, il ne vous heurte pas; il est, il vit partout, terrible et puissant, et vous ne le voyez nulle part.

Comment frapper l'invisible? Comment vaincre ce qui est et ce qui n'est pas?

Si, pour s'attacher encore à une dernière espérance, on livre à elle-même la haute voile du navire afin de s'assurer que dans une zone plus élevée il ne règne pas le même silence, la lourde voile tombe de tout son poids, pèse sur la vergue, vainement tourmentée, et semble un linceul mortuaire jeté sur un cadavre.

Vous avez vu le calme du jour; celui de la nuit est plus imposant et plus solennel encore, car ici un contraste de chaque instant vous rappelle que

vous seul êtes dans l'inaction. Canapus et Cyrius, ces
deux plus éclatants soleils de l'hémisphère austral, dont
les blancs rayons nous arrivent si vifs et si limpides,
se lèvent pleins de force ; autour de ces magnifiques
globes se montrent tour à tour, marchent et s'effacent
comme d'humbles tributaires ces légions immenses
d'étoiles qui peuplent l'immensité des cieux, et quand
tout se meut là-haut, tout est immobile ici-bas ; quand
tout se dresse et monte, s'abaisse et se couche, vous seul,
stationnaire dans le monde, vous n'avez point de vie,
vous seul êtes mort au centre d'un monde vivant.

Cependant l'équipage, affaissé par la lassitude de
l'inaction, s'assied sur la drôme et les porte-haubans,
les regards tournés vers le point de l'espace d'où est
partie la dernière brise. Triste et recueilli, il attend
avec la résignation d'un condamné que l'heure de sa
délivrance arrive. Tout à coup il se lève frappé comme
par une commotion électrique : le cou tendu, les yeux
d'abord ouverts sans rien voir, il écoute le silence et
regarde marcher l'immobilité ; mais il a senti sur son
visage un léger et imperceptible frémissement qui lui
dit que ses bras vont être occupés et ses heures vivi-
fiées... Il ne s'est pas trompé, la surface de l'eau se
brise, se ride ; ce n'est plus cette nappe immense
d'huile dont rien n'altérait la pureté, c'est une onde
qui se meut et chemine ; le léger courant s'élargit dans
sa marche, et déjà le navire bruit et frétille ; les voiles,
déroulées, frôlent avec un doux murmure ; les mâts,
coquets et élancés, se courbent avec grâce ; un petit
sifflement aigu s'échappe de toutes les manœuvres ; le

beaupré de la corvette se lève avec majesté, et l'avenir s'ouvre à tous radieux et consolant.

De tous les grands phénomènes que la mer offre à l'admiration des hommes intrépides qui osent parcourir les océans, le calme plat est sans contredit le plus menaçant, le plus terrible, le plus dangereux, le plus dévorateur ; la vie marche avec la tempête qui mugit, elle s'éteint avec le calme qui se tait. L'énergie de votre ennemi vous donne de l'énergie, et l'on ne se redresse qu'auprès de qui essaie de nous courber. Rien n'est mortel comme l'attente et le repos !

Maintenant avez-vous une idée d'un calme plat au milieu de l'Océan ?

5

ILES SANDWICH.

Le colonel Brack et moi. — Un homme à la mer ! — Mort de Cook.

Encore une explication indispensable peut-être, quoique j'aie refusé jusqu'à présent de la croire nécessaire. Il m'a été dit que quelques lecteurs, irrités sans doute de mes allures de franchise dans le récit de tant de faits où j'ai figuré comme héros ou comme spectateur, se sont malicieusement demandé s'il était bien probable que j'eusse pu si fidèlement retenir jusqu'à ce jour les minutieux détails qui devraient pourtant corroborer à leurs yeux la vérité de mes relations. Du doute à l'incrédulité absolue il n'y a qu'un pas ; eh bien ! ce pas, je ne veux point qu'on le fasse, et, puisqu'on exige encore des noms propres, en voici. Au surplus, la chose est assez curieuse en elle-même, et cette anecdote n'est pas la moins singulière de mon livre.

Eh, bon Dieu ! si je vous disais les mille et mille incidents fantastiques dont ma vie a été traversée, si vous aviez pu me suivre depuis ma sortie du collége jusqu'au moment où j'écris ces lignes, vous vous seriez convaincus, vous dont les jours se succèdent calmes et réguliers, que peu d'existences ont été plus rigoureusement heurtées que la mienne, et que ce que d'autres nomment un accident, un malheur, je l'appelle, moi, une habitude, presque une nécessité.

Or, écoutez :

Dans une de mes courses aventureuses loin de Rio-Janeiro, j'avais pris pour guides deux noirs assez intelligents, mais malheureusement fort poltrons, qu'un ébéniste de la rue Droite m'avait *loués* moyennant quatre pataques par jour. Tant que nous fûmes dans les environs de la cité royale, les deux coquins se montrèrent dociles à mes ordres et fort disposés à recevoir les corrections que j'étais en droit de leur infliger en raison de leur paresse et de leur mauvais vouloir, qui commençait à pointer ; mais, je l'ai dit, je ne sais point frapper un esclave, par cela seul peut-être que chacun se donne cette liberté et que les lois l'autorisent. Un obstacle à la résistance, à la bonne heure ! un acte d'omnipotence contre qui s'incline, cela est lâche et dégradant à la fois.

Il y avait trois jours que j'étais en route, tantôt sur un chemin battu, tantôt à travers les bois, les rares plantations, les ruisseaux et les savanes; mes deux guides, dans leur mutinerie, n'étaient plus mes guides, et je voyais bien que je leur rendrais un grand service en rebroussant chemin, car les drôles avaient peur de de tout, excepté de me déplaire. Cependant, comme je voulais poursuivre mes investigations et qu'on ne va jamais plus loin que lorsqu'on ne sait où l'on va, j'exprimai hautement ma pensée et je donnai à cet égard des ordres si précis que les deux noirs virent bien qu'il fallait obéir.

Pour le coup, je faillis à me repentir de cette témérité, et la nuit du quatrième jour de mon départ je fus contraint de coucher à la belle étoile, dans un hamac attaché à des arbres et suspendu à deux ou trois pieds du sol. Mes deux guides s'endormirent près de moi sans murmurer, pensant bien que cette leçon donnée à ma persévérance me forcerait à la retraite dès le lendemain. Je m'étais trop avancé pour reculer, et, comme ma course jusque-là n'avait que très-peu satisfait ma curiosité, j'allai encore de l'avant tout le jour suivant, en quête ardente de quelque aventure. Rien n'est ridicule comme une entreprise audacieuse sans résultat.

La nuit arrivait, et, malgré une longue marche sous un soleil fort irritant, je doublai le pas pour arriver à une sorte de clairière où je comptais trouver un gîte. J'y parvins en effet, et mes noirs m'indiquèrent deux espèces de huttes désertes où nous trou-

verions assez commodément à nous abriter. Après un
repas extrêmement frugal, puisque mes provisions se
trouvaient presque épuisées, j'allais m'endormir quand
un bruit assez intense réveilla mon attention et surtout celle de mes timides compagnons de course. Ils
posèrent vivement l'oreille à terre et me firent signe
de ne pas bouger. Tout à coup ils se dressèrent, et
d'une voix tremblante : « *Bouticoudos ! bouticoudos !* »
me dirent-ils.

J'eus peur ; je m'armai de mes pistolets, je sortis
de la cabane ayant les noirs sur mes talons, je jetai de
tous côtés un regard investigateur : le bruit approchait
par intervalles. Le mot *bouticoudos,* répété de nouveau
par les esclaves, me fit tressaillir. Je m'élançai à tout
hasard, je tombai, je me relevai, je repris mon élan,
je me sentis poursuivi, traqué, enveloppé, atteint ;
je perdis la tête, la raison, toute énergie, et je ne
saurais vous dire le chemin que je fis en quelques
heures. Croyez-moi, la peur est la plus contagieuse
des maladies. Qu'était-ce donc que ce bruit si terrible,
si effrayant? Je l'ignore ; peut-être celui d'une chute
d'eau, peut-être aussi celui d'un orage qui grondait
dans le lointain, et plus probablement encore celui
d'un cerveau en délire. Bref, je m'étais sauvé comme
si j'eusse été attaqué par deux jaguars, et le résultat
de ma poltronnerie fut la perte de mes plus riches
albums, de mes boîtes de papillons et d'insectes et de
quatre ou cinq cahiers de notes auxquelles j'attachais
un grand prix.

J'arriva à Rio, puis en France, non consolé, et,

si j'ai cru jamais à une impossibilité, c'est à celle de retrouver mes chers croquis et mes précieux documents.

Eh bien! il y a peu de temps, le brave colonel Brack, aujourd'hui général, alla faire un voyage au Brésil; il pénétra dans l'intérieur de ce vaste empire, il s'enfonça dans les solitudes, et il trouva dans une cabane de sauvages des notes et des albums qu'il devina dessinés et écrits par moi, et qu'il me rapporta un certain jour, aussi joyeux que je le fus moi-même de rentrer dans mes richesses, que je caressai comme des amis qu'on a pleurés morts. J'ai nommé le général Brack : il y a des faits pour la constatation desquels on est bien aise de trouver un appui.

C'est là pourtant une de ces demi-aventures qui me sont familières et que j'avais oublié de vous raconter jusqu'à ce jour. Reprenons maintenant le cours de mon récit.

J'ai dit avec quel sentiment de regret je quittai Guham. On se fait de douces habitudes, on contracte de saints engagements qu'on voudrait tenir; un coup de canon retentit, et le devoir élève la voix pour tout détruire, pour tout bouleverser.

Nous levâmes l'ancre par un temps favorable, et nous vînmes en face d'Agagna descendre le généreux gouverneur des Mariannes, qui avait voulu nous accompagner pendant quelques heures.

La brise souffla vigoureuse, la ville s'effaça petit à petit, les élégants cocotiers plongèrent dans les flots, et nous restâmes bientôt en face de nos souvenirs.

Tous nos malades avaient repris les forces et la

santé, nos vivres étaient frais, et, quoique la traversée dût être longue, les visages s'étaient épanouis, car la lèpre n'avait frappé personne, ce que les habitants du lieu regardèrent sans doute comme un miracle.

Rotta, Agrigan, Tinian, Seypan, Aguigan, Anataxan glissèrent devant nous, toutes avec leurs larges cratères béants, et trois jours après, loin de toute terre, nous naviguions au sein du vaste Océan. Tout à coup : « Un homme à la mer!... un homme à la mer!... »

Parmi les épisodes nombreux et souvent si dramatiques qui font la vie du marin, j'ai oublié de classer celui-ci, assez chaud, assez palpitant d'intérêt, je pense.

Quand un navire se brise sur des roches à pic contre lesquelles cadavre de vaisseau et cadavres d'hommes sont vomis et mutilés; quand un naufrage engloutit tout, corps et biens, dans un désastre; lorsque, sombrant en pleine mer, tout disparaît à la surface des eaux... officiers, matelots et passagers trouvent peut-être un sujet de consolation dans cette pensée : *Nous mourrons tous,* dont vous auriez tort d'accuser l'égoïsme, car vous n'avez pas réfléchi encore.

Moi, voyez-vous, j'ai longtemps médité au milieu des périls de toute sorte que j'allais chercher, et j'ai compris qu'un monde bouleversé nous trouverait moins émus qu'une catastrophe particulière, individuelle, isolée. Est-ce une contradiction morale? Eh, bon Dieu ! combien n'y en a-t-il pas dans le cœur humain !

Si un homme meurt sur un navire, il se dit à ses derniers moments : La mer va m'engloutir; ma tombe sera partout et nulle part; les flots ne gardent point de trace de ce qu'on jette à leur voracité, et, quelques instants après m'avoir livré à eux, on chercherait vainement les restes de celui qui vient de s'éteindre pour toujours !

Eux pourtant, ces froids amis qui passent encore à mes côtés en jetant sur moi un regard peut-être, hélas! sans intérêt, ils vont continuer leur course aventureuse, ils vont visiter de nouveaux climats, se promener sous des cieux nouveaux, et puis ils reverront leur patrie, leur famille, ils jouiront de leur gloire, ils seront heureux de leurs peines passées, ils diront à ma vieille mère que je suis mort dans une traversée... Et la vieille mère priera pour son fils, que des milliers de poissons auront déchiqueté et dévoré en son cercueil de toile.

Mais dans un malheur général l'âme s'agrandit, le cœur se fortifie; les vents, les flots, la foudre éclatent sur votre tête : vous vous retrempez à leur fureur, à leurs menaces; plus la lutte est ardente, plus vous trouvez de forces pour en triompher, et si, vaincu enfin, vous succombez sous la puissance des éléments coalisés, vous vous dites encore : Rien ne restera de nous ici-bas qu'un souvenir. On ne cherche pas un homme seul qui meurt et qu'on sait bien mort au milieu de tant d'autres hommes vivants, tandis qu'un monde

entier volera à la recherche d'une infortune douteuse.

Le plus poignant des désespoirs pour celui qui dit
adieu à la vie ne doit pas être de mourir haï, mais
bien de mourir oublié. L'oubli, selon moi, est une
seconde tombe, plus muette cent fois que celle qu'on
nous creuse dans la terre; l'oubli est toujours un châtiment, la haine peut être une consolation.

Un homme à la mer!

Si la nuit est sombre, si les vents sifflent, si la tempête mugit, l'équipage à son poste répète tout bas:
Un homme à la mer! C'est l'affaire de quelques instants;
le navire marche, on constatera dans le livre de quart,
en phrases assez peu correctes, qu'un homme est
tombé à l'eau et que le gros temps n'a pas permis
qu'on lui portât secours. Tout est dit, tout est fait.

Si la brise est fraîche, il y a émotion, je vous l'atteste, sur les flots et le navire, car le succès est au
bout des efforts.

Un homme à la mer!... Vite, saisis la hache, coupe
le filin!... La bouée de sauvetage tombe, se tient debout; l'homme nage, il nage encore, il s'encourage
dans cette pensée que ses amis ne l'abandonneront
pas, il voit le point de repos qui lui est offert, il va à
lui, l'atteint; une lame infernale le lui arrache, il
nage toujours, il le saisit enfin, il s'y cramponne,
il s'assied là comme sur un siége mouvant, il s'y tient
debout, et, se balançant avec lui, il jette un regard
effrayé vers le navire qui s'échappe, car, voyez-vous,
dès qu'il a pris son élan, un vaisseau bondit avec tant

de force que rien ne peut l'arrêter à coup sûr et sans lenteur ; le jeu des voiles , si savamment combiné , se fait par des lois connues et régulières ; telle *corde* ne peut être dénouée avant telle autre (et je ne parle point le langage du marin pour être mieux compris de tous), telle voile ne peut être *pliée* qu'après telle autre , ou tout est compromis , hommes et bâtiment. C'est une assez lourde maison à faire mouvoir , toute fringante qu'elle paraisse , qu'une corvette à la mer , car elle aussi , il faut qu'elle ait des flancs robustes , des bras robustes , une quille robuste de zinc ou de cuivre.

L'homme à la mer remarque pourtant que le sillage se ralentit, on a masqué partout , on a viré de bord ; une embarcation est mise à flot, de hardis gabiers l'arment avec la ferveur de l'amitié et de l'humanité. Eux aussi courent de grands dangers, eux aussi sont enlevés par la vague écumeuse ; mais il y a là-bas un de leurs camarades près de succomber, qui les attend, qui compte sur leur courage , sur leur dévouement.

Le vent souffle avec plus de violence, le navire est compromis , la nuit arrive , sombre , menaçante... N'importe , le patron du canot ne change pas de route, il mêle sa voix à la voix de la tempête , il appelle , cherche , cherche encore ; son œil fouille dans les ténèbres, il voit son ami debout sur la flèche de la bouée. « Là, là, mes braves, il nous a entendus. Nage! nage! brise les avirons , nous y sommes... Scie partout maintenant, ou vous le coulez bas!... Lof! une amarre! tiens ferme! hisse! hisse donc! Il est sauvé!... »

Mais le navire, où est-il maintenant? L'horizon s'est rétréci, le roulement du tonnerre étouffe le bruit du canon qui mugit. Les rafales soufflent de tous les points de l'horizon et le canot tournoie incessamment en dépit de l'homme de barre, qui lutte toujours avec le même calme, car c'est son métier, à lui, de ne céder que lorsque les forces manquent au courage.

La nuit passe tout entière sur cette terrible scène, nuit solennelle pour tous, effrayante dans la frêle embarcation, cruelle sur le navire, où, cramponnés au bastingage, matelots et capitaine promènent leurs regards avides sur chaque lame qui arrive et se brise... Tous se taisent par moments pour mieux entendre, mais les mugissements de la tourmente arrivent seuls jusqu'à eux.

— Le voilà! dit une voix consolante.

Un morne silence succède à ce cri répété par toutes les bouches; silence religieux, terrible, où le cœur frémit, où les âmes restent absorbées dans une seule et douloureuse pensée... *Ce n'était pas lui!*

Dans deux jours, demain, aujourd'hui peut-être, le canot, abandonné des hommes et de Dieu, sera le théâtre d'une scène de carnage; ces amis si chauds, si ardents, si dévoués, s'attaqueront avec fureur, se déchireront avec les ongles et les dents, boiront le sang l'un de l'autre, et, quand la faim et la soif auront été satisfaites, une nouvelle victime attendra dans

d'horribles angoisses que son tour arrive de servir de
pâture à un appétit sans cesse renaissant!

Voyez-les maintenant encore tous ces hommes naguère
si énergiques! Les avirons immobiles flottent le long du
bord; leurs bras se reposent croisés sur leurs poitrines
haletantes, car les menaces de la faim sont déjà un
horrible tourment, et pas un cependant n'accuse de
son malheur celui qu'ils viennent de sauver : lui, au
contraire, sera la dernière victime! Le désespoir a sa
générosité.

Le canot monte et descend avec la lame; ces torses
marins se balancent avec l'embarcation sans chercher
à garder cet instinctif équilibre qui leur indique d'a-
vance le moment où la vague fera donner de la bande
à tribord ou à bâbord : ce sont des corps sans volonté, sans appui, sans vie... Tout à coup une voix
indignée s'échappe brûlante comme d'une fournaise :

— Eh bien! canaille! notre courage est donc
mort, nos forces sont donc anéanties? Quoi! pas une
espérance! pas un dernier effort pour ramener au navire l'ami que nous sommes venus chercher! Aux
avirons! Gabiers, aux avirons! Et si la corvette a
foutu le camp, si elle a filé ses câbles, demain, tous
à la fois, nous chavirerons cette coquille et nous boi-
rons dans la grande tasse en nous serrant la main. Il
vaut mieux boire de l'eau salée que du sang! Aux
avirons, gabiers!...

C'est la secousse galvanique qui vient de réveiller
un cadavre; les bras robustes se plient et se raidissent
en mesures exactes, les flots sifflent, les yeux éteints

reprennent leur éclat, les langues disent un de ces chants de matelots qui brûleraient les pages de mon livre si j'osais les lui confier, et il y a encore des regards d'amis qui se croisent, des serrements de mains qui s'encouragent ; il y a là encore de nobles matelots prêts à recommencer, si le ciel apaisé daigne leur venir en aide, cette vie de sacrifices et de dévouement qu'ils se sont faite et qu'ils ont acceptée.

Mais le jour pointe à l'horizon, la vue se fatigue à traverser l'espace, le vent ne gronde plus avec la même violence. Tout à coup : *Navire! navire!* et la joie est dans toutes les âmes, une de ces joies qui rendent fou, incomprises par le reste des hommes, une de ces joies dont la violence égale presque une torture.

Navire! et de là-bas aussi on a vu sur les flots le canot aventureux qui fait force de rames pour rallier. Deux amis qui courent l'un vers l'autre se sont bientôt rejoints.

— En panne maintenant! des amarres à tribord! Ils sont là, ils accostent! Ont-ils sauvé Astier, lui qui en a sauvé tant d'autres?... Oui... non... si... le voilà ! C'est lui qui est à la barre; Lévêque, épuisé, écrasé, lui a livré son poste.

— Sont-ils trempés! s'écrie Petit, furieux de n'avoir pas été choisi pour la corvée ou plutôt pour la fête. Quels canards! C'est égal, ce sont de braves gens, ce sont de vrais gabiers. Quel bonheur de se soûler avec des gaillards de ce calibre-là ! N'est-ce pas, monsieur Arago?

— Tais-toi, bavard!

— Tiens, la joie, c'est un carillon, elle a dix langues, elle fait du bruit... Astier nous revient.

Les voilà tous à bord ! Tous ! et les regards ne se reposent que sur un seul.

— Allons, allons, il ne va pas mal ! dit le docteur ; vite pourtant un verre d'eau-de-vie pour lui rendre ses forces.

— Cré coquin ! s'écrie Petit, si on veut m'en donner autant, je me f... à l'eau ! Est-il heureux, cet Astier !

Et ces matelots sauveurs, ces hommes intrépides qui viennent de lutter avec un courage héroïque, avec un dévouement si admirable contre une mort presque certaine, reprennent tranquilles, et satisfaits, leur train de vie accoutumé, et la corvette vire de bord, et le livre porte ces mots, éloquents par leur simplicité : *Aujourd'hui....., par un gros temps, un homme est tombé à la mer : c'est le gabier Astier, matelot à trente-six. Douze hommes se sont embarqués dans le petit canot, et, après huit heures d'un travail pénible, ils sont parvenus à ramener à bord leur camarade, qui les attendait hissé sur la bouée de sauvetage.*

— Eh bien ! mon brave, dis-je à Astier le soir même de cet événement, à quoi pensais-tu quand tu voyais filer le navire ?

— D'abord qu'il allait diablement vite.

— Et ensuite ?

— Que la manœuvre se faisait bien mollement.

— Et encore ?

— Je pensais que vous deviez être tous ici bigrement
en peine de moi.

— C'est vrai ! Sais-tu que c'est beau cela ?

— Je ne sais pas si c'est beau, mais cela est.

— Pensais-tu que l'on pût te sauver ?

— Guère ; mais quand on a des amis comme Barthe,
Vial, Lévêque, Chaumont, Troubat, Marchais et Petit,
on espère toujours.

— Je n'y étais pas, mille pipes ! dit ce dernier, qui
nous écoutait ; mais si tu ne m'avais pas nommé, je
t'allais démolir. Monsieur Arago, nous permettez-vous
de boire à votre santé ?

— Je ne t'en empêche pas.

— Dans quelle case votre eau-de-vie ?

— Drôle ! je ne t'ai pas dit...

— Ça va sans dire ! comment pouvons-nous trin-
quer sans ça ?... Dans quelle case ?

— Tiens, à côté de mon cadre.

— Oh ! suffit, je la sais par cœur ; il y en a une
entamée dans le coin, à gauche... Merci, monsieur.

Le soir, Petit était soûl comme une grive ; Astier,
qui portait mieux la voile, résista au choc, et le lendemain on ne parlait plus à bord de l'événement de
la veille

Parmi les *distractions* de l'homme de mer, j'avais
oublié celle-ci ; vous conviendrez qu'elle valait bien la
peine qu'on en dît quelque chose. Je ne sais pas où
l'on trouverait un sujet de drame plus terrible et plus
dévorant.

Cependant le point nous plaçait à peu de distance de la principale des Sandwich, et si les courants ne nous avaient pas drossés, nous devions bientôt voir à l'horizon cette pointe tachée de sang où Cook parla pour la dernière fois à ses intrépides matelots. L'œil à l'horizon, chacun de nous cherchait la nouvelle relâche à travers les nuages, et rien ne se montrait encore.

— Terre! crie enfin la vigie, terre devant nous!

Voici des hommes nouveaux, de nouvelles mœurs, une nature nouvelle; pour qui aime les contrastes, les voyages sur mer ont un attrait indicible, un seul pas lui montre les extrêmes.

La corvette avançait avec majesté, et en quelques heures nous nous vîmes contraints de faire petites voiles; mais la côte, que nous nous attendions à voir d'une hauteur immense, se dessina humble et chétive, partout fatiguée, osseuse, bizarre, sillonnée par de profonds ravins et déchirée par de larges criques où le flot s'engouffrait avec violence. Mais les nuages se dissipèrent enfin, et au-dessus d'eux, au-dessus même des neiges éternelles, dans les régions équinoxiales, se dressèrent trois têtes gigantesques dont nos regards avides ne pouvaient se détacher. Oh! cela était imposant et sublime, cela nous reportait vers le passé, car le tableau si bien décrit par Cook réveillait tous nos souvenirs... Écoutez ce passé.

Un jour, au lever du soleil, par un temps superbe, deux navires dans la belle rade de Karakakooah, étaient mouillés à peu de distance l'un de l'autre ; les trois immenses cônes de lave formant l'île d'Owyhée, l'écrasant de leurs larges pieds et la dominant de leurs têtes violâtres au-dessus des plus hauts nuages, reflétaient les obliques rayons qui doraient leurs flancs creusés par le bitume. Le Mowna-Laé s'élargissait comme pour ne rien perdre de la scène lugubre qui allait se passer au milieu de la baie silencieuse ; le Mowna-Roah allongeait ses épaules anguleuses au-dessus de son frère, et le Mowna-Kah, l'aîné des trois, planait sur eux de toute sa tête chauve, dont l'ombre gigantesque se projetait jusqu'à l'horizon. Sur le rivage, c'était une terre labourée, fouillée, en désordre ; on eût deviné qu'un combat sanglant y avait eu lieu la veille, car on voyait encore çà et là des débris de vêtements européens, des sagaïes brisées, des casse-têtes fendus, des lambeaux de manteaux de plumes et de casques à demi enfouis dans le sable. Les cocotiers de la plage étaient riants et se pavanaient dans leur majesté puissante ; les bananiers étalaient à l'œil leurs fruits suaves, onctueux ; les palma-christi élégants plantés en allées serrées voyaient, sous leurs feuilles dentelées, des hommes, des femmes, des enfants passer et repasser, se presser la main, se dire tout bas quelques mots à l'oreille, et piétiner, et danser, et jeter un regard avide vers la mer, où tout était immobile.

A terre, on eût dit une fête avec ses joies ; sur les flots, on eût dit un deuil à briser l'âme.

C'est que cela était ainsi : le voyageur ne se serait pas trompé dans ses conjectures. Mais pourquoi ces

choses et non pas d'autres ? — Pourquoi, dites-vous ?
C'est qu'il y avait là, sur une pointe de rocher s'avançant dans la rade, une large tache de sang. C'est que
le plus hardi navigateur du monde, le plus brave, le
plus vrai, le plus entreprenant, était tombé là, percé
par un poignard de bois durci au feu, au moment où
il disait à ses officiers et à ses matelots de ne pas faire
feu sur les insulaires. C'est que Cook était mort là,
mort après avoir donné vingt mondes nouveaux au
monde connu, et que ses débris mutilés, ceux qu'a-
vait épargnés la dent des Sandwichiens, allaient être
rendus à King, son successeur, et que la rade de Karakakooah se taisait pour mieux entendre le dernier
adieu que le compagnon du grand homme allait lui
adresser.

Un cercueil de fer est là sur le pont du navire où le
pavillon britannique déploie à l'air son orgueilleux
léopard. L'équipage, debout, le cœur serré, oppressé,
les yeux remplis de larmes, la tête nue et courbée, attend le triste signal. Les vergues sont mises en pan-
tenne, partout le désordre, ce désordre qui dit le deuil
et le découragement. Tout à coup le bronze tonne à
tribord et à bâbord, les coups partent à distances égales ; l'île d'Owhyée s'en émeut, les naturels se sauvent
dans l'intérieur des terres comme si l'heure de la
vengeance était sonnée pour eux... Silence maintenant.
Écoutez, écoutez : un bruissement a lieu, la mer s'ouvre et se referme, elle a reçu dans son sein, et pour
l'éternité, l'immortel pilote qui l'avait soumise pendant tant d'années, celui qui l'avait si bien étudiée, si

bien comprise qu'elle n'avait plus rien à lui cacher du secret de ses calmes et de ses fureurs.

Les restes sanglants de Cook sont là, au fond de la rade de Karakakooah, mais sa gloire est partout, mais son nom vénéré est répété d'écho en écho dans toutes les parties du monde.

6

ILES SANDWICH.

Kookini. — Baie de Kayakakooah. — Kaïrooah. — Visite à
la pointe où Cook a été tué.

L'histoire des voyages et avec elle toutes les histoires disent que Cook a découvert les îles Sandwich,
qu'il dota du nom d'un grand ministre.

Eh bien! toutes les histoires ont menti, ou du
moins toutes sont dans l'erreur, et il demeure avéré
que c'est l'Espagnol Gaëtano qui le premier a découvert ce magnifique archipel agité par tant de commotions terrestres.

Les pirates infestaient les côtes ouest de l'Amérique;
des combats heureux ou une longue et périlleuse na-

vigation par le cap Horn pouvaient seuls leur fournir les moyens de ravitailler leurs navires appauvris
par de pénibles croisières.

Gaëtano leur fit une chasse à outrance, et dans une
de ses courses chaleureuses vers l'ouest il vit à l'horizon
un point noir qu'il prit d'abord pour un vaisseau ennemi, et il mit bravement le cap dessus. C'était Owhyée.
De retour à Lima, il écrivit à Charles-Quint et, lui faisant part de son heureuse découverte, il demanda la permission d'en diminuer la position sur sa carte d'une
dizaine de degrés, afin de ne pas la signaler aux écu-
meurs de mer, ce à quoi le monarque consentit par
des raisons politiques dont on comprend la sagesse...
Ainsi Gaëtano plaça la principale des Sandwich par
9 et 11°, au lieu de la placer par 19 et 21, espérant par là mettre en accord sa gloire et les intérêts
compromis de l'Espagne.

Au surplus, tant pis pour qui a le triste courage de
se résoudre à cacher un succès ; un autre vient plus
tard qui se l'approprie en le publiant, et quoique les
cercles de fer que le grand capitaine Cook trouva à
Owhyée et la crainte que les insulaires témoignaient à
l'aspect seul des armes à feu plaidassent la cause de
Gaëtano, l'histoire des voyages est sage de désigner
Cook comme le *trouveur* de ce groupe d'îles de lave,
destinées à être un jour d'une grande importance dans
les relations commerciales de l'Europe avec les Indes-
Orientales. Quant à nous, dès que le vent nous eut
accompagnés jusqu'à une lieue et demie de la côte,
nous la longeâmes sous peu de voiles et cherchâmes

la rade de Karakakooah, où nous voulions laisser tomber l'ancre.

Pendant toute la journée nous tournâmes la base gigantesque du Mowna-Laé sans que la montagne changeât sensiblement de forme, tant le cône est régulier. Nu au sommet, nu sur les flancs, à peine son pied présente-t-il à l'œil quelques touffes de palmistes sous lesquels le flot vient expirer. Le matin du deuxième jour, nous nous trouvâmes en face d'un petit village composé d'une vingtaine de huttes, d'où se détacha une pirogue pagayée par deux hommes qui mirent le cap sur nous. A peine arrivés à portée de la voix, ils s'arrêtèrent pour nous adresser quelques paroles auxquelles nous répondîmes à l'aide d'un vocabulaire anglais, mais nous ne pûmes parvenir à leur faire comprendre que nous cherchions la rade de Karakakooah. Un autre petit village nommé Kaïah, situé au fond d'un ravin, se montra bientôt, et de là encore cinglèrent vers nous deux nouvelles pirogues portant une douzaine de naturels à la mine farouche, à la voix éclatante, qui, malgré nos signes d'amitié, refusèrent de monter à bord.

— Est-ce que ces marsouins ont peur d'être mangés? disait Petit à ses camarades. Je suis sûr qu'ils sont coriaces comme des veaux marins. Tenez, en voici un qui vient à la nage. Cré coquin! comme il coupe! ce n'est pas un homme, c'est impossible! il file six nœuds, le marsouin! ça me rapatrie avec lui.

En effet, un Sandwichien s'était jeté à l'eau et, plus courageux que les autres, il nous aborda pour nous

demander sans doute si nous voulions être pilotés
jusqu'au mouillage; mais comme dans le lointain on
découvrait, à l'aide des longues-vues, des bâtisses et
une anse bien abritée, nous laissâmes là l'audacieux
nageur, qui regagna sa pirogue, et nous cinglâmes
vers Kayakakooah sans nous douter que Karakakooah
était déjà derrière nous.

Mais le calme nous surprit en route, nous passâ-
mes la nuit en face d'un village nommé Krayes, bâti
sur un rocher à pic et de peu d'élévation où la mer
battait avec violence. Des feux allumés sur toutes les
parties de la côte nous disaient que là aussi étaient
des êtres vivants; mais leur existence devait s'y traî-
ner bien souffreteuse et bien misérable, car la lave ne
donnait prise à aucune couche de verdure, car tout
était mort sur le penchant du cône, dans les flancs duquel bout le bitume en combustion.

Au lever du soleil, un grand nombre de pirogues à
un seul balancier entourèrent la corvette; de chacune
d'elles des femmes de tout âge, de toute corpulence
nous demandaient à grands cris la permission de monter à bord, et il n'était pas difficile de deviner ce qu'on
voulait nous offrir en échange de nos bagatelles.

Chez ce peuple, hélas! les mots civilisation et pudeur n'avaient aucun sens, et nos refus peu méritoi-
res leur donnaient sans doute une triste opinion de
nos mœurs et de nos habitudes. Au surplus, il est juste
d'ajouter que presque toutes ces femmes nues et onc-
tueuses étaient d'une laideur vraiment repoussante.

A six heures, une grande pirogue à double balan-

cier porta à bord le chef d'un village plus étendu que
les autres ; il entra chez le commandant et laissa sa
femme sur le pont et à la merci des plus téméraires de
nos matelots ; nul ne voulut profiter de l'occasion, et
peu s'en fallut, en revenant près de nous, que son
mari ne la frappât ; en raison du peu de succès qu'a-
vaient obtenu ses charmes. Deux hommes qui l'avaient
escorté dansèrent ou plutôt trépignèrent avec une sorte
de mouvements convulsifs, accompagnés d'un chant
guttural extrêmement désagréable ; et comme la brise
commençait à souffler, le pont fut bientôt déblayé de
ces importuns visiteurs. Quelques heures après, nous
laissâmes tomber l'ancre dans la rade de Kayakakooah, et chacun de nous, selon ses travaux, se pré-
para à de nouvelles excursions.

Quelque chose qui ressemble assez passablement à
une sorte de ville bâtie en amphithéâtre était là devant nous, à deux encâblures de la corvette, et à peine
notre présence fut-elle signalée à ses habitants réveillés que de toutes les parties de la côte s'élancèrent un
nombre prodigieux de belles et grandes pirogues à un
ou deux balanciers, les unes pagayées par des hommes,
la majeure partie par de jeunes filles à demi couvertes de pagnes soyeuses, sollicitant avec mille grimaces et
mille prières la permission de monter à bord. Ceci
pourtant est une capitale nommée Kayerooah, et c'est
de là sans nul doute que sont parties les mœurs des
villages devant lesquels nous avions passé depuis deux
jours. Serait-il donc vrai que toute agglomération fût
corruptrice ?

Assis au porte-haubans de la corvette, mon calepin
sur mes genoux et mon crayon à la main, s'il m'arrivait de jeter un regard de convoitise sur une jolie visi-
teuse et de la prier de rester immobile afin de la dessiner, elle me donnait à entendre que près de moi
la chose serait facile à exécuter et qu'elle ferait alors
gratis ce que de la pirogue elle ne voulait faire que
pour un cadeau. Nous avions cru la civilisation plus
avancée aux Sandwich et nous étions en droit de penser que les Anglais, qui y possèdent plusieurs comptoirs, auraient dû corriger chez ce peuple si bon, si
confiant cette effronterie de libertinage qui a toujours
quelque chose de révoltant et de triste à la fois.

Au milieu de ces pirogues si élégantes et manœu-
vrées avec une grâce extrême se montraient parfois
des femmes couchées ou plutôt assises sur une planche polie nommée *paba*, taillée en forme de requin.
Dès qu'elles veulent avancer, elles s'étendent sur le ventre, et les mains leur servent de rames, en sorte que la
moitié du corps est hors de l'eau. Si elles veulent faire
une halte, elles se redressent, s'asseyent, et sont mollement balancées au gré de la houle. Je vous assure que
tout cela est fort curieux à voir et à étudier.

Pour essayer leur légèreté à la nage, pour bien apprécier ce qu'on nous avait dit de l'admirable adresse
des Sandwichiennes au fond des eaux, nous leur mon-
trions souvent une médaille ou des sous attachés à
l'aide d'une jarretière ou au bout d'un ruban, promettant le tout à qui s'en emparerait ; nous les jetions d'un
bras vigoureux le long du bord ; tout à coup une dou-

zaine de corps s'élançaient, disparaissaient et reve-
naient bientôt, escortant la plus habile ou la plus
adroite plongeuse, qui nous montrait notre cadeau
d'un air triomphateur. Nous ne nous lassions pas de
ce spectacle si intéressant et si nouveau pour nous.

A neuf heures, une grande pirogue plus élégante
que les autres et montée par douze rameurs conduisit à bord le chef de la ville. Sa taille était de six pieds
trois pouces français, sa figure belle et douce, sa poitrine large, sa coiffure élégante, son sourire enfantin.
Il était à moitié couvert d'un manteau qui nous permettait de prendre une juste proportion de toutes les
parties de son corps, et il est rare de voir des hommes
mieux constitués que ce chef sandwichien. Du reste,
la manière décente dont il se présenta; son langage
(et il parlait très-purement l'anglais) ; le choix de ses
expressions; un enfant qui, armé d'un gracieux éventail, éloignait les insectes de sa personne; cet officier
assez bien vêtu qui lui servait d'escorte ; l'empressement marqué que mirent les pirogues qui nous entouraient à lui ouvrir passage; l'élégance, la propreté
et la grandeur de son embarcation, tout nous convain-
quit bientôt que nous avions affaire à un personnage
d'importance. Nous sûmes, en effet, quelques instants
après, que c'était le beau-frère du roi, qu'il s'appelait Kookini, que les Anglais lui avaient donné le nom
de John Adams, qu'il était gouverneur de Kaycrooah
et de toute cette partie de la côte, et le seul chef supérieur qui n'eût pas accompagné Ouriouriou à Toïaï.

Dans la crainte de ne plus en trouver l'occasion,

on voulut essayer sa force au dynamomètre ; il s'y prêta de bonne grâce, et il fit marcher l'aiguille jusqu'à 93 ½, point où personne, depuis notre départ, n'avait encore atteint ; sa vigueur reinale ne se trouva pas en proportion avec celle des mains.

Kookini promit au commandant un emplacement propre à établir son observatoire ; il l'assura que le lieu où il ferait ses opérations serait *tabou* (sacré) pour tous les habitants ; mais il le prévint qu'avant de livrer les vivres dont nous avions besoin, il était indispensable qu'il en donnât avis au roi, ce qui nécessitait un délai de trois ou quatre jours. Il l'assura néanmoins qu'on pourrait, avec des objets d'échange ou des piastres, se procurer à terre quelques provisions ; mais que pour de l'eau, elle était très-difficile à faire, parce qu'il n'y en avait pas de douce dans les environs et que les naturels n'en buvaient que de saumâtre. Il ajouta que si nous n'étions pas dans l'intention de changer de mouillage, il s'emploierait de son mieux pour nous faire obtenir tout ce qui nous serait nécessaire.

Satisfait de ses offres obligeantes, on se disposa à transporter les instruments à terre.

— Cré coquin ! me dit Petit en voyant descendre Kookini, le navire se déleste ; à la bonne heure, des matelots de cette façon, ça vous prendrait du pont même un ris à la grand'voile ; quelle compagnie de voltigeurs deux ou trois cents drôles ainsi taillés !

— Tu n'as pas osé lui rire au nez, comme au monarque guébéen ?

— Je n'aurais pu, tout au plus, lui rire qu'aux genoux.

— C'est-à-dire qu'il t'a fait peur.

— Peur, lui! Eh bien, je vous jure qu'il me paiera ce que vous venez de me réciter ici.

— C'est une plaisanterie de ma part; je te connais, je sais que tu n'as peur de personne.

— Pas plus de lui que de cinquante autres comme lui. Dites-moi, monsieur Arago, est-ce vrai qu'il est gouverneur de la ville?

— C'est vrai, et il nous a promis des vivres.

— Oui? C'est un brave. A-t-il promis aussi de l'eau-de-vie?

— Oui, aussi.

— C'est un César. Est-ce de l'eau-de-vie de Cognac?

— Pas tout à fait; on l'appelle ici de l'*ava*.

— Ah bah!

— Ava.

— J'ai compris. Cela soûle-t-il?

— Beaucoup plus que le cognac.

— Alors, vivent l'ava et le noble gouverneur *Coquini!*

La rade de Kayakakooah est grande et sûre; les hautes montagnes qui la défendent des vents les plus constants; la pointe Kowrowa, où périt Cook, située au nord, et celle de Karaah au sud, empêchent que la mer y soit jamais bien haute. La plage est belle; quelques édifices et deux chaussées très-avancées offrent un sûr abri aux embarcations.

La ville de Kayerooah est d'une étendue considéra-

ble, mais les maisons, ou plutôt les huttes, sont si
éloignées les unes des autres, principalement sur le
penchant de la colline, qu'on ne peut guère les ratta-
cher au quartier de la plaine, où du moins de petits
sentiers battus figurent convenablement des rues et
des passages. Plusieurs maisons sont construites en
pierres cimentées; les autres sont faites de petites
planches, de nattes ou de feuilles de palmistes très-bien
liées entre elles et impénétrables à la pluie et au vent.
La plus grande partie des toits est recouverte de goëmon, ce qui leur donne une solidité merveilleuse;
quelques solives bien ajustées et assujetties par des
ligatures de cordes de bananier leur assurent une
durée considérable, et depuis que nous fréquentons
des pays à demi sauvages, les cabanes d'Owhyée me
paraissent les meilleures. Elles n'ont presque toutes
qu'un seul appartement orné de nattes, de calebasses
et de quelques étoffes du pays. Là couchent pêle-
mêle père, mère, filles, garçons, quelquefois même
les chiens et les porcs.

Vus de la rade, deux ou trois édifices ont quelque
apparence et font regretter de les trouver pour ainsi
dire isolés au milieu des ruines. Le plus considérable
est un magasin qui se détache en blanc sur toutes les
autres cabanes. Il appartient au roi, qui en fait son
garde-meuble, mais sans oser lui confier ses trésors,
enfouis dans un souterrain. L'autre édifice est un *moraï* situé à l'extrémité d'une chaussée s'avançant dans
la rade; le troisième est une maison appartenant à un
des principaux chefs de Riouriou, lequel, avant de

quitter la ville, a eu l'adresse de la faire *tabouer*
afin d'en éloigner les curieux et les voleurs. On me
donna à entendre que celui qui chercherait à y pénétrer serait à l'instant mis à mort, et que le maître
de la maison était un homme très-cruel et très-puis-
sant. Le quartier nord de la ville peut avoir une centaine de cabanes, dont la plupart n'ont pas plus de
trois à quatre pieds de hauteur sur six de longueur.
Les portes sont si basses qu'on ne peut guère y pénétrer que ventre à terre, et l'on respire dans ces cloa-
ques infects un air capable de renverser ceux qui n'y
sont pas habitués.

Vous connaissez mon habitude de chaque relâche ;
ce que j'aime à voir d'abord, c'est ce que je crains de
ne voir qu'une fois, c'est surtout ce que la foule dé-
daigne. Cook tomba entre Kayakakooah et Karakakooah. J'irai m'agenouiller sur la place fatale, non pas
demain, mais aujourd'hui, mais une heure après avoir
mis pied à terre. Quelques mots de renseignement me
suffirent ; mes provisions ne furent pas lourdes, on
ne meurt pas de faim dans ce pays. Je pris mes cale-
pins, je dis adieu à mes amis, et me voilà en route.
J'avais fait quelques pas à peine lorsque je me sentis
frapper sur l'épaule.

— Pardon de la liberté, me dit Petit, c'est moi.

— Que veux-tu ?

— Vous accompagner ; j'ai entendu dire que vous
alliez par là-bas saluer quelque chose, et je m'embête
à bord.

— Eh bien ! reste à terre si tu en as la permission

et laisse-moi tranquille. Je vais faire un pèlerinage, cette course est un pieux devoir pour quiconque a l'occasion de le remplir, et l'on ne va là ni pour rire ni pour se griser.

— Je vous jure de ne pas me griser et de ne pas rire; tenez, je serai triste comme si j'avais perdu Marchais, comme si vous aviez été *démâté* d'un bras. Est-ce que vous n'avez pas été content de moi dans ce village de galeux, aux Mariannes?

— Si, mais il faut...

— C'est dit, je vous accompagne.

— Je ne t'ai rien promis, et pour...

— Suffit, je savais bien que vous accorderiez; vous n'êtes pas si bête de laisser Petit ici tout seul : il ferait quelque sottise. Comment donc s'appelle celui que nous allons pleurer ?

— Cook.

— Il paraît que c'était le *Coq* des marins de son temps. Et ces fahi-chiens l'ont tué... Et vous défendez qu'on les saborde ! Ça n'a pas le sens commun ; vous vous détériorez, monsieur Arago. Le premier qui nous regarde un tant seulement du coin de l'œil, d'un seul geste de ma main droite je le fais virer de bord lof pour lof.

— Point ; tu ne seras jamais qu'un querelleur, un vaurien.

— On dit que c'est mal de changer, je mourrai comme ça.

Et tout en causant, nous avancions le long de la plage sans galets. Un petit bourg nommé Kakooah s'offrit bientôt à nous; nous y entrâmes Petit et moi, et la première parole que prononça mon matelot à un insulaire surpris et presque effrayé de notre présence fut *ava*.

— *Aroué,* répondit le Sandwichien, *aroué* (non, je n'en ai pas).

— Parole d'honneur ! dit Petit, ils sont tous *à rouer,* ils n'ont que ça à vous jeter à la face.

— Tais-toi et viens; tu es un ivrogne !

— Ivrogne ! le moyen de l'être quand on n'a rien à boire !

— Mais bientôt, appelés par un cri de l'insulaire à qui nous venions de parler, une vingtaine d'autres sortirent des huttes et nous entourèrent avec une curiosité ou plutôt une importunité qui devenait extrèmement incommode. Les jeunes filles surtout étaient si pressantes que nous ne pûmes nous en débarrasser qu'à force de grains de verres, de bijoux de laiton et de petits miroirs. Pour un mouchoir nous aurions conquis tout le village.

Ainsi que les femmes de Kayakakooah, celles-ci étaient lestes et bien taillées et offraient plus que dans la capitale un caractère de virilité qui faisait plaisir à voir. Plus nous avancions, plus le sol se dessinait âpre et rocailleux ; nulle part un chemin tracé ; par-ci, par-là quelques touffes de papyrus donnaient un peu d'ombrage au piéton, mais le reste du sol était d'une aridité d'autant plus rigide que pas un ruisseau descendant des montagnes ne jetait la vie aux racines du plus petit arbuste.

Bientôt un village nouveau, plus gai que le premier,

s'offrit à nous au détour d'un immense quartier de
lave vomie du Mowna-Laé. Petit prononça encore en
entrant son mot favori *ava;* une jeune et fort agréable
fille lui fit signe d'attendre et lui en apporta quelques
gorgées dans un vase de coco.

— Petit, lui dis-je d'un ton sévère, si tu bois, je
t'abandonne ici, je te le jure.

— Mais ça n'est pas possible, mon gosier est brûlant, j'ai besoin de me rafraîchir.

— On ne se rafraîchit pas avec du feu. Jette cette
liqueur.

— Ne pas la boire, c'est tout ce que je peux vous
accorder. Mais la jeter, c'est comme si vous m'ordon-
niez de battre mon père ou de vous f..... une giffle.

Petit rendit le vase à la jeune fille en grommelant,
et je fis accepter à la complaisante Sandwichienne, sans
rien lui demander en retour, une jarretière rouge à
laquelle elle parut attacher un grand prix.

Nous allions franchir les dernières maisons du village, escortés et presque menacés par les femmes, in-
dignées de notre chasteté, lorsque des cris sauvages
échappés d'un hutte appelèrent notre attention.

— On écorche quelqu'un là-bas, me dit Petit en
portant la main à la poignée de son briquet; ces gre-
dins-là n'en font pas d'autres. Voulez-vous que nous
allions fouiller?

— Attends, peut-être le bruit va cesser.

— Mais non, vous voyez qu'il redouble. On rit ici
comme on pleure chez nous; il est possible que ces
hurlements soient les romances de l'endroit.

— Suis-moi ; mais surtout de la prudence, nous ne sommes pas en sûreté ici, et tu sais que pour la vengeance les Sandwichiens n'y vont pas de main morte.

—En tout cas, s'ils osent nous attaquer, nous leur prouverons que nous ne sommes pas des *coqs* aussi faciles à plumer que celui dont vous m'avez parlé en partant.

Nous nous acheminâmes vers la cabane où retentissaient plus éclatants que jamais les cris frénétiques, et nous y vîmes, étendue sur une belle natte, la tête appuyée sur un oreiller chinois fort dur et recouvert d'une toile cirée très-joliment bariolée, une femme dans les douleurs de l'enfantement. Autour d'elle une douzaine d'autres femmes de tout âge, accroupies, lui tenaient les pieds, les mains, la tête, et braillaient à réveiller les morts et à tuer les vivants. De temps en temps, une seule, haletante, récitant à voix basse certaines paroles fort rapides, se jetait pour ainsi dire sur la pauvre souffrante, lui faisait respirer des grenades, lui mouillait la figure avec un linge trempé dans de l'eau jaunâtre et massait les membres endoloris de l'infortunée avec une violence telle que toute douleur devait être affaiblie à côté de celle que faisaient naître ses doigts nerveux. A notre aspect il y eut un moment de silence, interrompu bientôt par de nouveaux cris auxquels on nous pria de nous joindre; puis toutes les femmes se levèrent, hormis les quatre qui tenaient captifs les pieds, les mains et la tête, et la horde écumeuse se mit à danser en rond comme si elle assistait à une orgie. Il n'y eut pas moyen de l'échapper, nous

nous vîmes contraints, Petit et moi, de nous mettre de la partie, et mon drôle de matelot y allait de si bon cœur qu'il faisait à lui seul plus de tapage que quatre des plus robustes gardes-malade.

Un quart d'heure après notre entrée dans cette cabane, Owhyée comptait un *citoyen* de plus.

On porta la petite créature sur le bord de la mer, et quand nous eûmes distribué quelques verroteries à ces bacchantes en sueur, nous continuâmes notre route vers la pointe sacrée.

Nul incident remarquable ne vint nous distraire de la triste monotonie du paysage, et quoique nous eussions franchi plusieurs ravins assez profonds, nous ne vîmes pas la plus petite trace d'un courant d'eau douce. Cela est triste et lugubre.

Enfin nous arrivâmes à Kowlowa, que deux naturels, assis dans une pirogue, nous indiquèrent du doigt, comme s'ils eussent compris le motif de notre voyage. La rade de Karakakooah se déploya devant nous ; je me plaçai le front découvert sur le roc poli où je supposais que le noble capitaine avait été frappé mortellement et je me reportai avec douleur vers ce jour funeste où était tombé le plus grand homme de mer dont l'Angleterre puisse s'enorgueillir.

— Tenez, me dit Petit, à qui je ne songeais plus, plantez à côté ce jeune bananier que je viens d'arracher de là-bas ; ces satanés *habits rouges* ne lui ont pas fichu seulement une petite pierre ou une croix avec son nom ; soyons plus justes qu'eux, et que ça lui porte bonheur.

Ainsi fîmes-nous. Je dessinai la place fatale, le fond de la rade de Karakakooah, où l'on découvre une assez belle végétation et un large rideau de cocotiers sous lesquels sont bâties un grand nombre de huttes, et nous revînmes sur nos pas, mornes et silencieux.

Cependant la nuit nous gagnait de vitesse ; nous couchâmes dans un des villages où nous étions déjà connus et où l'on nous attendait ; nous distribuâmes aux importunes femmes toutes les bagatelles dont nous nous étions munis prudemment, et grâce sans doute à notre générosité, nous ne fûmes nullement inquiétés par ces sortes de mendiants, qui veulent bien qu'on leur donne, mais qui, par compensation, vous offrent aussi quelque chose. L'égoïsme n'est pas dans la nature des Sandwichiennes.

7

ILES SANDWICH.

John Adams. — Moraï. — Mœurs. — Supplice.

Sir Adams m'attendait dans sa demeure, car, s'é-
tant aperçu à bord que je le dessinais, il me pria de
faire son portrait, ce à quoi j'avais consenti. Sa case,
beaucoup plus aérée que celles que j'avais déjà visitées,
était meublée avec goût. Il y avait là un lit élégant,
mais sans matelas ; deux chaises d'osier fort propres,
une table en acajou, un grand nombre de belles nattes,
plusieurs oreillers indiens, bariolés d'une façon très-
originale. Sur les murs on voyait quelques trophées
d'armes, que je convoitais du regard, et, dans un

mauvais cadre, la figure du grand Tamahamah, peinte par je ne sais quel vitrier voyageur.

Kookini, me voyant entrer, se leva et me tendit la main ; puis je m'assis sur une natte de Manille, et à peine me fus-je installé que deux femmes d'une ving-taine d'années vinrent à moi, me couchèrent, appuyè-rent doucement ma tête sur un des plus riches oreil-lers, et se mirent à me masser avec des cris et une force telle que j'en étais tout brisé. Je demandai grâce pour une politesse si exquise et si délicate, et je remerciai mes deux vigoureuses antagonistes en leur faisant accepter un petit miroir et des ciseaux, faibles présents qu'elles acceptèrent avec une vive reconnaissance, puisqu'elles me proposèrent de recommencer sur-le-champ l'opé-ration que je les avais priées d'interrompre.

Quant à Kookini, dès que j'eus achevé son croquis, sur lequel il appuya un fort gros baiser, il me donna à goûter d'un excellent vin de Madère, versé dans des verres en cristal, et m'invita à dîner pour le lende-main. Puis, m'offrant un oreiller, une natte et une de ces belles armes suspendues aux parois de sa case, il me demanda si j'étais content de lui et si je lui ferais l'honneur de nouvelles visites. Je lui répondis que je ne passerais pas un jour à Kaïrooah sans venir le voir, et nous nous séparâmes les meilleurs amis du monde.

En sortant, je vis, couchées sur des nattes et enve-loppées dans une immense quantité d'étoffes de papy-rus, les deux épouses de Kookini. Figurez-vous des êtres monstrueux, des phoques, des hippopotames. Ces masses énormes constituent ici la véritable beauté ; on n'y est réellement considéré qu'en raison du volume, et toute svelte et fringante Parisienne y serait traitée avec mépris. Au surplus, ces colosses informes avaient un caractère de physionomie plein de douceur et de bonté ; leurs pieds et leurs mains étaient d'une délicatesse merveilleuse ; les dessins qui ornaient leurs joues, leurs épaules et leurs jambes d'éléphant étaient faits avec un art infini, et l'une d'elles était même tatouée sur la langue. Mais patience : ces deux Vénus de Kookini ne sont que de petites miniatures ; d'autres ravissantes merveilles m'attendaient à Koïaï.

Il n'y a pas de hutte à Kaïrooah où, quand vous vous présentez, on ne vous propose de vous masser comme première cérémonie de réception. Cela fait, il y a honte et péril à rester auprès des femmes qui les habitent, perpétuellement étendues sur des nattes plus ou moins bien tressées, et rien n'indique que la morale et la civilisation soient près de régénérer ce peuple, qui, du reste, ne voudrait peut-être pas du progrès.

La journée était belle ; je la mis à profit pour parcourir la ville et entrer dans un grand nombre de cases. Partout la paresse et le vice couchés sous d'énormes pièces de pagnes ; partout une vie dépensée dans le sommeil, et le dégoût se mêle à l'indignation pour flétrir des chefs, des gouverneurs, un roi, qui laissent aux portes même de la ville tant de terres incultes, quand la privation et la misère dévorent un si grand nombre de familles. Dans une de ces huttes, au haut de la colline, je trouvai quatre jeunes filles, la tête à demi cachée dans les quatre angles du logis, pleurant, criant et trépignant à la fois; puis, sur un signal donné par une autre femme un peu plus âgée, assise au milieu, elles tournèrent la tête, se regardèrent un instant en riant, reprirent, une minute plus tard, leur premier exercice avec des larmes véritables, rirent de nouveau et se groupèrent enfin, paisibles et satisfaites, autour de la femme qui semblait présider à ce singulier manége. J'en voulus connaître la cause; mais il me fut impossible de me faire comprendre, de sorte que je ne sais pas encore si c'est un amusement, une joie, ou une scène de deuil.

Au surplus, la cérémonie du massage me fut encore offerte avec instances, et je repoussai les ferventes prières qu'on m'adressait à cet égard, mais non sans avoir enrichi ces drôlatiques comédiennes d'un hameçon, de quelques épingles, d'un ruban rose et d'un petit miroir de deux sous. Je n'avais pas vu d'aussi jolies filles à Kaïrooah, et je n'en avais trouvé nulle part qui eussent plus de grâce et un sourire plus engageant.

Dans une case voisine de celle-ci, et où j'entrai parce que la porte en était fermée, je ne trouvai personne; mais dans le fond, sur une pièce de bois soutenue par quatre pieux artistement découpés, on voyait un petit buste de Napoléon en plâtre bronzé, entouré de jolis poissons secs. mêlés à des folioles de cocotier finement dentelées.

J'étais occupé à dessiner ce grotesque monument lorsque le maître du logis entra et me dit d'un ton grave et solennel ces trois mots prononcés avec une grande difficulté : *Cook! Tamahamah! Napoléon !*

Ce devait être le Tacite de la ville, l'historien en honneur de l'archipel. Je le saluai avec affection, et il me tendit la main d'une façon si grotesque et si fantasque à la fois que peu s'en fallut que je ne lui éclatasse de rire au nez.

De la ville à la haute colline qui garantit la rade des vents du nord-ouest il y a peu de chemin à faire, et je promenai de là mes regards sur tout le paysage, beau, imposant, pittoresque. C'est de cette colline que les habitants tirent toute leur subsistance, et le cœur se soulève de colère à l'aspect des deux plaines désertes et abandonnées qui circonscrivent de riches plateaux.

Ici, en effet, les cocotiers, les rimas, les bananiers, les tamariniers et les palma-christi ont une sève admirablement vigoureuse, tandis qu'au pied, nulle plantation, nul bouquet d'arbres, ne se dessinent pour protéger les naturels contre cette accusation de paresse dont les ont flétris tous les voyageurs.

A la vérité, si l'on assiste au repas des Sandwichiens, qui ne mangent guère que lorsqu'ils ont faim, on se demandera peut-être à quoi leur serviraient des terres labourées et de riches plantations d'arbustes utiles. Aux Mariannes, nous avions été déjà frappés de la sobriété des habitants de Guham; ici, un Mariannais serait un glouton, un ogre qu'il faudrait chasser de la ville, et un Européen y mourrait d'inanition s'il lui fallait se contenter de la ration du plus vorace Sandwichien.

Tamahamah, pendant son règne si agité, si glo-

rieux, avait fait des concessions de terrains à ceux de
ses sujets qui consentiraient à les cultiver, se réser-
vant de punir les demandeurs qui n'auraient pas rempli leur tâche avec activité; mais son fils Riouriou
a laissé le peuple agir selon ses caprices, et les terres
sont demeurées stériles.

Au reste, cette triste apathie des Sandwichiens pour
la culture, ils la portent encore dans toutes les habitudes de leur vie, et tel est le résultat nécessaire de
l'inertie de leur roi. Tamahamah élevait-il la voix pour
annoncer une bataille à livrer aux ennemis que lui avait
légués son père, toutes les populations étaient debout :
hommes, femmes, enfants et vieillards se rangeaient,
impatients, sous des chefs intrépides; chacun, au milieu de la mêlée, faisait son devoir de guerrier fidèle
et dévoué, et la paix se consolidait. On dit aujourd'hui
que le roi d'Atoaï a levé l'étendard de l'indépendance,
qu'une lutte est permanente entre les deux monarques,
et nulle cité ne s'agite et nul soldat ne songe à combattre. Riouriou s'endort au milieu de ses femmes.

Le gouverneur Kookini a deux maisons à Kaïrooah : la première, celle où il me reçut, est sa maison de plaisance; l'autre est sa citadelle, défendue par
deux obusiers sur lesquels on lit : *République française*.
Non loin de là et à côté du grand moraï est une espèce de rempart en terre et en pierre, où sont bra-
quées une vingtaine de pièces de petit calibre, protégées par des casemates ou hangars, recouverts de
feuilles de cocotier. On trouve là cinq ou six guerriers
sans vêtements, portant un fusil sur l'épaule et allant

d'un pas rapide de l'un à l'autre bout de la fortifica-
tion.

La sentinelle marche, au contraire, à pas très-lents
le long du rempart qui fait face à la mer ; et, au son
d'une clochette agitée par une autre sentinelle, la première fait volte-face pour continuer ses évolutions.
Chaque faction est d'un quart d'heure ; c'est trop pour
épuiser la constance et la force de ces guerriers. C'est
à côté de ce grotesque bastion, qu'une compagnie de
nos voltigeurs prendrait en une heurre avec des cra-
vaches, qu'il faut passer pour aller visiter le tombeau
de Tamahamah, vers lequel Bérard et moi, en dépit
de quelques sinistres avertissements, nous nous dirigeâmes d'un pas tranquille.

Deux Sandwichiens que nous avions pris pour guides nous escortèrent jusqu'à la citadelle, en refusant
de nous accompagner plus loin et en prononçant avec
effroi le mot *tabou* (sacré) ; mais, voyant notre résolution bien arrêtée, ils nous prièrent de nous détourner de notre chemin pour venir rendre un hommage
de respect aux cendres d'un de leurs chefs les plus ai-
més et les plus glorieux. Une pierre de taille, de trois
pieds de long sur deux de large, marquait la place sacrée ; les deux Sandwichiens s'en approchèrent dévotement en prononçant quelques paroles à voix basse,
parmi lesquelles je crus entendre le mot Tamahamah ;
puis ils grattèrent avec leurs pieds le sol voisin de la
pierre, le frappèrent du talon et piétinèrent d'une façon fort grotesque.

Après cette cérémonie, ils nous prièrent de les imi-

ter, ce à quoi nous consentîmes de la meilleure grâce
du monde. Bérard surtout sautillait comme un che-
vreau et me regardait sans rire; moi, je m'en donnais à cœur-joie, et si les deux Sandwichiens n'avaient
pas été satisfaits de nos témoignages d'affection et de
respect pour leur héros, ils auraient été fort ridicules
et fort injustes; mais il n'en fut pas ainsi, et, dans
leur contentement, peu s'en fallut qu'ils ne nous adorassent comme leurs dieux à la gueule béante.

Avant de pénétrer dans le moraï, que les Sandwichiens regardent comme un lieu saint et révéré, on se
trouve en présence d'un édifice solidement bâti en va-
rec, renfoncé, en saillie aux angles, et recouvert d'une
quadruple couche de feuilles de bananier entrelacées
avec un art infini. Il est haut d'une quarantaine de
pieds, impénétrable à tout regard. La porte d'entrée
en est basse, en bois rouge, avec quelques ciselures,
fermée par de fortes solives en croix et un cadenas
énorme. C'est le lieu où sont pieusement gardés les
restes du grand roi dont on ne prononce ici le nom
qu'avec une respectueuse vénération. En vain cherchâ-
mes-nous, Bérard et moi, à plonger un œil indiscret
jusqu'au fond du monument: partout un double mur
serré et compacte punit notre curiosité, et lorsque,
nous croyant à l'abri de toute investigation, nous voulûmes tenter, à l'aide d'une lame de sabre, de nous
faire jour jusqu'en delà de la première enveloppe du
tombeau, un cri terrible arriva jusqu'à nous, poussé
par trois Sandwichiens cachés dans une petite hutte
et préposés à la garde du lieu saint, et le mot sacra-

mentel *tabou* nous arrêta tout net, car nous n'ignorions pas qu'il y avait grande témérité à le braver.

Cependant, sans trop paraître déconcertés par les menaces des naturels qui nous regardaient de la plage, du camp retranché et de la limite du terrain sacré, que nul n'osait franchir, nous entrâmes dans le moraï, fermé par une haie de deux pieds de haut. A peine en eûmes-nous franchi le seuil que les insulaires les plus rapprochés se jetèrent à genoux, puis ventre à terre, et, en se relevant un instant après, ils parurent étonnés que le feu du ciel ne nous eût pas encore consumés. Aussi, profitant de la permission que la clémence de leurs dieux nous accordait, nous visitâmes et étudiâmes dans ses plus petits détails ce champ du repos éternel.

C'est un espace à peu près carré de trois cent cinquante pas au moins, où sont dressées çà et là, les unes debout, les autres assises sur des pieux peints en rouge, les statues des bons rois et des bons princes qui ont gouverné l'île. Ces statues, grossièrement sculptées, sont colossales; la plus grande de ce moraï a quatorze ou quinze pieds de haut, et la plus petite n'en a pas moins de six. Elles ont toutes les bras tendus, les mains fermées, les ongles longs et crochus, les yeux peints en noir et la bouche ouverte. Cette bouche est un four énorme où le prêtre dépose, le jour, les offrandes que les fidèles lui confient et qu'il vient ressaisir la nuit, en annonçant au peuple crédule que les dieux sont satisfaits. Dans la gueule d'une de ces images étaient encore, à demi pourris, de gros poissons, des régimes de bananes et

deux ou trois pièces d'étoffes de papyrus, tandis que
plusieurs autres portaient sur leurs épaules des débris d'oiseaux au plumage rouge, collés à l'aide d'un
mastic noir et gluant.

Les statues, debout ou assises, rappelaient, je vous
l'ai dit, les rois vénérés; mais d'autres idoles renversées et à demi recouvertes de galets figuraient les
princes ou les chefs voués au mépris et à l'exécration
des hommes. Douze statues étaient encore debout,
trois seulement étaient renversées. Heureux insulaires!
vos dieux vous ont protégés dans leur bonté! Au milieu du moraï est une bâtisse beaucoup plus grande
encore que le tombeau de Tamahamah et aussi solidement construite, dans laquelle on garde avec assez
d'indifférence des meubles européens du plus haut
prix, cadeaux faits, il y a peu d'années, par le roi
d'Angleterre au puissant monarque des îles Sandwich. Georges IV reçut en échange de ces magnifiques
meubles, dont on comprenait à peine l'usage ici, des
manteaux de plumes, des casques d'osier et plusieurs
éventails en jonc fort bien tressé, ornant aujourd'hui
une des salles du beau musée de Londres. Entre cousins, on se doit des égards.

De retour du moraï, Bérard et moi, nous nous
trouvâmes entourés par les naturels avec une curiosité
si empressée et pourtant si craintive que nous recon-
nûmes bien qu'ils étaient étonnés de nous voir revenir
sains et saufs d'une expédition si périlleuse.

De l'autre côté de la ville est encore un moraï infiniment plus soigné que le premier, *orné* d'une trentaine

de statues au moins, toutes debout, presque toutes
dotées de riches étoffes et de fruits délicieux. Mais le
plus beau de ces cimetières est, sans contredit, celui
qui domine Kaïrooah, à gauche d'un chemin condui-
sant à Kowlowah; celui-ci est vraiment magnifique;
les images des rois y sont sculptées avec un soin extrême. La haie qui le borde, faite en arêtes de cocotiers, est haute de quatre pieds, et, de tous côtés, sur
des pierres polies sont déposés en faisceaux des trophées d'armes, des étoffes soigneusement pliées, des
fruits renouvelés chaque jour, et souvent aussi de belles chevelures. Ces chevelures, les dieux seuls les ac-
ceptent en offrande; le reste devient la pâture du prêtre hypocrite de ces lieux de repos.

Je dois pourtant à la vérité d'ajouter que la plupart de ces statues colossales ont des poses fort licen-
cieuses, et que c'est à leurs pieds surtout que les
offrandes se voient plus nombreuses et plus riches.

Au beau milieu de ce vaste cimetière est une immense
charpente en bois, haute de plus de cinquante pieds,
assez solidement bâtie, où flottaient à l'air de volumi-
neuses étoffes du pays, des grappes de bananes flétries,
des cocos réunis en bloc, et au centre, sur un écha-
faudage, le squelette blanchi d'un veau.

Toucher à ces débris, à ces offrandes d'un ami à
un ami, serait s'exposer à de grands dangers de la
part des naturels, qui n'entrent qu'en tremblant dans
certains moraïs, les jours où hommes et cimetières
n'ont pas été *tabous* par les prêtres.

Mais ce n'est pas seulement le champ du repos que l'on

sacre, ce ne sont pas seulement les idoles que l'astuce et
l'hypocrisie entourent de tant de respect, ce sont encore
les environs des moraïs, ce sont les arbres voisins d'où
la fraude pourrait être aperçue, ce sont les collines
peu éloignées qui planent sur l'enclos; les prêtres sandwichiens savent admirablement leur métier, et le peuple ferme les yeux quand ils disent, eux, qu'on ne doit
pas les ouvrir.

   J'allais oublier d'ajouter que dans ce lieu de deuil où
se jouent tant de jongleries, où se commettent tant de
vols et de sacriléges, presque toutes les idoles sont debout (une surtout domine les autres de toute la hauteur
d'un capuchon rouge, pointu, de six pieds de long); que
deux princes à demi bons sont renversés à moitié et
qu'un seul est étendu honteusement sur des galets et
caché sous des arbustes parasites.

   J'ignore, au surplus, si ces ovations ou ces flétris-
sures se font avant ou après la mort des rois, des chefs
ou des gouverneurs, et c'est là précisément ce qu'il
aurait fallu savoir pour apprécier l'équité des juge-
ments.

   Deux Sandwichiens et deux jeunes filles arrivèrent
à ce moraï quelques instants après moi, et s'approchèrent d'une idole élevée à l'un des angles de l'enclos.
Le plus âgé des visiteurs s'arrêta d'abord, puis, en
grommelant entre ses dents, il s'avança lentement jusqu'au pied de l'image, qu'il toucha trois fois de la tête.
Il en fit le tour en agitant les bras et les épaules comme
un homme irrité par des démangeaisons. Le second
Sandwichien l'imita à son tour, et, à leur exemple, les

jeunes filles piétinèrent autour du dieu de bois; mais comme elles ne pouvaient en toucher les pieds avec leurs têtes, les deux hommes les soulevèrent et complétèrent de la sorte une cérémonie régulière. Après cela, les patenôtres recommencèrent de plus belle, les paroles sortirent bientôt plus bruyantes, plus rapides, et éclatèrent enfin comme un violent orage.

La prière dura une demi-heure, et lorsque tout fut dit et fait, les quatre pieux individus s'en allèrent, mais en marchant à reculons et en sautillant. Je remarquai, au surplus, que les jeunes filles, à qui l'on avait appris ces grimaces et ces trépignements si fébriles, y allaient de toute leur âme, car leur petit corps était tout en sueur, et une ardeur vraiment belliqueuse brillait dans leurs yeux enflammés. C'est que la foi s'était peut-être déjà un peu affaiblie dans le cœur des plus âgés.

L'enfance est crédule, la vieillesse l'est aussi; l'âge mûr est plus rétif aux croyances.

Pour bien juger les vivants, suivez-les souvent lorsqu'ils viennent visiter les morts. On n'ose guère mentir et se déguiser en présence de ceux à qui l'on croit que Dieu a donné la puissance de sortir des tombeaux et de lire dans le fond des âmes. La peur et l'intérêt seuls inspirent le mensonge.

Cependant, chez les vivants aussi, l'on trouve d'utiles enseignements, et, tout compensé, c'est au milieu d'eux que se font les études les plus curieuses et les plus instructives. Je m'échappai donc du triste moraï et je parcourus la ville. Hélas! Kaïrooah était assoupie comme de coutume, et quelques jeunes filles seulement, à près à la curée, avides des bagatelles européennes répandues avec profusion par nos matelots, voltigeaient de côté et d'autre le long de la plage. Je me dirigeai vers le débarcadère et je me trouvai en face d'un immense hangar où étaient entassées, protégées par de solides casemates, un nombre prodigieux de pirogues simples et doubles, d'une beauté vraiment miraculeuse.

Les meubles de nos plus habiles ébénistes ne l'emportent point sur ces embarcations par le fini du travail et la délicatesse des détails. La plus grande de ces pirogues avait soixante-douze pieds français de longueur sur trois dans la plus forte largeur ; les diverses parties de bois qui soutiennent le balancier sont nouées à la carcasse à l'aide de cordes tirées du bananier. On ne peut s'expliquer l'adresse et la solidité avec lesquelles les ligatures sont faites. Une double pirogue, moins grande que la première, avait soixante pieds de longueur ; la quille, jusqu'au bau, était peinte en noir, auquel on donne un vernis magnifique avec le suc d'une fleur jaune extrêmement commune dans toute l'île.

Il est aisé de s'expliquer le nombre prodigieux de pirogues que possédait Tamahamah par l'humeur belliqueuse de ce prince, qui, un an avant sa mort, avait projeté la conquête de tous les archipels de la mer du Sud. Il en avait, dit-on, plus de dix-huit mille, et ses ouvriers étaient sans cesse occupés à en augmenter le nombre.

Mais Riouriou, son fils, galeux et abâtardi, laisse

tout périr ; la paresse des habitants se répand jusque dans les établissements les plus utiles ; ses officiers et ses soldats dorment comme lui, quand tout les menace au dehors, et dans cet immense hangar, où plus de quatre-vingts pirogues se trouvaient pressées, un seul ouvrier était là, sommeillant, apathique, endolori de son inaction et courbé sous le poids du petit et léger instrument appelé *toé*, pareil à nos herminettes, mis en mouvement d'une seule main, et à l'aide duquel se creusent et se polissent ces admirables pirogues. Riouriou est un grand prince, comprenant à merveille que le travail et l'industrie sont la première et la plus solide fortune des peuples.

Je quittai le hangar, et, sans me douter du spectacle qui m'attendait, je suivis une centaine de personnes allant à pas pressés vers la pierre sacrée où Bérard et moi avions fait, le matin, de si folles et si pieuses gambades. Un chevalet aigu y était dressé sur deux pièces de bois, et autour, gravement assis, deux guerriers, coiffés de leurs casques d'osier avec des saillies en forme de champignon, attendaient un homme qu'on leur amena quelques instants après. L'un de ces soldats était armé d'un battoir ; l'autre, d'un glaive. Dès que le patient fut arrivé, un coup retentit, un cri terrible se fit entendre, le sang coula et le coupable, frappé, avait eu les doigts de la main droite coupés sur le tranchant du chevalet. Si la main avait été retirée au moment de l'exécution, si le battoir de l'homme qui faisait l'office de bourreau n'avait pas atteint le supplicié, le glaive était là pour lui trancher la tête.

Après cette horrible mutilation, qui dura en tout deux ou trois minutes, la foule se retira sans rien dire ; les deux guerriers brisèrent le battoir et le sabre sur la pierre sacrée, se serrèrent la main et se rendirent chez Kookini, où je les suivis, tandis que le malheureux fut conduit vers le moraï, où sans doute il avait encore quelque nouvelle expiation à faire.

De quoi donc était-il coupable? De s'être avisé, disait-on, de donner un soufflet à l'épouse d'un des principaux chefs de Kaïrooah. Kookini avait ordonné le supplice, car la femme outragée était proche parente du gouverneur, et le jugement en dernier ressort avait été prononcé sans qu'on se fût donné la peine d'entendre le coupable. A quoi bon la longueur des débats? Il n'y a ici ni avocat pour défendre ni jury pour condamner ou absoudre d'après sa conscience, et la justice n'en va pas... mieux.

J'ignore si sir Adams fut content de mes observations toutes franches et européennes et du langage de mes yeux ; mais je sais fort bien qu'il ne m'invita plus à le visiter et que je partis de Koïaï sans le revoir.

Il est de certaines privautés qui vous ferment toutes les portes ; mais quand l'indignation fermente dans une âme généreuse, il y a faiblesse et lâcheté à la fois à ne pas la jeter au dehors.

ILES SANDWICH.

Contrastes. — Bizarreries. — Mœurs.

Il n'y a peut-être pas de pays au monde plus curieux à observer que celui-ci ; il n'y en pas qui offre à un égal degré plus de rapports avec le naturel des hommes qui l'habitent. C'est une étude fort sérieuse à faire, je vous assure, et parmi tant d'êtres qui passent devant vous, vous ne trouverez pas deux exceptions pour démentir la règle générale.

Un soleil pénétrant projette ses rayons verticaux sur tout l'archipel ; la végétation la plus mâle lutte sans cesse contre les irritations d'un sol bitumineux qui

veut tout envahir, qui tend à s'emparer de tout :
point de fleuves qui le traversent, point de lacs qui le
rafraîchissent ; partout la lave menaçante, partout des
cratères, et dans quelques endroits une stérilité telle
que la presqu'île Perron elle-même serait un séjour de
délices.

Voyez, voyez cet immense Mowna-Laé, qui évidemment est le troisième fils d'une éruption volcanique, et
dont la base, au bord de la mer, n'est si large que
parce qu'il n'a pas eu la force de faire reculer le Mowna-Kah et le Mowna-Roa, ses terribles et inébranlables
voisins.

Depuis combien de siècles ces masses imposantes
sont-elles sorties des profondeurs de l'Océan ? Ont-elles
grandi petit à petit, comme ces gigantesques végétaux
africains auxquels il faut cinq ou six cents ans pour
monter d'un demi-pied, ou est-ce tout à coup, dans
une de ces effrayantes secousses qui font au loin trembler les continents, que le Mowna-Roa a posé ses flancs
au niveau des nuages les plus élevés et sa tête si loin
de son pied ? Ce sont là de ces graves questions géo-
logiques que nul observateur ne peut résoudre et qui
eussent fait reculer même la haute pensée de Cuvier.

Où est la base de ces trois cônes, dont le moins formidable écraserait encore le Pic de Ténériffe ? Sondez
à une lieue au large, et vous ne trouverez pas fond
par deux mille brasses : cela épouvante la raison. Sup-
posez, par une volonté céleste, l'Océan à sec ; placez-
vous, par la pensée, au pied de ces monts déjà si ef-
frayants, et dites-moi ce que seraient l'Illimani et

l'Ymalaya, qui trônent majestueux sur l'Amérique
et le Thibet.

Et maintenant les feux sous-marins ont fait leur office. Étouffés sous les masses qu'ils ont vomies, deux
de ces cônes bouillonnent sans doute encore dans les
profondeurs des abîmes; mais rien de leurs fureurs ne
surgit à la surface : il y a une immensité de la tête au
pied de ces géants du monde[1].

Eh bien! étudiez le peuple qui vit autour de ces cratères dominateurs, et vous retrouvez chez lui un reflet
de cette âpre et sauvage nature qui vous fait trembler
dans votre admiration. Le Sandwichien est abrupte,
lourd et turbulent à la fois; son caractère est bon par
instinct, et ses manières, ainsi que sa charpente, ont
quelque chose de rude et de repoussant. Toutes ses
passions, à lui, fermentent dans sa poitrine : il faut
une catastrophe pour qu'il les jette au dehors; mais
alors aussi elles sont terribles, elles tuent, elles écrasent, elles dévorent. Cook est mort dans une de ces
convulsions. Ainsi mourra quiconque essaiera de lutter
avec lui à armes égales. Lorsque ce grand capitaine
emmenait captif à son bord le roi, dont il croyait avoir
à se plaindre en raison du vol qu'il reprochait à ses
sujets, on vit les insulaires, au milieu de la mitraille,
s'avancer hardiment sur le rivage et jusque dans les
flots, emportant sur leurs épaules les blessés et les cadavres de leurs amis. La veille, ils étaient calmes; le
lendemain, ils ressaisirent leur nature primitive; mais

[1] Voir les notes à la fin du volume.

une éruption morale avait eu lieu, et l'Angleterre se vêtit de deuil.

Que le Sandwichien danse, qu'il s'amuse, gronde, caresse ou menace, vous ne vous en apercevez qu'au moment de l'explosion. D'abord c'est le repos, que ne trahissent ni les paroles ni les regards : la secousse galvanique a lieu ; le délire se montre, et tout retombe, un instant après, comme le cadavre abandonné par la pile de Volta.

Rarement le Sandwichien est debout ; il vit assis ou couché : on croirait que la vie lui est un lourd fardeau, et que, semblable à ses volcans, il a besoin qu'on le réveille. Il est couché quand il mange, il est couché quand il navigue dans ses pirogues ; entrez dans ses cabanes, dans ses huttes, vous le trouvez couché sous un énorme volume d'étoffes légères qui l'entourent sans le fatiguer. Son repos n'est pas le sommeil, mais ce n'est pas le réveil non plus ; il ne s'ennuie pas de cette vie de quiétude extatique, puisqu'il se la donne sans qu'on la lui impose, et il ne comprend le mouvement que comme un besoin. Apportez à manger au Sandwichien étendu sur sa natte, faites monter le flot jusqu'à sa demeure, afin qu'il puisse s'y jeter, retremper ses membres engourdis, et vous le retrouverez demain prêt à recommencer l'existence monotone des jours passés, et, pas plus que la marmotte, il ne se lassera de son gîte souterrain.

Remarquez cet homme si exceptionnel parmi tant d'autres hommes jetés sur le globe. L'Océan est calme, la lame expire tranquille sur la plage muette, et nulle

brise ne fait bruire les folioles des rares cocotiers ;
l'homme dont je vous parle, l'homme que je cherche
à vous faire connaître, ferme à demi les yeux, s'agite
lourdement, se roule endolori et dort. Mais que la
tempête mugisse, que le tonnerre gronde, que la foudre éclate, que les cocotiers crient sous la rapide rafale, que la vague écumeuse ouvre sa gueule et vienne
envahir la plage, oh! alors cet homme est debout et
prêt à combattre ; il se place au bord de la mer, il s'é-
lance, il lutte contre le terrible élément, qui ne peut
le vaincre ; c'est une tout autre nature, ou plutôt c'est
une nature réveillée : il lui a fallu une colère pour
rallumer la sienne ; l'homme des Sandwich se reflète
admirablement du sol qui le porte.

Je ne vous parle pas de l'enfance ou de la jeunesse,
semblables partout, pareilles dans tous les climats,
hormis chez les Lapons et les Groënlandais, où tout
est vieux en naissant : vous la voyez, aux Sandwich,
capricieuse, turbulente, pleine de sève, joyeuse et
sautillante : c'est un sang vif et chaud qui n'a pas encore eu le temps de s'attiédir, de s'imprégner des émanations atmosphériques ; elle bondit, elle veut du plaisir, elle le recherche, elle l'appelle, elle le goûte ; et,
un beau jour, quand elle est vieille, quand les seize
ans sont venus, elle se sent fatiguée, s'arrête, se couche et s'endort : le lion est devenu marmotte.

Il y avait là trop de force, trop de verdeur : tout
excès est mortel.

En est-il ainsi des îles voisines d'Owhyée? Tout l'archipel se meut-il dans les mêmes passions, sous les

mêmes influences? Les hommes de là diffèrent-ils de
ceux d'ici et dans des proportions égales à la dissi-
militude des terrains? Je le saurai, car Mowhée et
Wahoo auront bientôt nos premières visites. On nous
a assurés à Kryakakooah qu'Atoaï est en pleine révolte
contre Owyhée. Mowhée et Wahoo semblent aussi vouloir secouer le joug que Tamahamah avait imposé à
tout ce groupe d'îles. Ne serait-ce pas plutôt une révolution politique qu'une régénération morale?

Le grand roi qui avait opéré tant de prodiges, celui
qui avait préparé la conquête de tous les archipels
du grand Océan Pacifique, n'a légué à son fils qu'un
trône que celui-ci est incapable d'occuper. Rongé par
la gale, il sera bientôt vaincu par deux maladies plus
cruelles et plus dévorantes, la paresse et l'abrutisse-
ment[1].

Tamahamah, chef d'un peuple si fort et si écrasé à
la fois, devait mourir au milieu de ses projets de gloire
et d'envahissement.

L'avenir d'Ouriouriou, qui n'avait pas compris son
père, ne pouvait être douteux. Ce n'est que parmi les
nations civilisées qu'on trouve des rois faibles commandant à des hommes forts. Entre autres priviléges,
nous possédons aussi celui de la sottise, dont nous
avons presque l'orgueil de nous prévaloir.

---

[1] Hélas! je ne devinai que trop! Quelques lettres publiées par moi dirent
alors ce que deviendrait bientôt l'archipel des Sandwich : Riouriou et sa
femme sont venus mourir à Londres en implorant un secours qu'on n'avait
garde de leur accorder, et le ministre *Kraimoukouh* (Pitt), que nous fîmes
chrétien lors de notre séjour à Toïaï, savait fort bien ce qui lui reviendra
un jour de la jonglerie à laquelle il se soumit de si bonne grâce.

Je ne comprends pas, par exemple, que la vie passe si rapide dans un pays où tout ce qui naît est si fort et si robuste. Aux Sandwich, une fille de onze ans est mère; à seize ans, elle porte sur ses traits accentués les caractères de la maturité; à vingt-cinq, elle approche de la vieillesse, et à quarante-cinq ou cinquante, c'est presque la décrépitude. Quant aux hommes, leur carrière est moins bornée, soit qu'ils luttent davantage contre l'influence du climat, soit que le genre de travail qui leur est imposé par les besoins de toute espèce, à la recherche desquels il faut bien qu'ils songent pour eux et pour leur famille, leur donne plus d'énergie et de vigueur. Mais il n'en est pas moins vrai que leur vie est fort limitée et que les vieillards de soixante ans sont très-rares dans tout l'archipel. Si l'ouragan venu de la mer vomit sa rage sur les blocs de lave contre les aspérités desquels il vient expirer, le Sandwichien se couche, s'abrite sous sa case de cocotier et de fucus, et ronfle au bruit de la tempête; si la colère de ses montagnes menace les populations et porte au loin ses ravages, le Sandwichien s'accroupit encore sous sa case, qui tremble et attend le calme de la nature. Il est fait à ces secousses, à ces ébranlements qui ne l'étonnent plus et ne peuvent l'effrayer. Pour peu qu'il courbât la tête en face de ces colères, souvent si funestes, il y aurait contraste et mensonge entre lui et la terre où il est né; il y aurait divorce entre sa nature et celle que le sort a mise sous ses pieds pour y vivre et multiplier.

Ce n'est presque jamais contre le courroux des flots ou

contre celui des volcans que le naturel des Sandwich s'irrite et se défend : c'est contre les attaques des hommes.
Le premier est une nécessité qu'il doit subir, l'autre
une insulte qu'il veut repousser. Dans le premier cas,
il y a impuissance à lutter; dans le second, il y aurait
faiblesse, et le Sandwichien est essentiellement brave : il
est impossible d'être lâche sur un terrain si tourmenté.

Au surplus, étudiez le terrible Mowna-Kah planant
sur l'île pour la dévorer un jour; voyez ses laves ardentes bouillonnant à la surface et ses feux tourbillon-
nants offrant à l'œil le singulier et effrayant spectacle
des fournaises souterraines. Suivez ces rivières brûlantes qui portent la mort et la destruction dans les vallées, écoutez ces menaces retentissantes, ces mugissements profonds, ces horribles détonations des batteries du cratère qu'on retrouve partout, et vous compren-
drez ce qu'il faut d'énergie et d'audace à l'homme de
ces contrées pour consentir à les habiter.

Que si vous trouvez dans ma rapide analyse sur le
Sandwichien quelque contraste, quelque antithèse morale, c'est qu'ils existent en effet et que le sol d'O-
whyée est aussi partout un mensonge.

En effet, ici une grève de galets, là une grève de
sable; ici des rocs surplombés et déchirés par mille
rigoles, là des plateaux unis et lisses comme si le
frottement des siècles les avaient usés. D'un côté, une
végétation vivace; de l'autre, une nature marâtre qui
cherche à l'exiler; et puis la lave, au travers de laquelle s'échappent des pitons aigus de granit; une
mer furieuse sans qu'on puisse en deviner la cause,

et le matin, une onde transparente et paisible, reflétant un ciel d'azur. Owhyée d'aujourd'hui ne ressemble point à Owhyée de la veille, et il ressemblera moins encore à Owhyée du lendemain.

Je le répète, cette principale île des Sandwich est un mensonge perpétuel.

Ainsi des hommes. Voyez ces larges charpentes si bien faites pour résister aux secousses des éléments ; ces masses fortes et robustes, taillées comme l'Hercule ; eh bien! tout cela se repose sans fatigue, tout cela s'appesantit sans sommeil. Et puis encore, n'est-ce pas une imitation de la nature imparfaite et bizarre du sol que ces usages si étranges d'une moustache sur une lèvre, tandis que l'autre est épilée? ces cheveux longs d'un côté, courts et ras de l'autre? N'est-ce pas une boutade, un caprice de fou que la variété sans harmonie de ces dessins dont tout leur corps est bariolé? Ici, un nom vénéré, celui de Tamahamah; à côté du nom, un damier qui ne dit rien du passé, rien du présent et sera muet sur l'avenir; d'une part, un éventail; de l'autre, des roues, ou des croissants, ou des oiseaux. Voici maintenant des rangées de chèvres, et, par une volonté ridicule du dessinateur, la rangée de chèvres coupée par un cor de chasse inachevé. Toujours des désaccords, des contrastes, et cependant ce n'est pas tout encore.

Les Sandwichiens ont probablement appris que d'autres peuples avaient l'habitude de se peindre le corps, de se tatouer; ils savent que chez ceux-ci la figure est zig-zaguée de rainures et que le reste de

l'homme est pur; que chez ceux-là, c'est le torse qui
a reçu l'impression des piqûres, tandis que plus
loin les jambes ou les bras seuls en sont ornés. Eh
bien! eux, les Sandwichens, ont voulu se différencier;
et, par un privilége d'extravagance inconcevable, les
plus coquettes Sandwichiennes se font tatouer la langue!..

Encore si ces dessins étaient le résultat d'un travail
régulier, exécuté avec le même instrument. Mais
point, ce sont tantôt des égratignures assez profondes,
tantôt des piqûres imperceptibles; ce sont aussi des
plaies qui rident et chiffonnnent la peau, des brûlures
qui lui donnent une teinte, livide de telle sorte qu'on
croirait les individus frappés de maladies cutanées.
Voilà bien des soins pour gâter une belle œuvre, voilà
bien des recherches dépensées au profit de la laideur,
voilà une bien ardente imagination en travail pour détruire une harmonie.

Que d'études à faire sur le peuple de cet archipel!
Ajouterai-je que le langage vient encore me fournir
un nouvel argument? Ce n'est plus ici une musique
suave comme celle du Tchamorre, ni la gravité espagnole, ni la douce mélodie des Carolins; ce n'est
pas non plus l'articulation éclatante des Malais ni le
glapissement lugubre des Papous; mais il tient un peu
de ces divers dialectes, par cela seul qu'il diffère de
tous. Le parler sandwichien est guttural et vibrant à la
fois; il va par saccades et par soubresauts. Avant de
sortir, telle syllabe a l'air de prendre de l'élan, de se
consulter, tandis que d'autres, poussées avec rapidité,

partent et bruissent comme une détonation ou plutôt comme un roulement de coups de fouet. Au surplus, je ne peux le comparer qu'aux grognements et aux aboiements d'une meute de chiens rongeant des os qu'on veut leur arracher.

Ce n'est pas tout, ce langage si bizarre, si lent et si rapide à la fois, offre des singularités plus étranges encore. Au gré des habitants, la plupart des lettres, ou plutôt la plupart des sons, ont le droit de se modifier, de changer sans qu'on puisse en accuser le défaut d'organisation physique des hommes. Ainsi, l'on dit, selon le caprice, *Riouriou*, ou bien *Ouriouriou*, ou bien *Liouliou*, ou bien encore *Liolio*, donc l'*r* se transforme en *l* et l'*ou* en *o* simple. On dit encore *Cayakakooah*, ou *Tayatatooah*, et *Koïaï*, ou *Toïaï*. Le *t* et le *k* se chassent mutuellement l'un l'autre, selon le bon vouloir ou la fantaisie. A Kayakakooah, ou Tayatatooah, on nous parlait de *Tamahamah*, ou de *Kamahamah*, ou plus souvent encore de *Taméahméah*, et ce qui ajoute à l'étrangeté sauvage du parler sandwichien, c'est qu'après chaque phrase ou chaque mot se terminant par un bruit aigu, on est forcé de faire sentir l'*h* par une aspiration très-prononcée : ainsi l'on ne dit point *Pa* ou *Mowna-ka*, mais bien *Pa-h* et *Mowna-h-kah*, comme si, après avoir jeté au-dehors l'*h* du mot, on vouloit la ressaisir en aspirant.

Il faut bien que je vous dise toutes mes observations, puisque je m'y suis engagé dès mon début.

Et cette étrange cérémonie des sanglots et des larmes qui a lieu à la rencontre de deux amis, après quel-

ques jours de séparation, cérémonie terminée si brusquement et si grotesquement par le rire, n'est-ce pas
encore une fois la reproduction fidèle des colères des
volcans, qui se calment sous le plus beau ciel des tropiques?

Si chez les hommes le goût des dessins dont ils se
bariolent le corps est général, chez les femmes de tout
âge ces ornements sont une passion, une rage, une
frénésie. On en voit dans toutes les demeures, sur toutes les places publiques, sur la plage, sous les bananiers, passer là des journées entières à cette opération dont l'artiste ne semble pas se fatiguer plus que le
personnage qui pose. Pour ces tatouages, dis-je, on
adapte verticalement à une baguette longue de huit ou
dix pouces un tout petit os formant trois pointes, ou
les ongles aigus d'un oiseau qu'on rapproche à l'aide
d'un fil de bananier. Cette patte d'oiseau ou cet os
est noué fortement à l'extrémité de la baguette; on
l'appuie sur la partie à tatouer, qui est déjà dessinée
en rouge ou en noir, et l'on suit ainsi tous les contours en frappant avec une autre baguette sur la première des coups légers et rapides, de sorte que les
pointes, en entrant dans la peau, causent une légère
irritation sans douleur et une bouffissure qui ne s'en
va qu'au bout de quelques heures. Après cela, on
frotte assez longtemps la partie dessinée avec une
feuille large, amère et pleine de suc, et la figure, qui
n'était d'abord que faiblement colorée de rouge, devient d'un bleu foncé, se mariant parfaitement avec
la couleur cuivrée des Sandwichiens.

Je l'ai dit, la bizarrerie de ces dessins est une sorte de reflet du caractère inconstant, irrésolu et fantasque des naturels ; mais les femmes se distinguent des hommes par une volonté plus décidée : ainsi, chez elles les rangées de chèvres sont permanentes. Une jeune fille sans chèvres sur le corps serait peut-être déshonorée. Mais après ces animaux, ce qui a le plus de crédit, ce sont les damiers, les éventails et les oiseaux, dont elles se parent les joues, le haut de la tête, les épaules et le sein. Elle affectionnent beaucoup aussi les cors de chasse, qu'elles se font dessiner sur le postérieur, et il est assez commun d'en trouver qui sont tatouées du sinciput, des mains, de la langue et de la plante des pieds.

Qu'on ne me dise plus que ces dessins sont des hiéroglyphes à l'aide desquels on conserve l'histoire particulière des individus et l'histoire générale des familles ; je puis à cet égard donner un formel démenti aux voyageurs qui ont rêvé cette fable ingénieuse, car à Kayakakooah, comme à Koïaï, j'étais continuellement occupé à faire des dessins sur les jambes, les cuisses, les épaules, la tête et le sein des femmes du peuple, des épouses du gouverneur et même des princesses, et je vous assure que je ne puisais mes inspirations que dans mon caprice ou dans mes études de collége. Ganimède et Mercure se pavanent aujourd'hui sur plus de vingt flancs sandwichiens ; le gladiateur orne une quarantaine de jeunes filles d'Owhyée, et j'ai, depuis mon retour, rencontré à Paris des navigateurs qui m'ont assuré que le succès de mes Vénus, de mes Apollon et de mes caricatures avait créé là-bas un grand nombre d'habiles artistes indigènes, ajoutant, au profit de mon amour-propre, que les damiers, les chèvres et les roues avaient beaucoup perdu de leur antique faveur depuis notre voyage. Les arts sont usurpateurs.

Mais les dessins ne sont pas les seules parures dont la coquetterie sandwichienne fasse usage, et les trésors de la nature viennent encore en aide à leurs robustes appas. Nulle part au monde l'usage des colliers n'est plus généralement répandu. On fait des colliers en graines rouges ou vertes, on en fait en gazon, en folioles de latanier admirablement découpées, en fleurs, en fruits; j'ai vu des colliers en jam-rosa, j'en ai vu en petits os et en cheveux passés dans un énorme morceau d'ivoire taillé en forme d'hameçon. Les colliers sont plus qu'une parure, ils sont une nécessité.

Après eux viennent les couronnes, et comme les fleurs sont fort rares à Owhyée, les coquettes sandwichiennes ont imaginé de saupoudrer de chaux vive, dès leur jeune âge, les cheveux qui touchent au front, de sorte qu'à douze ou quatorze ans, ces cheveux blanchis figurent, à quelques pas de distance, une couronne de lis d'un effet fort extraordinaire.

Mais ici encore il y a des priviléges à signaler. Les femmes des chefs seules ont le droit de se couronner, et malheur à la fille plébéienne qui oserait jeter sur sa tête une simple touffe de gazon imitant une couronne.

Indiquez-moi donc des lieux où la parfaite égalité

soit comprise et mise en pratique ! Il y en a pourtant : ce sont les cimetières, les moraïs de tous les pays du monde. Gloire, grandeur et faste au-dehors, cela est vrai ; mais au-dedans, poussière d'esclave ou de maître, poussière de crétin ou d'homme de génie : égalité parfaite.

Ainsi donc, tout est harmonie dans le désaccord physique et moral des îles Sandwich ; on dirait que le sol a fait les hommes ou que les hommes ont élevé le sol selon leurs fantasques humeurs : des corps tatoués d'un seul côté et figurant, à s'y méprendre, un ouvrage commencé ou un fou à demi barbouillé d'encre ; ici, une seule moustache ; là, un côté de la tête rasé, et généralement une fille avec une seule boucle d'oreille, et mille autres singularités que je n'ose ou que je ne veux pas vous dire, afin que vous alliez vous-mêmes ajouter des arguments aux miens, déjà fort nombreux, et traduire mieux que moi les contrastes qui se développent à chaque pas aux regards observateurs.

Je dis les choses qui sont ; qu'un plus habile les explique.

ILES SANDWICH.

Jack. — Koïaï. — Tamahamah. — M. Rives de Bordeaux.

Cependant la double pirogue que Kookini avait expédiée au roi pour lui donner avis de notre arrivée fut de retour à Kaïrooah au bout de quelques jours et nous força de quitter le mouillage de Kayakakooah. Elle portait, outre vingt-quatre vigoureux pagaïeurs, à l'air martial et farouche, un Américain établi depuis longtemps à Wahoo et un pilote royal, nommé Jack, proche parent du souverain. Cet homme, plus grand que Kookini, était plus imposant encore par la gravité de ses manières que par sa colossale stature, et quoique ses traits, par exception, tinssent un peu du nègre, on remarquait tout d'abord dans son maintien calme, dans ses gestes, dans sa démarche, une habitude de commandement et de domination qui lui allait à merveille. Au surplus, ses reins seuls étaient couverts d'une pièce d'étoffe, et en débarquant il se dégagea d'un beau manteau du pays, qui semblait gêner un peu la hardiesse de ses mouvements.

Kookini était un peu malade; ce fut un second gouverneur qui reçut Jack sur le rivage. Dès qu'ils se virent, ils coururent l'un vers l'autre, se serrèrent affectueusement la main, gardèrent le plus absolu silence pendant une minute, et poussèrent ensuite à l'air des cris éclatants en répandant d'abondantes larmes. Autour d'eux un grand nombre d'hommes et de femmes répétèrent avec des cris étourdissants la singulière cérémonie, tandis que d'autres ne paraissaient pas même s'en apercevoir. Cela fait, chacun essuya ses yeux, se mit à causer fort paisiblement et sembla oublier le motif d'une tristesse si bruyante et si brève. Jack m'aperçut près de lui, occupé à dessiner cette scène étrange; il s'approcha de moi, me tendit la main, jeta un regard inquiet et curieux sur mon album et me montra dans un petit cadre le portrait de Tamahamah, fort bien fait par un dessinateur de l'expédition russe commandée par M. de Kotzebuë.

— Pourquoi ces larmes? Est-ce un désespoir? demandai-je à l'Américain après de mutuelles politesses.

— Oh! vous n'avez rien vu; ceci n'est qu'une scène entre deux personnages.

— Mais encore pourquoi ?

— En souvenir du grand Tamahamah.

— Et cette gaieté après les pleurs ?

— L'usage.

— Mais l'usage ne peut commander aux larmes de couler, et c'étaient des larmes vraies que celles répandues par Jack.

— Oh ! oui, véritables et brûlantes.

— Alors je ne comprends pas.

— Depuis plusieurs années je suis établi aux Sandwich, et je ne comprends pas mieux que vous ce peuple si extraordinaire.

— Est-ce par imitation que tant d'autres individus pleuraient aussi ?

— Non, c'est par amour pour Tamahamah.

— Pourquoi tout le monde n'en a-t-il pas fait autant ?

— Les petits personnages, le bas peuple, ne l'osent pas : c'est un hommage que les hauts dignitaires seuls peuvent se permettre ; les petits pleurent chez eux, dans la solitude.

— Voilà, je vous l'avoue, un bien singulier usage.

— Remarquez aussi que la taille est un titre en ce pays : nul n'est considéré s'il est de petite stature ; il n'y avait de pleureurs que parmi les grands.

— Ainsi donc la douleur se mesure par pieds, pouces, lignes ?

— C'est cela précisément.

On n'oserait pas écrire de pareilles choses si elles n'étaient constatées par tous les voyageurs.

— Deux amis, continua l'Américain, ne se rencontrent jamais sans répandre des larmes sur la mort du grand roi de cet archipel, et Riouriou, que vous aurez le loisir de juger plus tard, n'a cessé d'habiter Kayakakooah que parce que la vue du tombeau de son père lui était une douleur trop poignante.

— Riouriou sera-t-il regretté?

— Je vois que vous savez déjà le contraire.

— Pourquoi donc pleure-t-il si chaudement celui qu'il ne veut pas imiter?

— L'usage.

— C'est encore là une réponse que je ne comprends pas.

— Les usages existent, on s'y soumet, voilà tout. Ne sommes-nous pas un peu gênés, dites-moi, dans la plupart de nos vêtements? et pourtant nous les adoptons.

— Cela ne m'explique pas les larmes des Sandwichiens et l'oubli de toute douleur quelques instants après.

— Cela est pourtant.

— Oui, mais cela me semble moins touchant que ridicule.

— C'est que vous n'avez rien vu encore.

— J'attendrai donc pour mieux apprécier.

Jack venait de la part du roi féliciter notre commandant sur son heureux voyage et l'inviter à se rendre à Koïaï s'il voulait se procurer des vivres et de l'eau douce, l'assurant, au reste, que toute protection lui était acquise dans ses états.

Pas un seul des pagaïeurs qui portèrent Jack à Kaya-kakooah n'avait moins de cinq pieds neuf pouces ; deux en avaient six ; Jack avait six pieds quatre pouces français. Dans Kaïrooah, qui comptait à peine trois mille cinq cents habitants, nous avions vu une douzaine d'individus hauts de cinq pieds dix pouces, et plus de cinquante qui n'avaient pas moins de cinq pieds six pouces. Nous devions donc conclure de cet examen, fait avec une minutieuse exactitude, que la population d'Owhyée était d'une taille beaucoup au-dessus de la moyenne, et cependant King, le successeur de Cook, dit que les Sandwichiens, en général, sont d'une taille médiocre. Est-ce que la race se serait améliorée en si peu de temps? Cela n'est pas probable. D'après moi, King s'est trompé ou a voulu rapetisser au physique les hommes qui avaient massacré son illustre capitaine.

Kayakakooah est la principale ville d'Owyhée et se distingue surtout par la sûreté de sa rade. Quant à cette capitale, nous ne pûmes la juger comme il convenait, car la cour de Riouriou s'en était éloignée, et hormis Kookini, un second gouverneur et deux ou trois autres fonctionnaires élevés en dignité, tous les hauts personnages avaient suivi le roi à Koïaï, où il nous fallut bien cependant aller chercher les vivres qui nous étaient nécessaires et l'eau douce, dont nous commencions à manquer. Nous devions aussi, d'après Jack et l'Américain dont j'ai déjà parlé, trouver à Koïaï un Français établi aux Sandwich depuis plusieurs années, et comme ce brave compatriote jouissait dans cet archipel de quelque considération, nous dûmes penser que toutes les difficultés de nos approvisionnements seraient aplanies grâce à ses soins et à son influence. Le canon du bord rappela donc l'équipage; nous levâmes l'ancre, et, pilotés par le colosse Jack, nous fîmes route pour Koïaï.

Si une navigation le long des côtes est difficile et périlleuse, l'observateur y gagne aussi quelque chose, et les heures passent vite alors que tant de paysages se déroulent, riants ou sauvages, aux regards.

Partout ici un terrain fatigué, partout des mornes pelés et rapides; la lave envahit la plage; dans les anfractuosités des roches à peine quelques légères teintes de verdure pointent-elles pour dire qu'il y a encore un peu de vie dans ces tristes déserts, sur lesquels le terrible Mowna-Kaah lève sa tête mugissante. Plusieurs cabanes, d'exilés sans doute, se montrèrent à de grandes distances l'une de l'autre, et nous nous demandions vainement quelles ressources étaient offertes aux hommes dans ces lugubres plages pour les aider à ne pas y mourir.

Mais c'est ici surtout que le paysage se développe imposant avec ses sauvages couleurs. Depuis la plage jusqu'à un horizon lointain et violâtre, ce n'est qu'un désordre immense de laves superposées; ce sont de profondes ravines, sonores sous le pied et crevassées en tous sens, sinueuses; puis, s'arrêtant tout à coup et prenant leur vol, elles s'élèvent, montent et atteignent d'un seul jet les épaules du terrible Mowna-Kaah, qui se perd dans les plus hautes régions de l'atmosphère. Regardez là-bas ce géant énorme, où l'œil effrayé voit la silhouette d'un guerrier disposé à combattre; près de lui ce sont des masses imposantes de bitume perforé, comme si la mitraille s'était ruée sur elles; à côté, un dôme pareil à celui des pagodes de l'Indoustan; devant vous, des minarets élancés comme des mosquées orientales : il y a là fantasmagorie, turbulence, immobilité, chaos... La main puissante de Dieu peut seule créer de semblables prodiges.

Et pour raviver ce tableau, quoi? Rien, rien, pas un arbre, pas un arbuste, pas la plus légère teinte de verdure, pas un oiseau qui plane sur ces brûlantes scories, pas un quadrupède qui ose les affronter, pas un insecte qui puisse y trouver sa nourriture.

Essayer la vie au milieu de tant de débris vomis par les fournaises souterraines serait vouloir lutter contre la volonté céleste, qui a dit d'une voix solennelle : « Ici tout est mort. »

Eh bien! au pied de cet effrayant amas de laves sont élevées quelques cabanes; ces cabanes, réunies en groupes plus ou moins rapprochés, forment un village appelé Koïaï, et c'est dans ce village, où percent plusieurs cocotiers souffreteux et où la végétation trouve à peine à se faire jour, que Riouriou a conduit sa cour et ses femmes. Ressemble-t-il à Tamahamah, le grand roi de l'archipel? Nous le saurons bientôt. Disons d'abord ce qu'a fait le père, nous saurons ensuite ce que vaut le fils.

Le 8 mai 1819 fut pour Owhyée un jour de deuil et de désespoir : Tamahamah venait de mourir, et avec

lui s'effaçaient les projets d'agrandissement que ses
sujets avaient longtemps acceptés. Tamahamah venait
de mourir, et ses principaux officiers jetaient déjà un
regard de mépris et de dégoût sur son fils dégénéré. .
Le grand roi de cet archipel, qui avait deviné la civilisation et qui voulait en faire jouir toutes les îles océaniques, vit bien que son œuvre de conquête ne serait
point achevée. Rarement une gloire succède à une
gloire.

A peine eut-on des craintes sur une vie si précieuse
que les charlatans, les devins et les prêtres de tout l'archipel furent convoqués à Kayakakooah pour lutter
contre la mort s'avançant à grands pas.

Inutiles jongleries : la dernière heure de Tamahamah avait sonné. Aussi, voyant bien que toutes prières au ciel étaient superflues, il se hâta d'appeler auprès de lui ses principaux officiers, afin de les engager
à mettre à profit les conseils de sa vieille expérience.

— Que fait le peuple? demanda-t-il à son premier
ministre.

— Il pleure.

— Je l'ai pourtant bien tourmenté par mes projets
de conquête.

— Il vous aimait comme son père.

— Je l'aimais tendrement aussi, et je le sens plus
que jamais en ce moment. O mes amis! poursuivit-il
en tendant la main à tous les guerriers qui l'entouraient, tâchez de le raviver, ce peuple apathique; il
dormira tant, qu'il ne se réveillera plus et me suivra
bientôt à la tombe. Plus de sacrifices humains à nos

dieux : ils n'en veulent pas , croyez-moi. Il faut , mes amis, que vous me juriez d'abolir ces sanglants massacres. Vous voyez que le ciel ne m'a pas puni de mes efforts pour achever l'œuvre de régénération que j'avais commencée : jurez-le-moi.

Les chefs s'étaient déjà mis en quête de quelques victimes afin de désarmer la colère de sdieux , et nulle bouche n'osa s'ouvrir pour promettre et jurer.

— Je vous devine, poursuivit Tamahamah d'une voix éteinte et avec un regard douloureux ; vous voulez, pour l'amour de moi , résister à mes ordres ; mais telle est ma dernière volonté : refuserez-vous de la suivre? Telle est ma dernière prière : refuserez-vous de l'exaucer?

Les sacrifices qu'on allait commencer autour des moraïs n'eurent pas lieu ; les prêtres fanatiques se virent avec regret enlever leurs victimes, parmi lesquelles la plupart étaient volontaires , et Tamahamah, dont la voix s'affaiblissait à chaque instant, continua jusqu'à son dernier soupir les leçons de sagesse que le règne orageux de son père et les puissants ennemis qui l'entouraient l'avaient empêché de mettre à profit.

Cependant la douleur torturait Tamahamah , et sa grande âme craignait de montrer qu'il y succombait.

— Cela est lâche , disait-il de temps à autre, de s'attaquer à qui succombe sous le poids des fatigues et de la vieillesse ; mais ces souffrances, quelque horribles qu'elles soient, ne m'empêcheront pas d'adresser encore des paroles d'amour à mon fils. Riouriou, ajouta-t-il avec de profonds soupirs, je te laisse une puissance solide si tu es digne du nom que tu portes ; mais ne songe plus à mettre à exécution le plan que j'avais adopté : tu n'es pas encore assez brave. Consulte souvent les guerriers qui m'entourent, écoute leurs avis, guide-toi d'après leur expérience, ne te hâte jamais de punir un de tes sujets, tremble de frapper trop tôt celui que tu n'aimes pas, et si tu es offensé par des étrangers, appelles-en à leur loyauté seule. Essayer de les châtier serait signer ta perte. Adieu, mon fils, adieu ; et vous, mes amis, pressez ma main, pressez cette main que vous avez trouvée si forte au milieu des batailles. Je suis vaincu à mon tour... La mort est là : adieu, vous tous ; consolez mes femmes et souvenez-vous de moi.

Tamabamah n'était point un législateur : c'était un guerrier ; il avait compris que des hommes tels que ceux qu'il était appelé à gouverner n'obéiraient qu'à la force et qu'ils ne seraient point à la hauteur d'une morale plaidant le progrès. Aussi ses efforts réformateurs ne furent guère que des tâtonnements imparfaits, tandis que ses batailles étaient toujours décisives.

Le code militaire de ce grand prince était peu compliqué, précis, clair et intelligible pour tous ; chacun le savait par cœur.

« A lui seul était réservé l'honneur de porter le premier coup à l'ennemi.

» Nul n'avait le droit de quitter son poste pour venir l'arracher du milieu de la mêlée.

» Tout soldat fuyant le premier était à l'instant mis » à mort.

» Un guerrier pouvait, pendant une campagne, une
» halte ou une marche forcée, prendre un taro, un
» melon, un coco; s'il en prenait deux, il était puni.
» Dans le premier cas, le dommage était de peu de va-
» leur, et le tort disparaissait; dans le second, le be-
» soin étant satisfait, on devenait voleur.

» Après la victoire, le pillage était non-seulement
» permis, mais même ordonné.

» On récompensait, après la guerre, les soldats qui
» rapportaient le plus de dépouilles.

» Tout ennemi pris les armes à la main devait être
» mis à mort.

» Tout blessé à la poitrine avait droit à une récom-
» pense.

» Le fils de tout guerrier mort en combattant re-
» cevait un présent composé de nattes, d'armes, d'é-
» toffes. »

Le señor Marini, établi à Wahoo depuis quelques
années, et de qui je tiens ces détails, parfaitement
exacts, puisqu'ils m'ont été certifiés par plusieurs chefs
d'Owhyée, me dit encore que Tamahamah surpassait
en bravoure tous les soldats de son armée, et que son
adresse était telle qu'il arrêtait toujours au passage et
près de sa poitrine les sagaïes ennemies.

Dans son intérieur, bon jusqu'à la faiblesse, il se
montrait rigide et même cruel dès qu'il se mettait en
campagne. On l'a vu plus d'une fois, mécontent d'un
de ses chefs, au moment de l'action, se diriger vers
lui, l'abattre d'un coup de masse et prendre son poste
pour ramener dans ses rangs la victoire indécise. Il

était fier de ses nombreuses blessures, et quand un étranger arrivait à Owhyée, il s'empressait de lui montrer les cicatrices honorables dont son torse était criblé.

Il parlait fort peu, mais il aimait qu'on parlât beaucoup autour de lui. Tout silence lui paraissait une hypocrisie, tout bavardage une preuve de confiance et de droiture.

Il demandait souvent des avis à ses principaux officiers, et ne prenait cependant conseil que de lui-même.

Jamais Tamahamah ne fut battu, jamais il ne pardonna à un révolté.

Il était fier de savoir écrire son nom, et parlait l'anglais assez passablement; il s'inclinait avec respect chaque fois qu'on prononçait en sa présence les noms de Cook et de Bonaparte : lui-même on l'appelait le Napoléon de la mer du Sud, et il étalait avec un sentiment de noble fierté le portrait de notre grand empereur sur tous les murs de ses palais de bambous et de chaume.

Nous sommes arrivés quelques mois trop tard aux Sandwich.

A peine eut-on appris, par des courriers expédiés dans toutes les directions, la nouvelle que les jours de Tamahamah étaient en danger, que les insulaires ne s'enfermèrent plus dans leurs cabanes pour se reposer la nuit; on couchait sur la grève, on allait, on venait, on se pressait la main sans se rien dire et chacun avait *taboué* les objets qu'il affectionnait le plus, afin de se rendre les dieux favorables. Mais, dès que la mort du

grand prince fut connue, oh! alors on poussa à l'air
d'affreux hurlements, on brûla la plus grande partie
des pagnes et des nattes; on tua tous les porcs, toutes
les chèvres, toutes les poules; on renversa, on incen-
dia la plus grande partie des cabanes. Les femmes firent toutes le sacrifice de leur chevelure; les hommes
se firent enlever les deux dents incisives supérieures;
on se couvrit le corps de déchirures et de cicatrices;
on courait dans les rues et sur les places publiques pour
étaler à l'œil les mutilations; et tel était l'amour de ce
peuple pour son monarque que celui des individus
qui s'était le moins défiguré faisait rougir un fer et se
couvrait toutes les parties du corps de nouvelles plaies
et de nouvelles brûlures. Malheur à qui n'aurait pas
prononcé le nom vénéré de Tamahamah en répandant des larmes! malheur à qui aurait osé se coucher
sur des nattes et chercher dans le jour l'ombre d'un
rima ou la fraîcheur des flots de la mer! Il y eut des
victimes immolées aux dieux irrités, et ces victimes furent seulement les insulaires dont la douleur semblait
le moins profonde. On massacra plusieurs prêtres et
devins dans leurs moraïs, pour n'avoir pas eu la puissance d'apaiser les dieux, et l'on vit même un grand
nombre de fanatiques se diriger en désespérés vers le
Mowna-Kaah, arriver près de la cime et se précipiter
dans les laves ardentes.

Mais ce fut à Kayakakooah surtout que la désolation
se montra avec une sanglante frénésie. Pendant six
jours le peuple, les grands, mêlés et confondus, en
dépit des usages et des lois, ne quittèrent point la place

publique ; plusieurs dignitaires se firent sauter les
doigts d'une main, d'autres poussèrent le dévouement
jusqu'à se crever un œil, et une mort terrible eût
frappé celui qui aurait conservé sa chevelure intacte
et toutes ses dents.

Les femmes surpassèrent les hommes en cruautés ; le
torse de la plupart d'entre elles n'était qu'une brûlure ;
le sein, les joues, le cou, gardent encore empreintes
les traces de leur douleur, et l'on est à comprendre et
à s'expliquer une tendresse si vive, un désespoir si
poignant pour un homme dont une partie des indigènes connaissaient à peine les traits, et dont le plus
grand nombre n'avaient jamais entendu la voix.

Aujourd'hui même que toute forte douleur devrait
être apaisée, deux amis ne se rencontrent point, après
une absence de quelques jours, sans répandre des larmes en souvenir de Tamahamah, et la première santé
des repas est toujours portée au roi si vivement regretté.

Mais qu'avait donc fait ce prince pour le bonheur
de ses sujets ? De quels trésors avait-il enrichi toutes
ces îles ? Le peuple était-il plus heureux que sous le roi
précédent ? Ne l'écraserait-il pas, lui-même, sous le
poids de son insatiable ambition ? N'allait-il pas bientôt le jeter au milieu des flots pour tenter la conquête
de toutes les îles du grand Océan ? Cela est, les projets de Tamahamah étaient connus, les armées prêtes,
les pirogues entassées sous les hangars et dans les chan-
tiers, et cependant on l'aimait d'un amour extrême :
c'est que Tamahamah était brave par-dessus tout, c'est

que dans les combats qu'il eut à soutenir contre des chefs révoltés il s'exposait le premier aux plus grands périls, c'est qu'enfin il avait porté un coup terrible à l'autorité des prêtres en abolissant les sacrifices humains et en ne livrant aux dieux que des coupables et des condamnés qu'on gardait dans des cachots pour ces sanglantes solennités.

Sous le règne de son père, dès qu'on voulait se rendre les divinités favorables, dès qu'on voulait obtenir la cessation d'une éclipse, appeler dans les rades une plus grande quantité de poissons ou apaiser la colère du Mowna-Kaah, les prêtres apostés près des moraïs s'élançaient furieux, aidés de quelques soldats armés, sur les premiers passants, les entraînaient dans le lieu sacré et les immolaient avec barbarie. Tamahamah, trop faible encore pour combattre en face les antiques lois éternelles de ses peuples, les modifia du moins et satisfit ainsi aux usages et à la religion.

Le lendemain de notre arrivée à Koïaï, et au moment de nous mettre à table, nous vîmes venir à nous une double pirogue portant quelque chose qui de loin nous présentait une certaine analogie avec un homme. C'en était un, ou à peu près. M. Rives, le Français dont on nous avait parlé à Kayakakooah, s'empressait de nous faire sa visite, et quand la pirogue accosta, le héros gascon (car Bordeaux était sa patrie) nous vit tous sur le pont prêts à fêter un enfant égaré.

Le voilà. Il nous salue en ces termes : Messieurs et dames (avec cet accent que vous savez), j'ai l'honneur

de vous offrir mes très-humbles et très-respectueux
hommages.

Sa taille était de quatre pieds deux pouces au plus ;
il avait un œil vif, l'autre l'était un peu moins, un
nez pointu, une bouche rieuse, des pommettes sail-
lantes, un menton anguleux, et sur ses tempes, deux
chèvres honteusement tatouées étaient à demi cachées
par des cheveux longs et bouclés. Les doigts de M. Rives étaient gracieusement piqués à la mode sandwichienne, et quoique nous ne vissions point son torse
racorni, nous supposâmes avec raison qu'il avait été
soumis à l'épreuve du tatouage.

Le Bordelais était vêtu d'un habit trop long pour un
homme de cinq pieds dix pouces, et le brave Gascon
le relevait un peu de ses deux mains ; un pantalon re-
troussé d'en haut et d'en bas flottait sur des bottes
qui eussent été trop larges pour les jarrets énormes de
Vial, et du gilet panaché qui voilait son pectoral
M. Rives eût pu se fabriquer un carrick passablement
étoffé. Nous avions besoin de tous nos efforts pour ne
pas rire au nez de ce grotesque personnage ; mais les
matelots moins scrupuleux s'en donnèrent à cœur-joie
et plusieurs ponentais refusèrent de l'accepter pour
compatriote. Cependant il s'avança d'un pas rapide et
sautillant vers le gaillard d'arrière, pressa la main du
commandant, nous présenta les siennes, se dit le favori de Riouriou, nous offrit des porcs, des poules,
des bananes et des cocos à profusion, nous supplia
d'accepter, nous assurant qu'il en avait une quantité
immense. Chacun de nous répondit le mieux du monde

à des politesses si empressées, si franches, et comme
nous étions bien aises de lui rappeler la cuisine
française, nous l'invitâmes à dîner, espérant qu'il
nous raconterait sa vie aventureuse. A l'appétit avec
lequel il dévora nous commençâmes à douter de la
valeur de ses offres, et les poules et les porcs s'effacè-
rent pour nous dans un lointain brumeux : les brouil-
lards de la Garonne n'ont pas plus d'épaisseur. Hélas!
nous avions malheureusement trop bien auguré de
notre illustre visiteur.

Après dîner M. Rives parcourut le navire; il fit
à chacun des politesses désintéressées et nous em-
prunta, pour ne plus nous les rendre, des mouchoirs,
des serviettes, des chemises et quelques vêtements que
nous étions trop courtois pour lui refuser. Peu d'instants après, il quitta le bord, fort satisfait de nous, en
nous assurant qu'à terre il allait tout disposer pour
nous bien accueillir.

Au moment où le généreux Gascon descendait dans
sa double pirogue, Marchais, qui guettait l'occasion
de lâcher son mot trop longtemps comprimé, fit semblant de glisser et roula jusqu'aux pieds de Rives.

— Ah! pardon, monsieur, je ne vous avais pas vu.

— Il n'y a pas d'offense.

— Monsieur est musicien?

— Pourquoi cette question?

— C'est que vous avez là deux flûtes dans leur étui.

— Où donc?

— Mais, ce qui vous sert de jambes.

— Ce n'est pas gentil de railler un compatriote.

— Je ne suis pas du tout votre compatriote, monsieur : je suis Français.

— Et moi, Gascon.

— Vous voyez bien. Dites-moi encore : Y a-t-il des tailleurs à Owhyée?

— Non. Pourquoi?

— C'est que je voudrais vous demander un pan de votre habit pour me faire un paletot. Cré coquin! on n'a pas épargné l'étoffe comme chez nous; on ne vous devine pas là-dedans. Ça ne vous embellit point.

— Eh! mon cher, vous n'êtes pas beau non plus avec votre chemise rouge.

— Au moins elle est à moi, et je n'ai pas besoin de la retrousser comme une robe de princesse.

— Au fait, que vous importe que mon habit soit long ou court?

— Dame! c'est que les Bordelais qui sont sur la corvette vous renient. Mais, tenez, voilà votre double pirogue qui vous tend les bras; prenez garde de la chavirer; relevez votre houpelande, qui traîne. Bonjour, Bordelais! Tiens, où donc est-il? il m'a glissé dans les mains.

— Insolent!

— Il a dit insolent... je l'aplatirai.

Petit accourut.

— Il t'a appelé insolent, je crois?

— Parole d'honneur!

— Laisse-moi faire, il m'appartient, je m'en empare; la relâche sera amusante.

L'officier de quart, prévenu de cette petite altercation, s'élança pour adresser quelques mots d'excuse à
M. Rives, qui débordait, et fit faire à Marchais une
faction de deux heures sur les barres de cacatois. Petit
dit alors entre ses dents :

— Suffit, son affaire est faite.

— Il me paiera cette faction, mon brave Petit! criait
Marchais en grimpant; je te le recommande.

— Marchais, embête-toi là-haut, mon garçon, nous
nous amuserons quand tu seras descendu.

M. Rives s'était chargé d'annoncer notre prochain
retour au roi, et le lendemain, avant que l'état-major
se dirigeât vers la terre, je descendis à Koïaï avec
l'embarcation qui allait faire de l'eau.

— Çà, monsieur, me dit Petit en me parlant de Rives, c'est un farceur qui a voulu se gausser de nous;
je parie qu'il n'est pas plus Français que ces figures
goudronnées avec lesquelles il mange.

— Si, si, il est de Bordeaux.

— C'est donc un craqueur, et puis il nous a promis des cochons en pile; je suis sûr qu'il n'a pas le
plus petit pourceau.

— Comme tu le juges!

— Je m'y connais, allez; le roquet qui ose se présenter sur un bord ousqu'il y a des lurons taillés
comme vous et moi, avec un habit qui irait à un
homme de six pieds, est un pékin ou un filou.

— Allons, je vois que tu lui en veux.

— Eh bien! oui, je lui en veux; hier, en sortant du
navire, il m'a regardé, et puis je l'ai vu qui riait

comme si je lui avais servi de miroir ; foi d'homme, il est plus laid que le monarque de Guébé.

— S'il riait en te regardant, c'est que tu n'es pas beau, mon garçon.

— Et lui ! et lui ! Le sapajou de Guébéen ne lui donnerait pas deux points.

— N'importe, c'est un homme qui peut nous fournir des renseignements utiles, et je ne veux pas que tu le brusques, que tu lui cherches querelle.

— Ça suffit, vous serez obéi ; mais je l'aplatirai, quoique ce ne soit guère possible ; il n'est pas plus haut qu'un baril d'eau-de-vie.

— Tiens, le voilà sur le rivage, sois prudent.

— C'est ça, lui ? ça ? cette borne ? ce pingouin ?

— C'est lui.

— Il est à moitié nu, il a des dessins sur son espèce de corps, et ce gredin-là se dit de Bordeaux, le pays de Barthe ! Je parie qu'il n'est pas même de la Teste.

— Silence !

— Je file mon câble, je vas louvoyer au loin, car si je l'abordais, je le coulerais bas. Cré coquin ! quel magot !

Monsieur Rives, fidèle à sa parole comme tous ses spirituels compatriotes, nous attendait sur le rivage et ne parut pas trop confus de se montrer à nous en costume à demi sauvage.

— Bonjour, monsieur, lui dis-je en lui tendant la main, je vous remercie de votre exactitude.

— Il m'est si agréable de me trouver avec des Européens ! Mais pourquoi votre matelot s'est-il éloigné?

— Voulez-vous que je vous le dise? Vous n'avez pas le don de lui plaire.

— Je m'en suis aperçu; en quittant votre corvette, j'ai entendu sortir de sa bouche des choses peu aimables pour moi : il ne s'agissait de rien moins que de m'écraser contre une caronnade.

— C'est pourtant le meilleur homme du monde.

— Oui, le meilleur de ceux qui écrasent.

— Voulez-vous le mieux juger? offrez-lui un verre d'ava, et pour peu qu'il y prenne goût, vous saurez ce qu'est notre matelot Petit.

M. Rives dit quelques mots à un Sandwichien, qui partit en courant et revint un instant après. J'appelai Petit, qui s'approcha avec cette démarche de gabare au roulis que vous savez déjà, et qui, par habitude et selon la règle du bord, ôta son bonnet en arrivant.

— Monsieur Arago a besoin de moi?

— C'est Rives qui veut te parler.

— Ah! monsieur parle?

— Je voulais vous demander si vous accepteriez un verre d'ava qui ne ressemble pas mal à de l'eau-de-vie de Cognac?

— Mais f.....! monsieur parle très-bien. Voyons cet ava... ça chatouille, ça pique en diable, ça doit soûler... Ce citoyen a du bon, me dit Petit tout bas à l'oreille.

— Voulez-vous recommencer?

— Je recommence toujours.

— A propos, et pourquoi vouliez-vous m'écraser hier sur votre corvette?

— Quand on ne connaît pas les gens, on a toujours
envie de les écraser, et puis vous n'étiez pas beau ;
vous gagnez à être connu, votre figure est presque
gentille, et si vous vouliez, vous seriez un bel homme.

— Que faudrait-il faire pour cela ?

— Me verser un troisième verre de ce cognac, qui
n'est pas sans mérite non plus.

— Ça peut vous griser, vous faire mal.

— Mais, si ça me grise, ça ne me fera pas mal du
tout ; allons, versez, et vous avez six pieds.

Un quart d'heure après, mon brave matelot ne savait
plus s'il existait : la liqueur enivrante en avait fait un
tronc d'arbre.

10

ILES SANDWICH.

Koérani. — Supplices. — Les épouses de M. Rives. — Visite au roi. — Petit et Rives. — Vancouver. — Cérémonie du baptême de Kraïmoukou, premier ministre de Riouriou.

— Vous en voilà débarrassé, dis-je à Rives.

— Tant mieux, car il me faisait peur ; maintenant seulement je respire.

Après avoir poussé le pauvre Petit dans une cabane, M. Rives me demanda ce que je voulais voir d'abord.

— Ce qu'il y a de plus curieux.

— Ici tout l'est à étudier.

— Alors guidez-moi.

— Soit! Je vais vous montrer, à quelques pas d'ici,

un homme à qui l'on a crevé les deux yeux il y a
quinze jours.

— C'est ce que vous avez de plus gai à me présenter?

— Allons autre part.

— Non, conduisez-moi vers cet homme. Qu'est-ce
qui lui a valu ce supplice horrible?

— Il a essayé de séduire la femme d'un chef.

— Comment et par qui la sentence s'exécute-t-elle?

— Avec un morceau de bois aigu ou même avec l'index, et par le premier venu désigné par le roi ou un
prêtre. L'opération a lieu dans un moraï. Tenez, voyez-
vous cet individu couvert d'une pièce d'étoffe bleue :
c'est lui; il s'appelle Koérani. Je fis cadeau à cet infortuné d'une chemise et d'un pantalon, et quand je lui
demandai pour quel crime il avait été si cruellement
puni, le Sandwichien me le dit en souriant. Au reste,
nulle cicatrice ne se faisait remarquer aux paupières,
et Koérani se portait à merveille. Il avait montré pendant son supplice le plus grand courage, et il se pro-
mettait, disait-il, de se venger du mari jaloux selon
ses vœux et ceux de la femme surprise, dont il se pré-
tendait fort aimé.

— Si l'épouse d'un chef, demandai-je à Rives, cé-
dait aux instances amoureuses d'un homme *du peuple,*
que lui ferait-on?

— On la punirait comme on a puni Koérani.

— Mais nous, étrangers, courons-nous et faisons-
nous courir les mêmes risques?

— Oh! vous, vous n'avez rien à craindre, vous êtes

absous d'avance par les chefs et leurs femmes. Cependant ne vous attaquez point aux princesses, à moins qu'elles ne vous y encouragent. Au surplus, je doute fort que de pareilles masses puissent vous plaire.

— Et vous, êtes-vous marié, monsieur Rives?

— Oui.

— Vous me présenterez, je l'espère, à madame.

— J'ai épousé deux jolies petites Sandwichiennes.

— Rien que deux! vous n'êtes guère accapareur.

— J'aurais bien du plaisir à vous les montrer, mais pour le moment elles habitent Kaïrooah.

— Monsieur Rives, vous mentez.

— Presque.

— Un demi-mensonge de Gascon a déjà une certaine valeur.

— C'est vrai.

— Alors je m'aperçois que vous n'êtes pas tout à fait Sandwichien et que vous tenez à garder pour vous seul la propriété que vous avez acquise.

— Que voulez-vous! par esprit de réforme. On n'est pas impunément de Bordeaux.

Hélas! le pauvre Rives, jaloux comme un Européen, vantard, délicat et susceptible comme un Gascon, aimait tant la bonne chère qu'on lui faisait faire à bord, il y vint si souvent, si souvent, que ses deux gentilles épouses, qui l'aimaient comme on n'aime pas, le supplièrent de ne nous quitter que fort rarement, tant elles étaient heureuses, à son retour, d'écouter les détails pleins d'intérêt qu'il s'amusait à leur donner sur notre vie intérieure. De notre côté, comme nous avions de

plus graves études à faire à terre que sur la corvette,
nous ne rentrions pas toutes les nuits, et l'hospitalité
étant une vertu sandwichienne, l'on comprend pourquoi nous ne couchâmes jamais à la belle étoile. Au
surplus les nattes du sibaryte Rives avaient un moel-
leux égal à celui de la couche de Riouriou lui-même.

Après cette première visite à Koérani, si gaie, si di-
vertissante, M. Rives me conduisit par un petit sentier
tortueux vers une double source qu'il me disait fort
curieuse à voir; et moi, tout préoccupé du triste spectacle auquel je venais d'assister, je lui demandai pourquoi, à Kayakakooah, un homme de *basse extraction*
(car l'aristocratie est de tous les pays), coupable du
même crime que Koérani, avait eu seulement les
doigts coupés, tandis qu'on avait crevé les yeux à ce
dernier.

— Ici, monsieur, me répondit Rives, un crime est
plus ou moins grand selon le lieu où il a été commis :
si le roi eût été à Kaïrooah, c'est le coupable de cette
dernière qui eût eu les yeux crevés, et c'est Koérani à
qui l'on eût coupé les doigts. La présence des dieux
ou du monarque est censée devoir inspirer plus de
respect, et voilà comment un grand forfait d'aujour-
d'hui est demain une faute assez pardonnable.

La morale de cet article du code de Tamahamah
s'explique à merveille, et Riouriou, malgré sa stupidité, n'est pas homme à donner un démenti aux volontés de son père.

Cependant nous étions arrivés au bas de la colline,
et le nain de Bordeaux me montra deux sources jail-

lissantes, à deux pieds de distance l'une de l'autre.
De la première s'échappait d'une façon régulière un
volume considérable d'eau froide et légèrement saumâtre ; de l'autre sortait par saccades une eau très-
chaude et sulfureuse, laquelle devenait fort potable
après avoir été exposée quelque temps à l'action de
l'air. Je remerciai mon gracieux cicérone en le priant
de poser devant moi, et je lui fis cadeau de son portrait, dont il ne me sembla satisfait qu'à demi, quoique
je l'eusse embelli d'une manière presque honteuse.
A toute force, Rives voulait être un joli garçon.

Au surplus, l'intelligence du bonhomme s'était dé-
veloppée au milieu du peuple nouveau dont il avait
conquis l'admiration. Par exemple, il ne manquait jamais, lorsque nous passions devant une cabane, de me
dire d'un air joyeux : « Ceci est une cabane ; » en passant auprès d'un moraï, il me le montrait du doigt et
s'écriait : « Moraï. » Si deux Sandwichiens se promenaient à quelques pas de nous, il me frappait sur l'é-
paule en me disant : « Deux Sandwichiens qui se promènent ; » et je crois même qu'étant sur le bord de la
mer, il me secoua fortement, et, étendant ses bras
étiques, il me dit encore d'un ton solennel : « C'est
l'Océan. » Nul cicérone de Naples ou de Rome ne s'est
jamais montré plus exact, plus attentif, plus scrupuleux, plus ridicule que Rives le Bordelais. Je le re-
commanderais vivement à tous les promeneurs qui,
dans leur oisiveté, poussent jusqu'aux Sandwich, si
ce héros gascon n'avait depuis quelque temps abandonné sa patrie adoptive. Je vous dirai plus tard com-

ment il a su se faire à Bordeaux une brillante existence.

Cependant le temps devint sombre ; le vent souffla de terre avec violence ; les trois géants de l'île voilèrent leurs têtes menaçantes : tout retour à la corvette était impossible ou périlleux, et l'arrivée d'un canot sur la plage plus difficile encore.

— Vous le voyez, me dit M. Rives, le ciel s'oppose à votre départ. Voulez-vous utiliser agréablement le reste de la journée ?

— Je ne demande pas mieux ; conduisez-moi chez vos femmes.

— Non pas, mais chez le roi.

— Croyez-vous qu'il me reçoive ?

— Laissez-moi faire ; je me charge de tout.

— Vous prenez là une bien lourde tâche, monsieur.

— Oh ! je connais les usages du pays.

— Allez donc annoncer ma visite au roi ; je vous attends dans cette cabane.

— Non pas, non pas, dans une autre ; vous ne seriez pas assez bien ici.

— Elle a pourtant quelque apparence de propreté.

— C'est égal ; établissez-vous là, dans cette maison plus simple et mieux close. Je reviens dans quelques moments.

Dès que Rives m'eut quitté, je voulus savoir le motif de sa défense si officieuse. Le drôle avait raison : la demeure qu'il m'interdisait était la sienne, et ses deux gentilles femmes, à qui je dis *bonjour,* me reçurent avec une prévenance extrême.

Sitôt que mon fringant courrier eut achevé la mission dont il s'était volontairement chargé, il se dirigea vers sa maison, présumant bien, l'effronté, qu'il m'y trouverait installé par cela seul qu'il me l'avait défendu. C'était là aussi que je l'attendais.

— Je me proposais, me dit-il en me voyant respectueusement assis sur une natte loin de ses *tiers*, de ne vous présenter que ce soir, car je voulais que mes femmes se montrassent à vous d'une manière plus décente.

— La modestie est un vêtement, monsieur Rives, et vos dames ont une pudeur qui les sauve de tout péril.

— Pourquoi me dites-vous cela en souriant? me demanda Rives, qui faisait une sotte grimace.

— Par orgueil national, lui répondis-je avec gravité; elles sont presque Françaises, et mon sourire est une joie.

Rives fit une nouvelle moue un peu plus laide que la première, et, rompant cette conversation familière, je poursuivis d'un ton moins frivole:

— Le roi est-il prêt à recevoir ma visite?

— Le roi s'occupe de sa toilette; la reine favorite se pare de ses plus riches atours; nous nous mettrons en route dans un quart d'heure; mais, je vous en prie, ne souriez pas là-bas comme ici: Riouriou est susceptible en diable; il croit toujours qu'on se moque de lui.

— C'est bien de la modestie.

— Non, il sait ce qu'il vaut.

— S'il ne sait que cela, il paraît que c'est un grand ignorant.

— Allons, mettons-nous en marche.

Une cabane de quarante pieds de long sur trente de large, bâtie en bambou avec une toiture à demi délabrée en goëmon, entourée d'une palissade de deux pieds de haut en arêtes de cocotier; six pièces de canon sur leurs affûts assez propres, une quarantaine de soldats campés auprès de cette enceinte, un homme coiffé d'un casque d'osier élégant et original, ayant un fusil sur l'épaule, se promenant lentement et s'arrêtant pour faire volte-face à chaque coup de sonnette agitée par une autre sentinelle accroupie; un terrain déblayé en face d'une porte étroite et basse, un bananier derrière cette demeure et deux espèces de parapets en terre de quatre pieds de hauteur, tels sont le palais, le jardin, les citadelles, les armées et le champ-de-mars du puissant chef de l'archipel des Sandwich. C'est pourtant d'une cabane semblable que Tamahamah lançait ces terribles ordres qui faisaient trembler les îles voisines et mettaient sur pied des armées belliqueuses.

Ouriouriou était vêtu d'un riche costume de colonel de hussards français et couvert d'un chapeau de maréchal; il avait à ses côtés sa femme favorite, grande efflanquée, tatouée de la façon la plus ridicule et entortillée dans une robe de mousseline à fleurs qui lui serrait la taille; les hanches et les jambes étaient absolument nues, de sorte qu'elle ressemblait à merveille à un grand vilain enfant au maillot. Ajoutez à cela une couronne de fleurs jaunes, un collier énorme de jam-rosa enfilés à un jonc, des bracelets en verdure, une chevelure absente et un air de dignité à forcer le rire chez l'anglomane le plus inaccessible aux idées joyeuses, et vous aurez le portrait de madame la reine d'Owhyée. Quant à son joufflu de mari, il était grand, gros, lourd, rebondi, taché de plaies, galeux, stupide dans son maintien, stupide dans son regard, stupide dans sa dignité, s'épanouissant sur un fauteuil en ébène où on avait jeté une belle pièce d'étoffe de soie rayée de jaune et de noir, le tout figurant un roi, un trône, une puissance.

J'étais en extase, et Rives jouissait de ma surprise. Deux guerriers de six pieds de haut au moins se tenaient, debout et le sabre nu, à côté du monarque, tandis qu'une demi-douzaine d'autres soldats et de femmes monstrueuses, étendues sur des nattes, mâchaient je ne sais quoi et crachaient une salive verdâtre dans de grandes calebasses à moitié remplies de feuilles vertes et de fleurs jaunes et rouges. Çà et là on voyait encore des armes en bois, des bâtons dessinés, des fusils, des briquets, des pagnes, des sagaïes, et sur le mur, le portrait de Tamahamah en regard de celui du Napoléon de David franchissant le Saint-Bernard. Le grotesque et le beau, le trivial et le sublime côte à côte !

A mon arrivée, Riouriou me fit signe de m'asseoir après m'avoir tendu la main et me donna à comprendre qu'il ne bougerait pas plus que son éblouissante moitié; je vis ce qu'on voulait de moi et je me

mis à l'œuvre. Tant bien que mal mon ébauche fut
achevée en moins de trois quarts d'heure; je priai
Rives de dire au roi que je lui en apporterais le sur-
lendemain une copie finie et soignée, et Riouriou
m'offrit en échange un bâton admirablement ciselé,
un casque d'osier et un fort élégant éventail tressé en
joncs, d'une forme très-gracieuse.

Après cela, Rives prononça quelques paroles qu'il
accompagna de gestes dont le sens s'expliquait aisément, et je me vis forcé par les instances de la reine
de donner une séance impromptue d'escamotage. Je ne
saurais vous dire l'enthousiasme que j'excitai; on me
maçait, on me triturait, on me tournait et retournait
si souvent et si fort que je fus contraint de me déclarer
tabou pour ne pas succomber à tant de témoignages de
satisfaction et d'étonnement. La reine y déchira sa belle
robe, les princesses hippopotames se soulevèrent de
leur couche éternelle et je vis même un aimable sourire se poser au coin des lèvres des deux farouches soldats qui veillaient sur les jours si sacrés de Riouriou.
Mais quand j'eus promis au roi de lui montrer quelques-uns de mes tours, quand j'eus exposé à ses regards une chambre obscure qu'un de mes matelots
venait de placer par mes ordres à la porte du palais,
quand les figures qui se réfléchissaient sur le miroir
furent dessinées sur le papier, oh! alors les cris de
joie devinrent frénétiques, c'était de l'entraînement,
des spasmes, du délire; je devins prêtre, je devins
dieu, peu s'en fallut qu'on ne m'adorât, et si j'avais
eu la bouche fendue jusqu'aux oreilles, je crois qu'on

m'eût vénéré comme une des plus belles idoles des
moraïs.

Je sortis de la demeure royale accablé du poids de
mon mérite, et, tout fier de mes conquêtes de la journée, je me dirigeai vers le rivage pour me rendre à
bord. La mer était encore haute, agitée, et le canot
mouillé au large. Pour l'atteindre, nous fûmes contraints de nous jeter dans une pirogue qu'on lança
aux flots, et Rives, toujours galant, voulut être le
dernier à me donner la main. Peut-être aussi tint-il à
s'assurer par lui-même que je passerais en effet la nuit à
la corvette. Je vous l'ai dit, le Français n'était encore
qu'à demi Sandwichien. Petit était à son poste ; dès
qu'il vit Rives s'asseoir dans la pirogue, je remarquai
qu'il mâchait un peu plus vite sa pincée de tabac et
qu'il cacha un instant après sa grotesque face derrière
l'épaule de Barthe. Je soupçonnai un tour de sa façon
et je me promis bien de le prévenir ; mais le coquin
était trop leste, trop déluré, trop vindicatif pour ne
pas mettre ma prudence en défaut, et Marchais l'aurait
aplati si Rives n'avait pas au moins reçu une petite
torgnole.

Il y avait une demi-heure à peu près qu'il était sorti
de la vapeur enivrante de l'ava, et l'ivrogne ne se sou-
venait plus du bienfait. Sitôt que la pirogue fut à contre-bord du canot, Petit se leva, me tendit la main et
me fit asseoir sur le tapis bleu de l'arrière ; puis, présen-
tant galamment son bras à Rives, il lui dit :

— Citoyen, à votre tour ; le commandant désire
vous voir ce soir même.

III.   11

— Pourquoi ce soir?

— Oh! c'est un service qu'il réclame.

— Je vous suis.

Rives s'appuya sur le bras du matelot; mais celui-ci fit semblant de glisser, puis, enjambant le bord, il fit faire le plongeon au pauvre Bordelais pris à l'improviste.

— Cré maladroit! s'écria le satané gabier en écarquillant ses petits yeux, il était ivre, Dieu me damne! Comme il barbotte! Il boit, il boit, il pompe, l'imbécile! il ne sait donc pas nager! Attendez, attendez, je vais le sauver, moi!

Le sacripan se jeta à l'eau, et, sous prétexte de le soutenir, il fit avaler au malheureux Rives gorgée sur gorgée de l'onde amère.

— Courage! lui criait-il de temps à autre, aidez-vous un petit peu, ou un requin va vous gober comme un goujon; accrochez-vous à moi, nous arriverons, soyez tranquille... Et Rives buvait toujours. Enfin, il fut hissé dans sa pirogue et je lui donnai le conseil de retourner à terre, en lui promettant le châtiment du mauvais et méchant matelot. Rives nous quitta donc et nous rejoignîmes la corvette, où Marchais, sur le pont, attendait de pied ferme son camarade.

— Eh bien?

— Eh bien, mon brave, il doit être gonflé comme un ballon. Je te réponds qu'il en *est bu*. M. Arago a dit qu'il me ferait punir; mais je le connais, il n'en sera rien, il comprend la chose, lui, et Rives est un pékin.

— Tu t'es conduit en franc gabier, mon petit Petit;
je te *raime* et te *restime* de plus en plus davantage.
Compte que je te rendrai ça à la première occasion.

— Je ne suis pas en peine de toi.

Maintenant rétrogradons de quelques pas et touchons
à la gravité des faits accomplis, afin d'expliquer la ridicule cérémonie qui eut lieu à bord peu de jours
après notre arrivée à Koïaï. Le présent ne se reflète
pas toujours du passé.

Dans une assemblée des principaux chefs d'Owhyée,
présidée à la fois par Tamahamah et par Vancouver,
qui l'avait provoquée, il fut décidé, en dépit des volontés premières du roi, que l'archipel des Sandwich
serait placé sous la protection immédiate de l'Angleterre, qui s'engageait, elle, à le défendre contre toute
révolte intérieure et contre toute attaque du dehors.
C'était en quelque sorte déclarer Tamahamah inhabile
à apaiser les révoltes et à punir les mutins, c'était
donner droit de suzeraineté à la Grande-Bretagne et ne
plus posséder les îles que comme gouverneur. Tamahamah dévora l'offense qu'il ne pouvait châtier, et se
proposa cependant d'éluder du moins l'exécution de
cette espèce de traité qui le détrônait. Mais le but était
atteint. Les mécontents, bien sûrs de la protection anglaise, élevèrent une voix rebelle et se déclarèrent liés
à l'étranger par leurs serments. A la vérité, l'ascendant
de Tamahamah sur les populations soumises paralysa
pendant quelque temps les effets désastreux de la trahison; mais comment lutter contre tant d'ennemis à
la fos dont la plupart ne quittaient jamais son palais

de Kayakakooah. Il rongea son frein, et M. Young,
qui a suivi avec le plus vif intérêt les phases de cette
révolution politique, nous assura qu'elle seule avait
abrégé les jours du grand monarque.

Le coup frappé alors retentit encore aujourd'hui.
Sans hériter des vertus et du courage de son père, Riouriou a dû subir l'influence de ses ennemis, et, lâche
dans son indolence, il courbera la tête et laissera marcher les événements jusqu'à la secousse qui l'empor-
tera.

J'écrivis alors ce que les faits se sont malheureusement chargés de ratifier.

Un homme fin, rusé, souple, caressant, que Tamahamah avait envoyé comme gouverneur à Wahoo,
s'échappa un jour de cette île, où il mit à sa place un
frère ivrogne continuellement abruti par l'ava sandwichien et l'eau-de-vie européenne, et arriva à Owhyée
sous le prétexte d'appuyer la cause de Tamahamah dé-
sertée, mais dans le but caché de se vendre à la politique de la Grande-Bretagne. Tamahamah, pris au piége,
le créa son premier ministre, et les Anglais, dont il
était le principal agent, le nommèrent pompeusement
Pitt. Tout cela était glorieux sans doute; mais Kraïmoukou ne se trouvait pas satisfait encore. D'autres
puissances pouvaient venir disputer la conquête de
l'archipel à l'Angleterre : il fallait se mettre en harmonie avec elles. La France avait aussi des vaisseaux de
guerre et d'excellents capitaines, la France avait donc
aussi des droits sacrés à l'affection de Kraïmoukou-
Pitt, dont l'ascendant écrasait déjà Riouriou. Dès no-

tre arrivée à Koïaï, il nous annonça qu'il voulait se faire
chrétien, que son bonheur serait de recevoir le baptême
de notre aumônier et qu'il nous priait de ne point lui refuser cette faveur, nous assurant, au surplus, que les
navires de notre nation trouveraient toujours en lui un
protecteur ardent et dévoué. Ce qu'il nous demandait
était facile à accorder, et la cérémonie du baptême eut
lieu à bord de notre corvette. Elle fut assez piquante
et curieuse pour que je la retrace dans tous ses plus
petits détails. J'étais descendu à terre avec l'élève Jan-
neret, chargé de conduire le roi, car je voulais dessiner le départ de la famille. L'yole du commandant devait recevoir le monarque et une de ses femmes; la
reine-mère s'y fit aussi laborieusement charrier avec
Kraïmoukou par une demi douzaine de vigoureux
soldats, tandis que plusieurs élégantes doubles pirogues, chacune pagaïée par les principaux officiers,
servaient de brillante escorte à l'embarcation française.
Je me plaçai dans la plus belle des doubles pirogues
avec Gaimard et la reine Kao-Onoéh, et nous attendî-
mes pendant plus d'une demi-heure, sous un soleil ardent, Riouriou, dont la toilette s'achevait avec lenteur
et qui ignorait sans doute *que l'exactitude est la politesse des rois.*

Il arriva enfin coiffé d'un chapeau de paille noire et
habillé avec une petite veste de hussard et d'un pantalon vert fort richement brodé, mais nu-pieds, sans
cravate et sans gilet. La plus jolie femme de Kraïmoukou prit place à côté de Kao-Onoéh dans notre pirogue,
et nous eûmes le loisir d'étudier ces deux excellentes

créatures que je recommande à l'attention spéciale des
étrangers voyageurs. Avant de s'embarquer, Riouriou
se fit *détabouer* par le grand prêtre, afin de pouvoir se
mettre à l'abri du soleil sous une tente ou sous un parapluie, et je remarquai avec un profond sentiment de
tristesse qu'en arrivant auprès de la reine-mère, il lui
serra affectueusement la main et tous deux répandirent
des larmes en prononçant le nom de Tamahamah.

La flottille se mit en marche, le canot du commandant en tête; nous suivions immédiatement, et derrière
nous six autres pirogues portaient des officiers supé-
rieurs, quelques femmes et un grand nombre de curieux. Les plus robustes nageurs de *l'Uranie* armaient
l'yole[1], qui glissait rapide sur les eaux; mais quand
nous voulions essayer la vélocité de l'embarcation où
j'avais pris place, je n'avais qu'à demander une douzaine de forts coups de pagaïe aux Sandwichiens, et
l'yole du commandant était à l'instant dépassée. Nous
arrivâmes bientôt à la corvette, pavoisée de tous ses pavillons; Riouriou monta le premier; il fut reçu par
un salve de onze coups de canons et il descendit dans
la batterie pour voir exécuter le feu. On eut une peine
infinie à hisser sur le pont la reine-mère; mais enfin
elle arriva aux rires à demi étouffés de l'équipage, qui
craignait, disait-il, de voir sombrer la corvette. Après
ces deux personnages, Kraïmoukou s'élança moins
leste que Kao-Onoéh, à qui j'offris la main, et après
eux la femme si jolie et si compatissante du premier

---

[1] Je ne sais pourquoi les marins disent toujours *la yole*.

ministre, que je laissai monter seule et pour une cause que vous saurez plus tard.

— Fichtre, me dit Petit en m'apercevant, vous n'êtes pas le plus mal partagé.

— Tais-toi, bavard; et songe que tout ceci est fort sérieux.

— Aussi, nous en rions déjà comme des fous.

— Si tu te permets la moindre impertinence...

— Allons donc, monsieur Arago, vous voulez que je me taise, et le sapajou de Gascon est là.

— Où donc?

— Par terre, allongé; Marchais lui a donné exprès, sans le vouloir, un croc-en-jambe, et le crapaud s'est étendu.

—Vous êtes deux grands vauriens.

L'autel, surmonté de l'image décorée de la Vierge, était adossé à la dunette; des chaises et des fauteuils avaient été offerts aux princesses, qui aimèrent mieux se coucher par terre; les ministres, les hauts dignitaires, les officiers, le peuple, mêlés et confondus, couraient çà et là, fort indifférents à ce qui allait se passer. Le roi demanda une pipe et fuma; Kao-Onoéh et l'épouse du futur chrétien s'accroupirent, joyeuses comme des enfants, auprès du banc de quart, où elles m'appelaient à tour de rôle, et nous avions peine à leur faire comprendre l'utilité et la sainteté de l'auguste cérémonie qui nous rassemblait tous. La lumière céleste n'avait pas encore frappé leurs âmes.

L'abbé de Quélen parut enfin, revêtu de ses plus beaux habits; il officia, servi par le valet du comman-

dant, bedeau infiniment plus propre aux besoins d'une
église qu'aux exigences d'un navire. Notre capitaine
était le parrain, et M. Gabert, son secrétaire, la mar-
raine, en remplacement de madame Freycinet, qui
gardait la chambre, et la messe se dit aux ronflements
du roi et de quelques grands personnages qui respi-
raient en faux-bourdon. Kao-Onoéh était la plus curieuse des femmes; elle me questionnait sur tout,
et Rives lui traduisait mes réponses, qui semblaient
beaucoup l'amuser. L'épouse favorite de Kraïmoukou demanda d'un air assez peu inquiet combien
on couperait de phalanges à son mari et combien on
lui ferait sauter de dents; je l'assurai qu'on le lui ren-
drait fort intact, et les deux princesses ne compre-
naient pas comment une si belle récompense était accordée à celui qui ne faisait rien pour la conquérir.
La messe achevée, Kraïmoukou reçut l'eau sacrée du
baptême, et le ciel s'ouvrit à un élu.

Quand tout fut fini pour Louis Kraïmoukou - Pitt,
peu s'en fallut que M. de Quélen ne se vît contraint
par la violence à recommencer l'ablution sainte au profit de chacun des assistants. Kao-Onoéh se montra la
plus fervente des néophytes; elle s'élança, à demi nue,
vers notre abbé scandalisé; elle baisa ses vêtements,
ses dorures, et s'empara de l'image de la Vierge,
qu'elle présenta à l'adoration de toutes ses amies, presque
aussi dévotes qu'elle; puis, consolées du refus du prêtre, elles visitèrent la batterie, l'entre-pont, les cabi-
nes des officiers, le poste des élèves, et ce n'est pas
la faute de l'épouse aimée de Kraïmoukou si son mari

ne reçut ce jour-là sur la tête que le signe sacré de son salut.

Peu d'instants après, le roi, les princes, les princesses se rendirent à terre, et Louis Kraïmoukou-Pitt, le nouveau chrétien, alla se reposer dans sa cabane, au milieu de ses six femmes, sans avoir rien gagné dans notre estime, sans avoir rien perdu de l'amitié de Riouriou, ni de son autorité sur le peuple, à l'antique religion duquel il venait de donner un flétrissant démenti.

J'accompagnai les Sandwichiens à Koïaï, car c'est surtout après de semblables jongleries qu'il y a quelque chose à apprendre et d'utiles enseignements à puiser dans le recueillement de la pensée. Mais, hélas! on ne pense pas aux Sandwich; toute morale y est incomprise, excepté cependant celle de l'intérêt personnel, qui appartient à tous les peuples et qui est presque celle de tous les hommes.

Kraïmoukou, sous ce rapport, était un type curieux à étudier.

11

ILES SANDWICH.

Les veuves de Tamahamah. — Les femmes de Rives. — Dîner
de ministres. — Young. — Assemblée générale. — Religion.

Il y avait quinze ans que M. Rives était établi aux
Sandwich quand nous y arrivâmes : aussi, le sol, les
eaux, le ciel et le climat de cette zone vivifiante donnaient à son être si chétif un air de virilité et de force
contrastant de la façon la plus grotesque avec l'exiguité
de sa charpente anguleuse. Si sa taille eût été, je ne
dis pas même moyenne, mais un peu au-dessus de
celle des nains qu'on montre dans les foires, nul
doute que Tamahamah n'en eût fait un jour quelque
chose d'importance et que la haute fortune du Gascon

ne l'eût bientôt mis à même d'être utile aux navires explorateurs de toutes les parties du monde civilisé. Mais, hélas! dans un pays où le mérite se mesure au mètre, Rives, revêtu du pouvoir, aurait bouleversé les idées des Sandwichiens, habitués à ne regarder leurs chefs qu'en levant la tête au ciel. Aussi, en dépit d'une cure merveilleuse dont je vous parlerai plus tard, resta-t-il constamment dans une obscurité parfaite et toujours cependant accueilli avec bienveillance par les reines et les dignitaires de la cour, qu'il divertissait beaucoup par ses manières de sauterelle et les ridicules contorsions dont sa mâchoire était tourmentée quand il essayait de prononcer convenablement certaines syllabes de l'idiome sandwichien.

Sa fierté gasconne eut longtemps à souffrir de l'injustice du sort, et cependant, vaniteux par naturel, il ne négligeait aucune occasion de nous montrer que sa présence chez les reines ou chez les veuves de Tamahamah n'était jamais importune. Notre visite à Riouriou se fit sous ses auspices, quoiqu'il y jouât un rôle fort obscur. Le prince nous reçut dans son grand costume de colonel, et Rives se chargea de nous traduire les belles choses que le monarque galeux se plaisait à nous débiter avec une incroyable volubilité. Pauvre roi !

Une autre fois, après une course assez peu curieuse sur le bord de la mer, je lui demandai à qui appartenait une case fort passable auprès de laquelle se promenaient quelques soldats armés.

— Diable ! me répondit-il, c'est le palais des veuves de Tamahamah.

— Avez-vous accès auprès d'elles ?

— J'y suis reçu comme un ami, comme un frère.

— Pouvez-vous me présenter ?

— Je ne comprends pas que je ne l'aie pas fait encore.

— De quoi s'occupent ces princesses ?

— Elles laissent les jours se chasser les uns les autres, et c'est tout. Au surplus, vous verrez tout à l'heure ;
retournez-y plus tard, une seconde fois, vous les trouverez à la même place, et si le hasard vous ramène
par ici dans deux ou trois ans, rien ne sera changé
dans cette demeure royale, à moins que l'une des
veuves n'ait été rejoindre Tamahamah dans l'autre
monde.

Ce palais ne se distingue des autres cabanes de
Koïaï que parce qu'il occupe plus d'espace. On y entre
par une porte extrêmement large, mais tellement basse
que Rives lui-même, dont le front ne dépassait guère
ma ceinture, était forcé de se courber pour y pénétrer. A notre arrivée, à peine deux ou trois têtes s'agi-
tèrent-elles pour nous voir marcher, mais Rives parla,
sauta, fit quelques singeries, frappa une joue du dos
de sa main, comme on caresse chez nous les petits
enfants, et sembla ranimer pour quelques instants
les masses énormes qui gisaient là comme des débris
d'hippopotames à demi voilés par deux cents brasses
au moins de fines étoffes du pays de diverses couleurs. Au milieu de ces monstrueux amas de chair hu-

maine s'agitait un corps surmonté par une figure endolorie, aux regards abattus, à la physionomie pleine
de douceur et au sourire d'une bonté exquise. C'était
la reine-mère, favorite de Tamahamah, dont je fis le
portrait avec plaisir ; son langage avait un charme,
une douceur indéfinissables, et les dessins qui ornaient
sa poitrine volumineuse étaient tracés avec un goût parfait. Elle était tatouée sur la langue ; le nom de Tamahamah, la date de sa mort, se lisaient sur ses bras ; la
plante de ses petits pieds et la paume de ses mains si
délicates portaient des figures que je soupçonnai es-
quissées par le dessinateur de l'expédition commandée
par Kotzebuë.

Quand j'eus fini mon travail, elle me pria de l'or-
ner de plusieurs nouveaux dessins, et Rives m'apprit
qu'elle désirait fort un cor de chasse sur le postérieur
et une figure de Tamahamah sur l'épaule, ce à quoi je
consentis avec grand plaisir. J'avais à peine achevé
qu'un des officiers qui veillait autour des princesses se
mit à l'œuvre et piqua mes dessins avec une vitesse extrême, et le lendemain j'eus le bonheur de contempler
mon ouvrage sans que rien désormais pût le détruire.

L'amour de Tamahamah pour sa favorite était profond, et celle-ci conserve encore sur ses membres les
traces de la vive douleur que lui causa la mort de son
mari. Elle jura de ne plus se couronner de fleurs,
de ne se parer d'aucun bracelet, de ne jamais laisser
croître ses cheveux, se coupa une phalange du petit
doigt de chaque main et se fit sauter quatre dents le
jour même des funérailles du grand prince.

Dans sa jeunesse elle devait avoir été d'une remarquable beauté, et l'on s'explique dès lors tout l'amour que lui avait voué Tamahamah.

Auprès d'elle, un petit garçon fort amusant par sa vivacité agitait un grand éventail de plumes de divers oiseaux, tandis qu'une jeune fille absolument nue et fort gentille lui présentait par intervalles, ainsi qu'aux autres princesses, une grande calebasse à demi remplie de fleurs, dans laquelle elles crachaient à tour de rôle.

Cette cérémonie achevée, la calebasse, dont l'ouverture avait cinq ou six pouces de diamètre au plus, était fermée à l'aide d'une sorte de foulard noué qu'on ne touchait qu'avec une grande précaution. La reine favorite, toujours attentive à ce que je faisais, s'apercevant que je regardais beaucoup plus la jeune Sandwichienne qui présentait la calebasse, me fit demander par Rives si je voulais emmener son esclave avec moi, et je l'en remerciai du ton le plus franchement hypocrite du monde, ce qui égaya beaucoup l'assemblée, y compris l'espiègle, dont je récompensai la bonne volonté par une paire de ciseaux qu'elle accepta avec une joie ravissante.

Notre visite aux veuves de Tamahamah allait finir lorsque entra toute guillerette la femme de Riouriou, la belle Kao-Onoéh, enchantée, nous dit-elle, de nous trouver là. Sa taille était de cinq pieds six pouces, et comme elle s'était affranchie des vêtements européens sous lesquels elle m'avait paru si ridicule une fois, j'avoue que je la trouvai ravissante. Au reste, rien n'égale le laisser-aller de cette princesse, si ce n'est

peut-être le ton et les manières de certaines femmes de
Paris, que nulle honteuse proposition n'avilit, que
nul sale propos n'effarouche. Hâtons-nous d'ajouter
que les mots vice ou vertu, comme nous les comprenons en Europe, n'ont aucun sens pour Kao-Onoéh.

Elle était fille de Tamahamah et de Hika-Oh. Ce
prince l'épousa dès qu'elle eut atteint sa quatorzième
année ; Tamahamah mourut, et son fils Riouriou épousa
à son tour la femme de son père et par conséquent sa
propre sœur.

Je me suis fait donner cette assurance, non pas seulement par M. Rives, mais encore par M. Young et
par les princesses elles-mêmes, qui trouvaient cette
quadruple union fort naturelle. Ne vous ai-je pas dit
que le Sandwichien est un peuple fort curieux à étudier !

Je ne sais, en vérité, de quoi j'étais coupable envers mon cher demi-compatriote : toujours est-il que
pendant mon séjour à Koïaï il m'a joué deux ou trois
tours de sa façon dont je lui ai longtemps gardé ran-
cune. Hélas ! peut-être prévoyait-il dès lors que je
publierais, à mon retour en Europe, le récit fidèle de sa
triste et ridicule odyssée.

Nous venions de sortir de chez les reines, lui enchanté de ses singeries, qu'on avait accueillies avec assez de bonté, moi épouvanté encore de l'aspect hideux de ces masses informes de chair qu'on nommait
corps humains, et qui figuraient à merveille ces gigantesques chiens de mer venant péniblement mourir
sur la plage épuisée à les porter.

— Venez à bord, dis-je à Rives, vous dînerez avec nous.

— Merci; vos deux chers matelots me causent une frayeur que je ne peux maîtriser. Faites mieux, dînez avec moi.

— Chez vous? J'accepte.

— Non, chez le premier ministre Kraïmoukou, votre co-religionnaire, avec qui vous avez déjà fait si ample connaissance.

— Est-il nécessaire que vous m'annonciez?

—Je vous le répète, monsieur, des étrangers comme vous entrent ici partout, ils s'asseyent sur les plus fines nattes, ils se couchent, se reposent, dorment ou mangent sans qu'on s'en offense; au contraire, c'est un homme dont chacun se montre tout fier.

— Excepté vous; on dirait que vous avez encore plus peur de moi que de mes deux matelots.

— Ces deux peurs diffèrent essentiellement.

— Vous êtes un poltron. Si, comme vous, depuis quinze ans j'habitais les Sandwich, j'en aurais pris les mœurs et les habitudes. Et mordieu! vous serez tout à fait Sandwichien avant notre départ.

— Cela est pourtant bien dur d'avoir à craindre la présence d'un navire qui vous apporte des nouvelles d'un pays que l'on aime tant! Enfin, il en sera ce qu'il plaira au destin et à vous. En attendant, voulez-vous venir chez Kraïmoukou?

— Très-volontiers; mais je vous préviens que vous

12

me donnerez un gîte si après le dîner il est trop tard pour retourner à bord.

— Vous êtes bien cruel, monsieur Arago.

— Allons chez son excellence monseigneur de Kraï-moukou.

La demeure du ministre était voisine de celle de Riouriou, mais beaucoup moins spacieuse, et la porte d'entrée, au contraire, différente de celles des autres cabanes, avait une hauteur assez ordinaire. A notre arrivée Kraïmoukou se leva galamment et vint nous offrir des nattes d'une élasticité remarquable, tandis que sa favorite, dont la taille dépassait la mienne de deux pouces au moins, nous souriait d'une façon toute gracieuse : jusqu'alors c'était la plus belle et la plus jolie personne que j'eusse vue à Owhyée ; ses maniè-res étaient élégantes et folles à la fois, ses regards plus que hardis, son nez aquilin, sa bouche un peu bou-deuse ; mais la sotte avait cru devoir se faire abattre quatre dents afin de mieux honorer la mémoire de Tamahamah. Sa chevelure commençait à pousser noire et soyeuse, et la chaux en avait blanchi une couronne sur le front et sur les tempes ; les pieds et les mains de la princesse étaient d'une délicatesse à forcer ceux des Andalouses à se cacher ; ses bras rondelets, ni trop gros ni trop minces, avaient une souplesse de mouvement qui annonçait de la grâce et de la force, et les tatouages dont son beau sein, ses cuisses et ses jambes étaient ornés présentaient une originalité qui ne gâtait rien de cet ensemble bizarre, si curieux à voir et à étudier. La langue, la plante des pieds et la paume de la main

droite portaient également l'empreinte de quelques
fines piqûres, et je crus lire le mot Rurick sur une
de ses épaules. Ma jalousie contre le dessinateur de
l'expédition de M. de Kotzebüe s'en irrita ; je propo-
sai deux jolis dessins à Konoah, et je la vis bondir
de joie comme un enfant à qui l'on présente un jou-
jou. A sa demande je traçai un cor de chasse où
elle voulut ; puis, selon ma volonté, j'écrivis mon nom
en gros caractères à partir du cou jusqu'aux reins,
et je croquai deux boxeurs sur les flancs de la jeune
femme, qui ordonna à l'instant même que le piqueur
fût appelé. Au surplus, Konoah se prêtait à tous ces
jeux avec un abandon bien capable d'épouvanter Kraïmoukou s'il avait eu la jalousie de Rives ; mais le soleil des Sandwich frappait depuis trente-six ou quarante ans le front du ministre, et ses femmes, même
sa favorite, étaient pour lui des meubles auxquels il
n'attachait aucun prix.

Quoi qu'il en soit, Konoah se fit toute belle pour
nous bien recevoir, elle se para d'énormes colliers, de
couronnes de fleurs et de verdure, de bracelets de jam-
rosa et de verroteries européennes ; enfin, elle ne négligea rien pour nous subjuguer : hélas ! la pauvrette
faisait des frais bien inutiles, elle était mille fois plus
séduisante sans vêtements et sans couronnes.

Dois-je tout dire cependant, et ne vais-je pas un peu
désenchanter l'imagination active de mes lecteurs ?
J'ai promis la vérité :

Konoah avait la gale.

Nous nous mîmes à table, le ministre, Rives et

moi, Rives debout afin de ne pas être forcé de lever les
mains pour se servir, Kraïmoukou et moi sur de belles chaises couvertes de moelleuses nattes de Manille,
à ce que je crois. Konoah ne dînait jamais avec son
mari, j'allais dire son maître. O femmes! ce n'est que
chez nous que vous régnez en souveraines, chez nous
seulement et dans les antiques Mariannes. O femmes
d'Europe, ne venez jamais aux Sandwich!

On servit une jatte remplie de *poé*, cette pâte-mas-
tic dont je vous ai parlé et dans laquelle Kraïmoukou et Rives trempaient gloutonnement leurs doigts à
tour de rôle. Moi, je mordais les miens de dépit, et tout
en adressant des paroles de colère au damné Gascon,
avec un sourire qui pût donner le change au ministre, j'écrasai de mon talon l'orteil du nain, qui poussa
un grognement étouffé par la crainte de me trahir.
Après le *poé* vint un morceau de cochon salé sur lequel je tombai avec rage, et, cela fait, le dîner se
trouva achevé. Avant et après le repas nous bûmes
dans des verres de cristal un vin assez potable à la
santé de Tamahamah.

Kraïmoukou nous dit adieu, il se coucha sur une
natte; sa femme nous accompagna jusqu'au rivage, et
je jurai bien à maître Rives de me venger tôt ou tard
de sa perfidie.

Il sait si j'ai tenu parole.

— Je ne vous avais pas promis une table magnifique, me dit-il en me donnant la main pour entrer dans
le canot du bord, qui venait d'accoster.

— Mais, faquin, on donne au moins à manger aux

gens. Il fallait me dire que vous m'invitiez à mourir
de faim.

— Comment! vous n'êtes pas rassasié?

— Après un pareil dîner un pourceau de votre taille
ne me suffirait pas.

— Alors dépeuplez l'île.

Je quittai cependant le Gascon avec plus de gaieté
que de mauvaise humeur.

L'horrible aspect du paysage qui du bord se dessine
à l'œil me forçait chaque jour de descendre à terre,
où je trouvais, plus près des masses, quelque vérité
dans les détails. Et puis notre ami Rives avait toujours
une petite anecdote à nous raconter ou quelque nouvelle course à essayer avec nous. C'est un baume si
doux à l'âme que l'écho des paroles du sol natal, alors
que le diamètre de la terre vous sépare d'une patrie
désirée!

— Retournons auprès de M. Young, ce brave vieillard qui se meurt, dis-je au Bordelais le lendemain
de notre somptueux dîner dans le palais de Kraïmoukou. Je me plais à côté de ses jeunes et intéressantes
filles, veillant sur lui avec une si vive tendresse. Pauvres enfants, qui sous peu de jours n'auront plus de
père et se trouveront sans secours, sans appui, sans
guide, dans ce monde dont elles ne comprennent pas
même les dangers. M. Young avait été le conseil de
Tamahamah; sa voix expirante n'était pas entendue
de Riouriou, et le pauvre moribond, pleurant de reconnaissance pour les bienfaits du père, appelait encore sur le fils les bénédictions du ciel.

Nous escaladâmes les sinueux sentiers qui condui-
saient dans la plus belle ou plutôt dans la seule véritable maison de Koïaï, et nous nous assîmes bientôt au
chevet de ce brave homme, si près de la tombe.

— Cela est bien à vous, me dit-il, de ne pas oublier
ceux qui s'en vont. Tenez, si votre commandant pouvait ramener en Europe ces deux chétives créatures
que vous voyez là les yeux baignés de larmes, je bé-
nirais mon sort. Mais, ô mon Dieu! que deviendront-
elles dans ce pays encore sauvage et où se préparent
de si sanglantes catastrophes? Pauvres enfants! quelle
vie! quel avenir!... Et les yeux à demi fermés d'Young
se remplissaient de larmes, et des sanglots étouffaient
sa voix.

— Riouriou, lui répondis-je, aura soin de vos filles. Pourquoi voulez-vous qu'il oublie ce que vous devait son père?

— Riouriou ne sera pas longtemps roi.

— Votre amitié vous alarme.

— Non. Je connais le peuple sandwichien : il murmure, il menace, il ne tardera pas à frapper. J'apprends déjà que Kraïmoukou change de religion. N'est-
ce pas changer de maître? Mes chères enfants seront
entraînées par le torrent qui bouillonne sous leurs
pieds, et voilà ce qui me fait mourir avec tant de regrets.

Cependant les deux jeunes filles étaient là, tendres
cœurs, pieux comme la prière, fervents comme l'amitié, âmes pures comme un beau ciel, fleurs isolées sur

cette terre de douleur et d'exil, douces colombes de-
vinant par instinct la pudeur et la vertu, se voilant
dans un pays où la nudité est dans les mœurs, et
priant sans cesse un Dieu de bonté pour lui demander une vie à laquelle leur vie était attachée.

L'une avait treize ans, l'autre quatorze. Oh! que
j'avais de bonheur à presser dans mes mains celles de
ces deux créatures européennes, dont l'avenir se levait
déjà si sombre et si désastreux! Les voilà... Le père
s'éteint comme une flamme sans aliment. A qui appar-
tiendront-elles un jour? Quels chefs de Riouriou en
feront leurs épouses pour les abandonner plus tard à
la brutalité de cinq ou six rivales éhontées qui leur
imposeront avec menaces les usages si favorables à la
paresse, au désordre et à la débauche?

Je les appelai près de moi, qu'elles connaissaient
déjà un peu et qu'elles aimaient beaucoup, car je les
amusais de temps à autre par des tours de passe-passe
et leur faisais cadeau de jolies petites images qu'elles
se hâtaient d'aller coller sur le mur; je sautais et sou-
riais avec elles, je me laissais terrasser par leurs douces
menottes, je les embellissais d'un collier, d'un mouchoir, d'un ruban; je leur faisais accepter des aiguilles,
des ciseaux, de petits miroirs, et le père me tendait sa
main tremblante en me disant : *Que vous êtes bon!*

Ce jour-là, je l'aidai à se lever, et, lui offrant mon
bras, je le conduisis à petits pas jusque sur la terrasse
au sommet de laquelle était assise sa maison.

— C'est là un beau ciel, me dit-il; c'est là une rade
bien belle, bien vaste, bien poissonneuse.

— Oui, sans doute; mais le sol! mais les hommes! mais leurs mœurs!

— Taisez-vous, jetez au loin votre pensée, ne regardez pas à vos pieds.

Le paysage était trop imposant pour que je pusse m'en arracher. A vingt-cinq pas de nous, un fort assez régulièrement bâti, hérissé de canons et dominant la baie; sous le fort, un moraï magnifique, paré de plus de quarante hideuses idoles rouges, la table de dissection et un temple *tabou* pour tout le monde, excepté pour le prêtre fanatique[1]; sous le moraï, des blocs de lave durcie, perçant le sol avec effort; à droite, le redoutable Mowna-Kaah et ses fournaises ardentes; à ses pieds, le déluge de scories vomies par ses cent gueules béantes; là-bas, sur la plage, quelques cabanes semblables à des nids de fauvettes tombés des arbrisseaux; à leur côté, un groupe honteux de cocotiers souffreteux et grêles; sur notre tête, les premiers et difficiles échelons à l'aide desquels on ose parfois tenter l'escalade du Mowna-Kaah, et tout là-bas, à gauche, semblable à un géant endormi sur les feux qui l'ont à demi calciné, le Mowna-Laé, se dessinant, sulfureux et jaune, sur un horizon vaporeux, et planant sur une mer où pointent si rarement les mâts des navires explorateurs.

— Vous avez encore raison, me dit M. Young en me voyant dans l'admiration de ce magnifique panorama; vous avez raison : c'est une grande chose que celle sur

---

[1] Je crois utile de donner ici, en opposition avec les cimetières des Sandwich, le dessin d'un cimetière chinois de Koupang, dont la description a peut-être laissé quelque chose de vague.

laquelle vous attachez vos regards. L'Europe est bien mesquine, n'est-ce pas, auprès de cette turbulence et de ce chaos?

Le commandant et quelques officiers vinrent nous distraire de nos rêveries; M. Young se leva sans trop d'efforts : l'air vif de la montagne avait ranimé ses membres engourdis, et il embrassa ses deux filles avec un redoublement de tendresse qui semblait dire : Je ne vous quitterai pas encore! Hélas! la décrépitude est l'enfance : l'illusion n'est-elle pas le bienfait de ces deux âges? et le dernier soupir du vieillard n'est-il pas aussi une espérance?

Effrayé des dangers sans nombre qui déjà cerclaient Riouriou comme dans un triple réseau de fer, M. Young pria notre capitaine d'essayer de son ascendant pour inviter les chefs à une soumission imposée par leur devoir et pour menacer les rebelles de la vengeance des puissances européennes.

— Je dois tant à Tamahamah, ajouta M. Young, que je voudrais avant d'expirer voir son fils sauvé de tout péril. Écouterez-vous ma prière, monsieur?

Le commandant promit de céder aux vœux de l'infortuné moribond, et le lendemain, en effet, une assemblée générale des chefs d'Owhyée fut convoquée par Riouriou lui-même, qui se sentit fort de l'appui que semblait lui assurer le chef de notre expédition.

Elle eut lieu dans un vaste hangar, au milieu d'outils, de débris et de pirogues. Le roi occupait un fauteuil délabré, notre commandant une chaise boiteuse; M. Rives, interprète officieux, se glissa sur une espèce

de tronçon de statue ébauchée, et nous, perchés çà et
là sur les embarcations, nous figurions à merveille le
public peu difficile de nos théâtres des boulevards, aux
beaux jours des représentations gratuites. Six ou huit
chefs au plus se rendirent à l'appel d'un pas noncha-
lant. Deux d'entre eux s'amusèrent à jouer aux dames
dans de petits trous avec des pierres blanches et noires; deux autres s'étendirent par terre sur des nattes
que des enfants leur avaient apportées, tandis que
Ooroh, le plus grand, le plus intrépide, le plus dangereux de tous, se mit à siffloter comme pour nous
dire que nous n'avions pas l'avantage de lui plaire.
Quatre princesses ne dédaignèrent pas de nous tenir
compagnie, et le capitaine de corvette commença sa
harangue.

Il dit en substance que l'Europe attentive voyait avec
regret les divisions qui éclataient à Owhyée; que l'a-
mitié qu'on avait chez nous pour le grand Riouriou
(souvenez-vous qu'il avait six pieds) nous imposait le
droit de faire entendre des paroles sévères, et que si
la révolte continuait, les vaisseaux unis de l'Angleterre
et de la France ne tarderaient pas à venir infliger aux
coupables le châtiment qu'ils auraient mérité.

Dès qu'il eut achevé, Rives, l'interprète, prit à son
tour la parole pour traduire la vigoureuse harangue;
mais quatre chefs étaient déjà endormis profondément;
Ooroh s'était retiré en murmurant, et la séance se
trouva levée.

Le roi remercia le commandant, le commandant
remercia M. Rives, M. Rives nous remercia, nous

remerciâmes le monarque, et tout fut dit. Cela aurait
pu être grave, sérieux et utile; le mauvais vouloir des
chefs en fit une chose ridicule, et la faiblesse de Riouriou la rendit honteuse.

Touchons maintenant à ce qui d'ordinaire fait la
force des peuples.

La religion des Sandwichiens est un mélange stupide et bâtard de mahométisme et d'idolâtrie.

Les femmes, après leur mort, ne doivent jouir que
de la moitié des biens promis aux hommes, comme
si l'on voulait les punir dans l'éternité des tristes sacrifices qu'on leur impose déjà avec tant de rigueur sur
cette terre.

On adore ici des images, on consulte les entrailles
des victimes immolées aux dieux irrités, et l'oracle dit
sa parole solennelle et sacrée.

Il y a des demi-prêtres, des prêtres tout entiers et
un grand-prêtre. Le pouvoir de ces trois classes de
charlatans est respecté par le peuple; mais les ordres
émanés de l'autorité supérieure infligent à celui qui tente
de les éluder une punition double, triple ou quadruple
de celle qu'aurait eu à subir le coupable s'il avait seulement été rebelle à l'ordre d'une autorité inférieure.
Tout cela, comme chacun voit, est on ne peut plus
logique.

Les prêtres des Sandwich, aussi fervents que ceux
de notre Europe, croient-ils, en effet, à la sainteté de
leur religion? Je serais tenté de le supposer, car le
grand-prêtre surtout s'inflige, dans certaines circonstances, de si rudes corrections que l'on comprend

qu'il cherche à s'en faire un mérite auprès de ses
dieux. N'y aurait-il pas là plutôt aussi un piége tendu
à la crédulité de la foule, toujours facile à subjuguer
par l'exemple?

J'ai vu à Koïaï le grand-prêtre d'Owhyée assis sur
un roc de lave, la tête et les épaules nues, recevoir,
pendant des heures entières, sans changer de posture,
les rayons torréfiants d'un soleil de plomb, dont la
réverbération seule crevassait la peau.

J'allai un jour à lui sur le rivage; il se promenait
avec gravité, et je lui présentai un parapluie.

— *Tabou! tabou! tabou!* me répondit-il d'une voix
effrayée.

Quelquefois encore, quand tous les habitants, après
une chaleur ardente, s'élancent pêle-mêle dans les
eaux pour y ressaisir les forces à demi éteintes par un
soleil sans nuages, ce prêtre, au moment de s'y jeter,
s'arrête sur le rivage, place sa main au-dessus de sa
tête, prononce le mot sacramentel *tabou,* et le plaisir
de la nage lui est interdit par sa propre volonté.

Mais ces punitions, auxquelles il se soumet de bonne
grâce, il en frappe bien plus souvent le peuple avec
une cruauté sans exemple, et malheur à qui oserait
braver sa défense. Trois fois par mois la mer est *tabou,*
c'est-à-dire que le grand-prêtre lui ordonne de punir
de mort quiconque se baignera dans ses flots. Les rivières reçoivent de lui la même puissance, et la sévérité de ses augures s'étend encore sur certains animaux
domestiques qui ne se doutent guère de ce qu'on exige
de leur docilité. Ainsi, lorsque, dans un jour *tabou,*

un coq se permet insolemment de chanter, on le saisit, par ordre d'un demi-prêtre, et on l'enferme jusqu'au lendemain, sans nourriture, dans un profond souterrain.

O religion !

Toute femme se chauffant à un feu allumé par les hommes est punie du fouet.

Toute femme fumant une pipe d'homme reçoit le même châtiment.

Deux fois chaque dix jours, l'usage des bains de mer leur est interdit, et nulle d'elles ne peut, en aucun temps, manger des bananes.

Je ne vous dirai pas mille autres privations imposées à ce pauvre sexe, mille autres stupides rigueurs ordonnées par les prêtres : c'est à reculer de dégoût et de pitié.

Tamahamah avait voulu abolir ces usages cruels ; le grand-prêtre fit parler les dieux vengeurs, et la voix puissante du monarque réformateur se perdit au milieu des anathèmes dont il se vit menacé.

On chante à la naissance d'un enfant, on chante à la mort d'un homme : ce sont d'abord des chants de deuil ; après eux, viennent les chants d'allégresse. Les Sandwichiens comprennent la vie et l'estiment ce qu'elle vaut.

Tous les cadavres peuvent être portés aux moraïs ; les grands personnages jouissent du poids de la hideuse statue rouge et bariolée qui pèse sur leur tombe. Cette gloire, accordée aux puissants, serait-elle par hasard une faveur au bas peuple, à qui on la refuse ?

La cérémonie des funérailles est simple : les parents, les amis, coupent des joncs dans les champs voisins; ils ramassent du gazon, des fucus, des herbes marines; ils en font une douce litière, ils y déposent le corps, le roulent, le pressent, le lient fortement avec des cordes de bananiers, et le portent en silence dans la fosse creusée à cinq ou six pieds de profondeur. Quand on est de retour, il y a frottement vigoureux de nez les uns contre les autres; un long silence règne dans la case; bientôt un cri retentit, des chants sauvages, des hurlements, ébranlent les airs... on se tait quelques instants, on se sourit, on se dit adieu, et toute douleur est effacée.

La mort d'un haut personnage prolonge l'affliction, et les frottements de nez se renouvellent plus souvent. C'est une sorte de politesse faite à la dignité du défunt; c'est l'oraison funèbre obligée, absolument comme chez nous; seulement, en Europe, la douleur est dans les vêtements : aux Sandwich, elle est dans les hurlements, les larmes, les sourires et les serrements de mains. Eh! eh! cela rapproche un peu, ce me semble, les deux pays.

La femme d'un Sandwichien, à moins que ce ne soit une princesse ou une reine, n'impose pas de frottements de nez. Pauvres femmes! encore une haute faveur dont on vous prive.

Les demi-prêtres et les prêtres se mêlent parfois à ces tristes cérémonies; jamais le patriarche n'y assiste. Fi donc! il aime bien mieux fouiller dans les entrailles des cadavres. Cela est à coup sûr plus divertissant.

Rives m'a assuré que l'anthropophagie était dans l'antique religion des Sandwichiens, et que maintenant encore il y avait des mangeurs d'hommes dans l'intérieur d'Owhyée.

Je n'ai vu de culte extérieur ni à Owhyée, ni à Mowhée, ni à Wahoo.

Où vont les âmes de ces insulaires, morts de maladie, ou par le glaive des ennemis, ou par le couteau du prêtre? Nul ici ne s'inquiète de cela : c'est l'affaire de celui qui a disparu.

Qu'est-ce donc qu'un Sandwichien qui vient de rendre le dernier soupir? On traîne chez nous les cadavres des chiens dans un égout.

Mais j'ai cru comprendre que les Ombayens, ce peuple si féroce, avaient du respect pour la cendre des morts. Et pour les naturels des Sandwich, en général bons et compatissants, tout finirait avec la vie!

Rives doit m'avoir induit en erreur, et j'avoue que je n'ai pas songé à m'assurer de l'exactitude de cette dernière affirmation en m'éclairant de l'opinion de M. Young.

J'ai beau fouiller dans mes souvenirs et dans mes notes, je n'y trouve plus rien qui me parle du culte de cet archipel. Kraïmoukou s'est fait chrétien ; si un navire ottoman vient mouiller ici quelques jours après nous, Louis Kraïmoukou-Pitt adorera Mahomet; et pour peu qu'une nouvelle expédition française touche à Owhyée, un second baptême catholique aura lieu.

Il y a des gens pour qui toute religion est un jeu ;
il y en a pour qui elle est un fardeau.

On appelle, à Owhyée, temple une case carrée, en
saillie aux angles, où sont déposés les offrandes des
fidèles, les victimes offertes aux dieux en expiation
de quelque forfait, et les ossements blanchis de quelques squelettes sacrés. Le grand-prêtre seul a le
droit de pénétrer dans ces demeures vénérées, et le
Sandwichien qui oserait y plonger un œil curieux serait à l'instant même mis à mort.

J'entrai un soir dans la case du grand-prêtre, qui
avait suivi Riouriou à Koïaï ; je le trouvai assoupi
auprès de ses trois femmes, fort jolies personnes, dont
l'une était tatouée de la façon la plus ridicule. Le dessus des paupières présentait l'image d'une chèvre, et
une guirlande de ces animaux, partant du côté droit
du cou, glissait sur l'épaule, courait le long du bras,
serpentait sur la main, pour revenir en ligne régulière sous l'aisselle ; elle descendait ensuite le long des
côtes, des hanches, des cuisses, des jambes et du pied,
puis remontait de nouveau et formait un pendant parfaitement harmonié avec le côté opposé. Le nom de
Tamahamah se lisait sur sa poitrine ; à la paume de
chaque main se montrait un N couronné, dessiné sans
doute par quelque admirateur de notre gloire impériale, et un essaim de petits oiseaux voltigeaient sur
toutes les autres parties du corps.

C'était la favorite du grand-prêtre des îles Sandwich.
Il arrive parfois que si l'une des puissances du lieu où
se trouve le monarque est absente, celui-ci se *taboue*

lui-même; mais comme il peut se *détabouer* à son gré, vous comprenez que son sacrifice n'est qu'une jonglerie ou peut-être aussi un plaisir qu'il se donne en s'interdisant une chose pénible. La stupidité de pareilles pénitences est dans l'humeur de Riouriou, car il ne faut nul courage pour les accepter.

ILES SANDWICH.

Tamahamah. — Rives de Bordeaux.

J'ai dit quelques-uns des actes du puissant monarque de cet archipel , qui vient de terminer sa glorieuse
carrière ; mais je sens le besoin de parler encore de ce
grand homme, car c'en est un en effet que le chef intelligent et redouté qui, devançant son époque , cherche par d'heureuses et hardies innovations à placer tout
d'un coup son peuple au niveau des nations les plus
civilisées du monde. Tamahamah Ier occupera une
grande place dans l'histoire des princes qui ont gouverné les îles de tous les océans. Nul autant que lui n'a

essayé de conquêtes morales, nul n'a cherché avec plus
d'ardeur à se dégager des ténèbres épaisses des siècles
de barbarie, et Louis Damanouébang, ce roi révolté de
Timor, qui a si longtemps et si heureusement lutté
contre les efforts de la Hollande impuissante à le soumettre, a moins que Tamahamah mérité de son pays
et de l'humanité.

Alors qu'on est fort, venir en aide à des esclaves qui
succombent sous les verges du despotisme est le fait
d'un homme de cœur. Le premier pas dans la carrière périlleuse de l'émancipation est difficile ; mais
relever le faible, donner de l'énergie à des corps énervés, infiltrer pour ainsi dire ses pensées généreuses
dans la cervelle assoupie de gens pour qui l'intelligence était un mystère, leur prouver que le repos
dans les ténèbres est la mort, que la noblesse des sentiments seule fait la vie, c'est là, sans contredit, la
plus grande, la plus belle, la plus généreuse mission
que l'homme puisse se donner ; c'est là ce qu'a voulu
Tamahamah 1er ; c'est ce qu'il a dignement tenté en
faveur des peuples qu'il était appelé à gouverner. Une
lutte contre les hommes est la tâche hardie que toute
âme forte peut essayer ; une lutte contre les passions
ne peut être que l'œuvre de la supériorité et du génie :
sans contredit Tamahamah était cet homme de génie.

Si, en montant sur le trône, il avait consenti à respecter les éternelles mœurs et les antiques usages des Sandwichiens, sa vie de prince eût été moins cruellement
traversée par les mille dangers qui l'ont assaillie ; mais il
voulut que les rayons qui le réchauffaient fussent aussi

un ardent foyer pour ses sujets, et il poursuivit la direction de ses plans en homme qui en mesurait toutes
les conséquences.

Lorsqu'on a bien médité, bien voulu, bien arrêté
un projet, lorsqu'on s'est voué corps et âme à son
exécution, le non succès tue : tourner l'obstacle, ce
n'est pas le vaincre, et rien n'est mortel comme le découragement. L'homme découragé est l'esclave abruti
des événements et des autres hommes, il succombe à
la plus légère fatigue, il plie sous le moindre fardeau.
L'homme découragé est un atome qu'on peut écraser
du pied sans remords ; l'homme découragé n'a plus
besoin que d'un linceul et d'une tombe.

Toujours prêt à faire la guerre, mais sans cesse occupé des soins de maintenir la paix, Tamahamah cherchait sans cesse à s'éclairer des leçons de la vieille Europe, et pas un capitaine ne mouillait dans un de
ses ports sans que le roi réformateur le poursuivit de
ses instances pour être guidé dans ses projets. Sûr de
vaincre les ennemis dont il était entouré, Tamahamah
cherchait surtout le remède à de nouvelles révoltes de la part de ses gouverneurs, et fatiguait sa constance à les maintenir dans le devoir et le respect. Il
possédait un arsenal immense, des forts assez sage-
ment contruits, une artillerie formidable ; mais on m'a
assuré à Mowhée et à Waboo que dans les dernières
batailles qu'il livra aux révoltés il refusa constamment de faire usage de ses canons. Selon quelques
voyageurs, il n'étalait ses batteries devant la plage que
pour prouver ses relations amicales avec les peuples

curopéens, et il disait aux soldats qui l'accompagnaient
dans ses expéditions militaires qu'on ne devait jamais
se battre qu'à armes égales. C'est de la grandeur sans
doute, mais c'est là une grandeur qui accuserait peut-
être beaucoup d'orgueil. Au surplus, je ne sais par
quelle singulière circonstance sur presque tous ses canons on lit : *République française*. Ne serait-ce point
que ces bronzes glorieux ont été usés à la fatigue en
assurant la liberté d'un grand peuple, et les puissances
rivales ne les auraient-elles pas envoyés si loin pour
exiler de si éloquents témoins de l'époque de notre
histoire la plus féconde en grands courages? Il est certain que les bouches de ces canons sont terriblement
déchirées, et que les lumières éraillées attestent qu'ils
ne sont pas restés oisifs dans les arsenaux.

Dès que Tamahamah avait décidé une campagne, des
coureurs étaient expédiés dans toutes les îles, dans
toutes les villes et dans les villages les plus éloignés.
Arrivés sur les places publiques, ces envoyés extra-
ordinaires appelaient les peuplades autour d'eux ; et le
chef du lieu leur adressait trois questions :

— D'où viens-tu ? Pour quel motif ? Qui t'envoie ?

— J'arrive d'Owhyée, répondait le courrier. Je viens
chercher des soldats pour défendre Tamahamah. Sitôt
que le nom était prononcé, le peuple se prosternait,
poussait au ciel des cris éclatants, et, peu de jours après,
une puissante armée se trouvait debout, prête à combattre et à mourir.

Mais ce n'étaient pas seulement les hommes qui
s'enrôlaient sous la bannière du grand prince : les fem-

mes se faisaient gloire aussi d'affronter les périls, et
plus d'une fois elles décidèrent du sort d'une bataille.
On en a vu, implacables dans leur fureur, s'attacher
aux cadavres ennemis, les mutiler et les déchirer de
leurs ongles et de leurs dents. Quelques-unes même,
pour venger la mort d'un frère ou d'un époux, se jetaient au milieu de la plus ardente mêlée et mouraient
heureuses dès qu'elles avaient pu immoler une victime
aux mânes de celui qu'elles avaient aimé.

Tamahamah soldait ses troupes, mais leur meilleure et leur plus sûre paie était le butin, et plus on
apportait de dépouilles, plus on était bien vu au camp.
Ainsi préludait Tamahamah à la grande réforme qui
a usé sa vie; ainsi le retrouverons-nous jusqu'à sa
dernière heure.

Cependant l'orgueil de ce grand prince, égal à son
ambition et à son courage, eut à souffrir un affront
qu'il dut d'abord dévorer en frémissant, mais dont, à
coup sûr, il aurait tôt ou tard tiré une vengeance éclatante. La fortune ne sourit pas toujours aux conqué-
rants, et il est bien des heures de regrets et de deuil
qui viennent jeter un voile funèbre sur les triomphes.

Les Atoaïens sont sans contredit les plus beaux, les
plus fiers et les plus intrépides des naturels de l'archipel.
Jamais chez eux un navire européen n'a reçu la plus
petite insulte, jamais un motif de haine ne les a poussés
à des actes de cruauté. Infatigables dans les courses au
milieu de leurs vastes forêts, sobres et patients, ils sont,
plus que les indigènes d'Owhyée, d'une constance à toute
épreuve pour l'exécution des projets qu'ils ont une fois

médités. Un chef, un gouverneur, qui serait arrivé parmi eux avec des idées d'asservissement, eût été bientôt, non pas mis à mort, non pas lâchement assassiné, mais renvoyé au roi avec menaces de s'en défaire s'il se fût présenté de nouveau.

Atoaï est une île riche de ses productions, de ses mines, de son climat, de ses belles rivières; Atoaï est riche de son indépendance achetée déjà par plus d'un exemple de bravoure et de dévouement, et l'on respire autour d'elle et sur ses montagnes un parfum de liberté qui prédit à ses habitants un glorieux et puissant avenir. Atoaï, une des plus florissantes îles des Sandwich, avait pour gouverneur, sous les ordres de Tamahamah, un chef intrépide, intelligent et humain, un jeune homme ardent, magnanime, mais rusé, qui, sous prétexte de façonner d'excellents soldats au profit du roi de tout l'archipel, ne songeait réellement qu'à sa sûreté personnelle et à l'affranchissement du joug qu'il était condamné à subir. Ce vaillant homme s'appelait Tanna-ah. Dès qu'il eut aguerri ses troupes en partageant avec elles les fatigues des difficiles excursions; dès qu'il eut placé tous les établissements de son île montagneuse et boisée sous la protection de forts et de citadelles solidement bâtis en terre et en pierre; dès qu'il vit ses magasins amplement pourvus de munitions de guerre, il rassembla ses soldats et leur dit :

« Vous voilà libres si vous le voulez. Vos fruits, vos animaux domestiques, vos habitations ne vous appartiennent pas maintenant. Tout ce que vous avez est à

Tamahamah , à Tamahamah que nul de vous ne connaît et qui va bientôt vous envoyer au delà des mers
pour tenter des conquêtes éloignées. Accepterez-vous
ces dangers qui ne vous rapporteront rien , ô mes braves amis, ou, plus grands et plus libres, ne reculerez-
vous pas devant toute humiliante soumission ? Parlez.
je suis votre chef, votre frère. Si l'un de vous a à se
plaindre de quelque injustice de Tanna-ah , qu'il sorte
des rangs, qu'il vienne me la reprocher en face, et
je me jetterai à ses genoux et je lui en demanderai pardon... Vous vous taisez, mes amis, c'est que vous savez tous que je vous aime comme ma famille. Mowhée
et Wahoo sont en révolte ; faisons comme nos deux
voisines, non pas parce qu'elles l'ont fait, mais parce
qu'il est de notre devoir de le faire : soyons libres.
Soldats, je jette à mes pieds ces armes glorieuses, me
voici en votre présence , prêt à vous obéir si vous m'or-
donnez d'aller implorer la pitié de Tamahamah pour
ce qu'il appellera une révolte ; liez mes pieds et mes
mains, nulle plainte ne sortira de ma bouche... Eh
quoi ! vous vous taisez encore : je le vois, guerriers,
vous ne voulez appartenir qu'à vous-mêmes , cela est
digne de vos cœurs ; mais prenez-y garde pourtant , si
vous m'acceptez pour votre chef , il faudra m'obéir
jusqu'au bout et ne plus déposer les armes que nos
ennemis ne soient vaincus ; dites, me voulez-vous pour
chef ? »

Des cris frénétiques remplirent les airs, et Atoaï
se déclara indépendante de Tamahamah.

En quelques jours Mowhée et Wahoo avaient été

soumises ; Tanna-ah fit savoir en ces termes à Tamahamah que l'île dont il l'avait nommé gouverneur ne
voulait plus obéir au maître suprême d'Owhyée :

« Roi, tu viens de vaincre et de punir les gouverneurs
révoltés de deux belles îles ; tâche d'en faire autant de
celle que je commande, et je te promets que tu te
repentiras de l'avoir essayé. Le brave qui te dira ces
paroles sait qu'il mourra après les avoir prononcées,
et, malgré cette assurance, tous mes soldats seraient
prêts à partir à sa place ; j'ajoute même que si je n'a-
vais crains qu'ils ne manquassent de chef, c'est de moi
seul que tu les aurais entendues ; maintenant, viens,
nous avons des sabres contre des sabres, des sagaïes
contre des sagaïes, des canons contre des canons, des
cœurs d'hommes contre des cœurs d'esclaves... Vien-
dras-tu ? »

Tamahamah ne se fit pas attendre ; il reçut l'envoyé
en frémissant, mais il voulut qu'on ne lui fît aucun
mal.

« Va dire à Tanna-ah, répondit Tamahamah, que
j'accepte la guerre qu'il me propose ; elle sera sanglante, je le jure, et nous verrons bientôt si la victoire sera pour le chef légitime ou pour le soldat révolté. »

Tamahamah arriva devant Atoaï avec ses meilleures
troupes et ses plus belles doubles pirogues. Une bataille
rangée eut lieu le jour même, et Tanna-ah fut vaincu ;
mais il rallia bientôt ses troupes fugitives ; après en
avoir placé un certain nombre dans un fort que Tamahamah n'osa pas attaquer, il s'embusqua lui-même

dans les montagnes et dans les bois, tint ferme pendant plus d'une année, tantôt vaincu, tantôt vainqueur, et lassa enfin la constance de Tamahamah, furieux d'être obligé de renvoyer à une époque plus éloignée ses projets de conquête contre tous les autres archipels océaniques. Il proposa une trève en ces termes :

« Je désire cesser la guerre ; Tanna-ah veut-il venir traiter avec moi dans mon camp? »

Pour toute réponse Tanna-ah arriva. Dès qu'ils s'aperçurent, les deux guerriers marchèrent lentement l'un vers l'autre, se tendirent la main et gardèrent quelque temps le silence.

— Tu es un brave! lui dit Tamahamah.

— Tu le savais bien quand tu m'as envoyé à Atoaï.

— Je t'y avais envoyé pour gouverner en mon nom.

— J'ai mieux aimé gouverner pour moi-même.

— Ainsi, tu m'as trahi.

— Essaie donc de m'en punir.

— Je préfère te pardonner.

— A quelles conditions?

— Tu me paieras un impôt.

— S'il est trop fort, je refuse.

— Tu me fourniras cinquante doubles pirogues par an.

— Tu es raisonnable, et j'accepte.

Dans cette lutte longue et terrible, Tanna-ah eut le plus beau côté, car Tamahamah ne négligea aucun moyen pour semer les divisions dans Atoaï ; mais toutes ses tentatives furent inutiles.

Depuis lors l'île resta libre. Tamahamah mourut,

son fils abâtardi monta sur le trône; mais Tanna-ah refusa tout impôt et fit dire à Riouriou :

« Je ne te dois rien, et nous saurons bientôt lequel de nous deux paiera tribut à l'autre. »

Le lendemain, le devin de Koaï fouillait sur la planche sacrée d'un moraï dans les entrailles de l'envoyé de Tanna-ah pour y connaître la volonté des dieux!

(J'ai puisé tous ces détails sur Atoaï dans quelques notes prises à Wahoo par l'Espagnol Marini.)

Toutes les pirogues d'Owhyée appartenaient de droit à Tamahamah, qui pouvait à son gré défendre ou ordonner qu'on les lançât à la mer; mais on se plaît ici à lui rendre cette justice que jamais il n'usa de ce privilége, qu'il regardait comme un acte tyrannique. Au reste, ses richesses, sous ce rapport, étaient immenses, et il y a encore plus d'embarcations dans un seul village d'Owhyée qu'on n'en trouverait dans tout l'archipel des Mariannes.

L'anthropophagie était à coup sûr dans les mœurs sandwichiennes, même sous le règne du père de Tamahamah, et les restes de Cook rendus au capitaine King attestent de la férocité de ces peuples alors qu'ils étaient excités par un sentiment de vengeance.

Eh bien, le prince dont nous parlons fit comprendre à ses sujets qu'il y avait lâcheté, qu'il y avait outrage aux dieux à manger de la chair humaine. Il leur apprit aussi à ne pas trop ajouter foi à toutes les paroles des prêtres et à se défier des idoles fabriquées par leurs propres mains. Les sacrifices de femmes, d'enfants, de vieillards, faits dans les moraïs pour se rendre les divinités favorables, donnèrent à Tamahamah, qui essaya de les abolir, une puissance d'autant plus grande qu'elle paralysa et détruisit en quelque sorte le dogme toujours si respecté des devins et des charlatans religieux. Il y eut plusieurs fois péril pour sa vie dans ses tentatives philanthropiques; mais il tint ferme en présence des séductions et des menaces, et il punit sévèrement quiconque, plus tard, osa élever une voix sacrilége contre ses ordres sacrés.

Dans sa jeunesse, Tamahamah était d'un caractère emporté, violent, et si, lors d'une lutte en champ clos ou à la manœuvre d'une pirogue, il était vaincu par un adversaire non protégé par son père, il se vengeait tôt ou tard de sa défaite. Aussi, les courtisans et leurs flatteurs, qui sont une peste de tous les pays, se laissèrent-ils bientôt vaincre à leur tour et cherchèrent-ils à lui persuader qu'il était le plus fort et le plus habile des insulaires; mais Tamahamah comprit bientôt que les qualités dont le dotait l'adulation étaient précisément celles qui lui manquaient et qu'il devait acquérir pour se faire respecter, et le prince ne tarda pas à prouver à ses sujets qu'il se montrerait digne un jour de régner sur eux, car nul ne le surpassa bientôt dans les jeux et les exercices du corps.

Dès qu'il se fut mis en marche contre les gouverneurs de Mowhée et de Wahoo, qui avaient levé l'étendard de la révolte et s'étaient déclarés rois indépendants, il leur fit savoir ainsi ses projets de vengeance :

« Vous êtes coupables d'un grand crime, leur dit-

il par ses envoyés, vous méritez la mort, et votre soumission ne vous sauverait pas du supplice que je vous
réserve ; combattez-moi donc vaillamment, peut-être
alors vous ferai-je grâce, c'est tout ce que je puis vous
promettre. »

Deux batailles sanglantes eurent lieu près de Lahé-
nah et de Pah ; les deux rebelles furent vaincus, faits
prisonniers et leur procès instruit dans les formes.
Déclarés coupables de trahison et de lâcheté par un
tribunal composé de chefs, convaincus d'inhabileté
par Tamahamah seul, ils furent fusillés et les deux îles
rentrèrent dans le devoir.

Le nombre de ses troupes était proportionné à ses
besoins, et lui seul était juge dans la question. Au
reste, sous un tel prince, chacun se faisait enrôler avec
courage, et la veille d'un départ, Tamahamah, jurant
de respecter la faiblesse ou la peur, autorisait à sortir
des rangs et à rester dans ses cabanes tous ceux qui
ne voudraient pas jurer de mourir plutôt que de reculer.

Il demandait à chaque capitaine étranger venant
mouiller dans une de ses rades si ses doubles pirogues étaient propres à entreprendre des voyages de
douze à quinze cents lieues sur l'océan Pacifique,
voulant, disait-il, soumettre bientôt les îles de la Société, celles des Amis et l'archipel Fitgi, où on lui
avait assuré que se trouvaient encore des anthropophages. Vancouver, qui se plaisait beaucoup dans sa
conversation, assure que, vingt fois au moins, dans les
premières années de son règne, le sceptre fut très-près

de lui échapper. La distance des principaux chefs à lui était presque nulle, et dans un conseil-général deux seules voix de certains gouverneurs paralysaient la sienne.

Tamahamah se révolta de cette espèce de tutelle sous laquelle avaient vécu ses prédécesseurs, il parla haut et fort, donna des ordres qu'il voulût que chacun respectât, et châtia l'insolente témérité de ceux qui osèrent opposer une volonté à sa volonté de fer. Divers partis se formèrent à Owhyée, on en vint aux mains, et la victoire, toujours fidèle à Tamahamah, donna enfin tout pouvoir à ce prince, devant qui se courbèrent toutes les ambitions. Pour sauver les infortunés Young et Davis, échappés au désastre de Cook, il eut à livrer plusieurs combats, et il dut leur donner même dans la suite une escorte d'hommes armés pour les protéger contre les haines de certains chefs à demi subjugués par l'ascendant de leur maître.

Sa taille était moyenne, son front ouvert, ses yeux très-petits, mais vifs, brillants, ses muscles très-prononcés, sa force extraordinaire, son adresse merveilleuse. Depuis six ans, nul de ses officiers n'osait lutter avec lui à aucun exercice.

Dans les derniers temps, son costume était celui d'un capitaine de vaisseau de la marine anglaise, et dans les combats, il était coiffé d'un magnifique casque de plumes rouges et jaunes, armé d'un sabre, d'un fusil et d'une sagaïe dont il se défaisait pour commencer l'attaque. Son manteau était pareil à ceux qui couvraient les épaules des autres chefs. A son

exemple, tous ses soldats marchaient pieds nus, s'é-
lançaient vers l'ennemi en poussant des cris terribles,
et le seul signal de ralliement des troupes était le nom
de Tamahamah.

On raconte qu'un jour, au milieu d'une mêlée, un
de ses chefs ayant pris la fuite, Tamahamah s'élança
comme un trait, arrêta le lâche, lui ordonna de garder devant lui l'immobilité la plus absolue et lui coupa
les deux jambes d'un coup de sabre, en lui disant :
Tiens, brave! tes jambes t'emportaient loin du combat, elles seules sont coupables, qu'elles restent là.

Une autre fois, un officier qu'il avait l'habitude de
consulter dans les occasions difficiles lui ayant donné
un conseil qui lui paraissait funeste, le monarque
irrité, soupçonnant une trahison, lui fit couper la
langue et ordonna que cette terrible mutilation eût
lieu à l'instant même, sous ses yeux et dans son palais.

Vous le voyez donc encore : même chez ce souverain
omnipotent de l'archipel, des contrastes de tous les
instants, des contresens qui blessent la raison ; je dis
plus, c'est surtout en lui que les passions bonnes ou
mauvaises se font jour au milieu des circonstances les
plus simples et les plus naturelles de la vie. C'est la
grandeur et la faiblesse, c'est le sublime et le ridicule,
la malignité et la tyrannie. Tamahamah 1er a gardé de
son pays tout ce qui en faisait déjà un pays à part, et
y a porté ou plutôt transplanté tout ce que sa belle âme
nourrissait de noble et de généreux : c'était, entre ces
deux extrêmes, une guerre permanente dont le génie

du bien aurait sans doute fini par triompher ; mais la mort a frappé trop tôt le monarque, et les îles Sandwich seront encore longtemps sauvages.

Tamahamah a-t-il servi de miroir à son peuple, ou le Sandwichien s'est-il reflété de son roi ? C'est là une de ces graves questions qu'on ne peut guère résoudre que lorsque les années et quelquefois les siècles ont passé sur une époque.

Maintenant que vous connaissez Tamahamah, son fils et ses veuves, permettez-moi de vous dire quelques mots sur l'imperceptible personnage que je n'ai fait que vous esquisser, et qui, comme la mouche du coche, veut faire tant de bruit et occuper tant d'espace. Hélas ! ne l'ai-je pas déjà flatté, tant je suis accessible aux témoignages d'affection ?

Je vous ai dit, je crois, autre part que M. Rives avait quatre pieds deux ou trois pouces ; eh bien, je l'ai grandi, je l'ai *apollonisé ;* sa taille est de trois pieds onze pouces cinq lignes, ni plus ni moins ; c'est l'exacte vérité qui fait le principal mérite des voyageurs.

Né à Bordeaux, dans une petite chambre de cet hémicycle admirable des Chartrons se pavanant sur le bord de la Garonne, il avait neuf ans à peine quand lui vint à l'esprit (je veux dire dans la tête) la passion des voyages, passion impérieuse, dominatrice, l'emportant sur toutes craintes, sur le triste présage des plus terribles catastrophes. Rives y succomba, comme j'y ai succombé, moi, chétif et ambitieux, comme y succombèrent d'autres hommes autrement constitués que nous, Cook, Lapérouse, Wallis, Carterets, Albuquerque, d'illustre mémoire.

Un navire américain étalait sur la rivière emprisonnée son pont propre comme un miroir, lançait à l'air ses mâts élégants et flexibles, et ses cordages si variés et si gracieux. Rives ne perdait pas de l'œil la maison flottante dont quatre ou cinq voyages heureux attestaient la marche hardie ; le matin, le soir, jouant aux billes avec une demi-douzaine de sales polissons de son âge et de son acabit ; la nuit, couché sur son grêle lit de sangles, il pensait, nouveau Colomb, aux pays lointains qu'il aurait voulu découvrir ou du moins visiter. Cette soif ardente des voyages qui le brûlait altérait sa santé, et ses parents alarmés lui demandèrent enfin la cause de la tristesse qui le rongeait.

— Qu'as-tu, mon petit ? lui dit sa mère d'une voix tremblante.

— Hélas ! maman, je m'embête à Bordeaux, je voudrais courir le monde.

— Où donc désirerais-tu aller ?

— Loin, loin, loin, plus loin encore ; je voudrais être aux antipodes pour marcher la tête en bas.

— Mais tu tomberais, mon enfant !

— Non, maman, je me cramponnerais à tout.

— Tu sais que je n'ai pas le sou, que je ne puis te rien donner.

— Et votre bénédiction ?

— Oh ! pour cela, je t'en donnerai une demi-dou-

zaine s'il le faut. Voyons, conte-moi tout, mon petit
bijou.

—Tenez, mère, vous voyez ce beau trois-mâts américain sur lequel tous les matelots portent un joli chapeau de paille et des chemises rouges? Eh bien! je désire m'embarquer là-dessus et filer.

— Je t'aime, mon fils, je t'adore; va-t'en, va-t'en
bien loin, puisque ça te plaît; pour rien, ici-bas, je ne
voudrais te contrarier. Mais t'acceptera-t-on sur ce navire, toi qui es si petit?

— Je suis jeune, je grandirai; tous les mousses
n'ont pas six pieds : je parie qu'on ne me refusera pas.

— Allons le savoir.

Et le soir même de cette conversation, Rives fut installé à bord de *la Belle Caroline;* et le lendemain, il
glissait devant Blaye, puis devant Pauillac; et, deux
jours après, il voguait en pleine mer, le cap sur les
Açores, libre, indépendant, c'est-à-dire indépendant
des étrivières de sa mère si tendre, et libre de son
maître d'école, dont il maudissait jusqu'au souvenir,
mais occupé, le pauvret, pendant toute la journée, à
tresser des *cordes,* à grimper au haut des mâts et à aider le coque dans la confection de l'exécrable pitance offerte quotidiennement à la voracité des quinze hommes
d'équipage de *la Belle Caroline.*

Le cap Horn fut doublé, et l'on relâcha au Chili,
puis à Lima. Rives était épuisé, exténué; il demanda
la permission de descendre à terre pour essayer la conquête de quelque noble Péruvienne; le maître lui fit
cadeau d'un énergique coup de pied au derrière; le

Bordelais bondit sans le vouloir, et, rouge de colère,
il monta sur la grande hune pour mieux étudier la cité
magnifique où tant de massacres avaient jadis assuré
la puissance espagnole.

Cependant la relâche fut courte ; *la Belle Caroline* leva bientôt l'ancre, et, selon les ordres des armateurs,
elle devait aller à Manille, puis en Chine, toucher à
Calcutta, mouiller à Maurice et effectuer son retour
par le cap de Bonne-Espérance. Ainsi ne le voulurent
pas les destins : un vent contraire poussa le beau trois-
mâts loin de la route tracée, et bien heureux fut-il de
trouver à Kayakakooah, au sein d'une affreuse bourrasque, une rade sûre pour se ravitailler et réparer
quelques avaries. Remarquez bien que je vous dis cela
avec les plus minutieux détails, comme un journal du
bord, car il s'agit de Rives, de Rives le Bordelais : précision avant tout. Rives descendit à terre, où l'exiguité
même de sa taille liliputienne le fit la risée des naturels. Le brave garçon prit pour des témoignages d'affection les rires moqueurs dont il était l'objet, et le
voilà rêvant de hardis et larges projets, bien disposé
à dire adieu à ses premiers compagnons de course et
à s'installer dans une île dont il espérait peut-être un
jour se faire nommer roi. Les jeunes têtes ont tant
d'ambition, les têtes bordelaises surtout ! Qu'arriva-t-il ?
Que le jour du départ, le drôle manqua à l'appel,
qu'on envoya quatre ou cinq matelots à sa recherche,
qu'on ne le trouva pas, blotti qu'il était sans doute
dans la bouche de quelque idole ou sous une feuille
de chou caraïbe, et que le navire continua sa route,

délesté du citoyen de la Gironde, tout fier de son heureuse escapade. Rives avait alors dix ans; à cet âge d'il-
lusions tout est ravissement et plaisir, tout est joie et
délice. A dix ans, je ne suis jamais rentré chez moi,
après mes classes, sans avoir une bosse au front, le
nez en sang ou la mâchoire ébranlée; à dix ans, je
me serais fait fort de gravir seul le Mont-Blanc, d'arrêter de la main une avalanche, de refouler les flots
de la mer irritée; à dix ans, je me serais senti l'audace
d'attaquer un taureau furieux, de lutter contre un tigre, de vaincre une lionne... et pourtant je ne suis
pas de Bordeaux! Rives, qui était né aux Chartrons,
se sentit la force de ne pas mourir aux Sandwich, et,
en effet, le drôle s'installa dans la demeure d'un chef
qui le soigna comme on soigne un sapajou ou un per-
roquet; et mon Gascon, oublieux du passé, se fit bientôt de nouvelles habitudes en préparant dans la médi-
tation son bien-être à venir. A dix ans, et lorsque le
besoin nous vient en aide, une langue s'apprend vite.
Rives parla bientôt le sandwichien mieux que vous et
moi; il mangeait de la *poë*, pâte presque aussi délicieuse que de la mélasse aigrie; il jouait au fuseau[1],
il se prosternait avec grâce dans un moraï, il dansait
assis, dormait une partie de la journée et ne se plai-
gnait plus de son sort, tant il était devenu Sandwichien.
Mais vivre pour le présent seul n'allait pas à l'ambition du petit Rives : il songea à l'avenir, et, après deux
ans de séjour à Owhyée, il s'adonna à la médecine.

[1] Jeu favori des Sandwichiens, que j'expliquerai plus tard.

Étonnez-vous donc de voir ces îles si dépeuplées! Rives visita des malades, il fit certaines grimaces, il donna le suc de certaines racines, il pratiqua même, avec la pointe d'un canif, quelques déchirures à la peau : bref, il traita les Sandwichiens en véritables compatriotes. Et comme au milieu de ces tentatives quelques cures réussirent (le hasard est un dieu si bizarre!), il se fit une sorte de réputation et reçut en récompense une case proprement bâtie, une douzaine de cocotiers, une centaine de pieds de terrain et un grand nombre de brasses d'étoffes, utile appendice à ses pantalons de mousse, depuis longtemps en lambeaux.

Quand la cour de Tamahamah était à Kaïrooah, Rives rôdait sans cesse, comme un caniche, autour des demeures royales; mais l'habitude des princes n'est pas de regarder toujours si bas, et le pauvre Rives glissait inaperçu au milieu des poules, des porcs et des animaux domestiques de l'île. Son amour-propre de médecin en souffrait cruellement, et il jura de s'en venger tôt ou tard. Hélas! Tamahamah est mort.

Cependant l'épouse favorite du grand roi, saisie un jour de violentes coliques, appela auprès d'elle les charlatans de l'endroit, qui tous échouèrent et furent renvoyés avec menaces et châtiments. Une dernière ressource restait au prince : il avait entendu parler de l'imperceptible Européen, et, dans son désespoir, il l'envoya quérir. Rives arriva, le cœur gonflé de vanité, s'agenouilla auprès de la reine, tâta son pouls, fit quelques grimaces, prononça à voix basse deux ou trois phrases mystérieuses, et sortit en annonçant son retour prochain. Il rentra chez lui dans une agitation extrême et bouffi des plus gigantesques idées de fortune et de grandeur. « Voici donc le moment venu de me faire un sort, se dit-il rapidement ; la chance est belle : ne la laissons pas échapper ; je joue le tout pour le tout ; mais ma bonne étoile me guidera, et au surplus, puisque les autres médecins n'ont pas réussi, je ne cours, comme eux, que le risque de quelques coups de pied au derrière : je sais ce que c'est. » Cela dit, Rives arracha quelques touffes du gazon qui bordait sa hutte, le pila, en exprima le suc, le délaya dans un verre d'eau, jeta le tout dans une petite calebasse et s'achemina tout palpitant vers la demeure de la reine, dont les gémissements retentissaient plus douloureux et plus éclatants encore. Rives entra, recommença les singeries qu'il savait en usage, présenta le vase à la reine, la força d'avaler la potion et se retira, pâle et muet, comme s'il venait de commettre un assassinat. Une heure après, deux gardes se précipitent vers sa cabane, ils y pénètrent, saisissent Rives par les épaules et le portent plutôt qu'ils ne le traînent jusqu'au palais. Le pauvret se crut arrivé à sa dernière heure, et il récitait déjà son *In manus*, quand la reine elle-même lui tendit la main avec un doux sourire, lui permit de l'embrasser, en l'autorisant à s'asseoir sur une de ses nattes : elle ne souffrait plus. Tamahamah lui donna un manteau de plumes, signe de dignité ; deux fusils, un casque, cinq ou six éventails, plus de cent brasses de riches étoffes de palma-christi ; et la reine lui présenta, enfermées dans une petite boîte, deux magni-

fiques perles pêchées à Pah, un des plus beaux mouil-
lages de Wahoo. Vous comprenez le bonheur du
Gascon, et vous savez s'il en faut davantage pour faire
un grand homme. Depuis cette époque, un remède infaillible contre les coliques est un suc de gazon frais,
délayé dans de l'eau : essayez-en. Riche de ses étoffes et de ses curiosités, plus riche encore de ses deux
admirables perles, Rives ne voulut pas s'arrêter en si
beau chemin et résolut de profiter de sa bonne fortune. Avec la permission du prince et sous la promesse
formelle d'un prochain retour, il partit, deux mois
après, pour Kanton, afin de vendre ses perles et d'a-
cheter des médicaments. Muni de ces nouveaux trésors, il revint exercer sa profession à Owhyée ; et,
toujours souple et rampant, courtisan adroit et rusé,
menteur et fripon, il suivait la cour dans toutes ses
évolutions, hormis quand elle allait combattre : Rives
avait trop besoin de repos.

Le vieillard Young, dont je vous parlerai plus tard,
m'avait raconté cette histoire ; Rives, à qui j'en demandai la confirmation, n'y trouva que fort peu de
chose à retoucher ; mais il me pria de ne pas la pu-
blier à mon retour en Europe, ce que je lui promis
avec une bonne foi que mieux que personne il pouvait
apprécier. Je lui dois de si curieux détails sur l'archipel des Sandwich que je ne suis pas homme à l'affliger par une indiscrétion peu délicate. Au surplus, il
y a peu de temps encore, M. Rives accompagna en
Europe, en qualité d'interprète, Riouriou et sa femme
venant implorer la protection du roi d'Angleterre, qui

leur fut refusée. Riouriou mourut à Londres, il y a peu d'années. Kao-Onoéb suivit de près son mari. Rives revint à Bordeaux, repartit, deux ans après, en qualité de subrécargue sur un navire marchand qui, après avoir touché aux Sandwich, devait aller chercher des pelleteries sur la côte nord-ouest d'Amérique. Son voyage fut heureux et très-lucratif, et le Gascon tatoué, riche aujourd'hui, mais ingrat envers ses deux chastes *tiers* d'Owhyée, plein des beaux souvenirs de ses campagnes aventureuses, promène son oisiveté dans les larges rues et les quinconces admirables de la plus belle ville de France. Il lira ces pages (s'il a appris à lire depuis que je l'ai quitté), et je me flatte qu'il voudra bien se souvenir du pauvre aveugle dont il a conquis l'amitié si loin de sa patrie.

Je vous avais dit quelques-uns des faits et gestes de la vie présente de Rives. Ne vous devais-je pas, historien exact, les incidents principaux de sa vie passée? Que si vous m'en blâmez, souvenez-vous que la reconnaissance a ses devoirs, que le Bordelais nous avait fait un grand nombre de promesses dont, à son grand regret sans doute, il ne pût tenir une seule, et que, par compensation, je dois, moi, être fidèle à toutes celles que j'ai faites à mes lecteurs, dès le jour de mon départ.

Tout petit qu'il est, Rives méritait la place qu'il occupe dans l'histoire de mes voyages.

13

ILES SANDWICH.

Course avec Petit à l'océan de laves. — Taouroë. — Marokini.
— Mowhée. — Lahéna. — Paradis terrestre.

La veille même de notre départ tant désiré par nous
tous, je voulus essayer encore une course au milieu
des blocs de lave vomie par le Mowna-Kaah, afin de
m'assurer si en effet, comme me l'avait dit M. Young,
l'œil y chercherait en vain la plus légère tache de verdure. Sur les flancs du Vésuve germent encore quelques arbustes assez vigoureux ; l'Etna voit tout près de
sa cime des racines pleine de sève, poussant à l'air des
feuilles riantes, jusqu'à ce qu'une colère du sol qui les

porte les brûle ou les étouffe. Les voyageurs parlent
des richesses botaniques qui ceignent le penchant rapide de l'Hécla ; et les cônes embrasés des Amériques
ne sont pas plus meurtriers pour la puissante végétation qui grimpe de leur pied et va parfois couronner
leur tête au-dessus des nuages. De là pourtant s'échappent des embrasements autrement sérieux que ceux qui
ont englouti Herculanum et Pompéia ; mais aussi s'é-
loignent de là les prudents Indiens, qui ont bâti leurs
villes sur des monts et dans des vallées que Dieu seul
a la puissance d'ébranler. N'avais-je pas également
trouvé, moi, à deux pas de Tinian, le mont Aguigan,
paré, comme en un jour de fête, des riches productions
végétales des pays tropicaux ? Seypan et Anataxan s'en-
orgueillissent également de leur verdure éternelle, et
je me demande si, seul peut-être parmi ces menaçants
ennemis du repos des hommes, le Mowna-Kaah en-
vahissait et pétrifiait tout sur son passage.

La journée était brûlante, la mer calme, nulle brise
à la surface, et je me réjouissais presque, tant je me
plais à me trouver en présence de tous mes ennemis
à la fois. J'aime bien mieux un choc terrible que mille
petites secousses, et je crains plus la lassitude que le
péril.

Mon fidèle Petit, me voyant partir dans une pirogue,
sauta dedans sans que je m'en fusse aperçu ; il s'assit
paisiblement à mes côtés, me tendit sa main de fer et
dit aux naturels chargés de me conduire : *Au large!*
comme s'ils avaient dû le comprendre ; mais Petit était
descendu sans permission, et l'aspirant de quart,

l'ayant vu, l'appela d'une voix menaçante et lui ordonna de remonter à bord.

— C'est M. Arago qui m'a hêlé, dit le matelot effronté; demandez-le-lui : n'est-ce pas, monsieur Arago,
que vous ne pouvez pas aller louvoyer tout seul parmi
les récifs de ces montagnes?

— Non certainement, mais. .

— Ah! vous voyez bien, monsieur Bérard, je ne
vous faisais aucune colle, et ce n'est pas vous que je
voudrais enfoncer.

Bérard, la joie du navire, ne trouva rien à répli-
quer à l'éloquence de Petit; il comprit le bienveillant
coup d'œil que je lui jetai à la dérobée, et sourit ami-
calement au matelot dévoué, dont il avait deviné les
généreuses intentions.

Nous démarrâmes.

— Voyons, quel est ton projet en m'accompagnant
à terre? dis-je à mon drôle.

— Si vous ne le devinez pas, il est inutile que je
vous le narre.

— Tu veux te soûler encore une fois avec de l'ava.

— J'avoue que si ce bonheur m'arrive, j'en remer-
cierai saint Jacques, votre patron; mais cette raison
n'est qu'en serre-file; la première à son poste, c'est
que vous êtes un vrai conscrit, un vrai Parisien, que
vous ne savez pas nager, et que dès lors vous ne devez
pas naviguer seul avec ces crapauds, qui vous laisseraient vous noyer comme un boulet de trente-six. Moi,
je nage pour deux quand un ami tombe à l'eau.

— Dis-tu vrai, mon brave?

— Tenez, si vous me faites l'affront d'en douter, je prends ce criquet d'aviron qui est sous mes pieds et qu'on appelle bêtement ici pagaïe, je me pose sur ce banc, je fais le moulinet et j'ouvre le crâne à tous les hommes cuivrés, *ousque* vous leur avez encore f.... des tas de boxeurs et de cors de chasse sur toutes les joues.

— Allons, je te crois; calme-toi, brutal.

— Un brutal qui fait le plongeon pour sauver un ami vaut mille fois mieux qu'un tendre mirliflor qui ne mouillerait pas tant seulement le bout de sa botte pour vous épargner vingt gorgées d'eau de mer, qui ne ressemble guère à du rhum.

— Va, je te connais, je sais ce que tu vaux.

— Vous le savez si peu que, pour vous punir de ne l'avoir pas dit tout à l'heure, je vous condamne à l'unanimité à me bassiner le gosier, en arrivant à terre, de deux doigts de ce vin que vous avez l'air de cacher derrière votre album.

— Soit, deux doigts de vin, j'accepte.

— Et moi aussi, les deux doigts l'un sur l'autre, point couchés comme des faïchiens, debout, mille sabords! C'est convenu; vous ne vous en dédirez pas ou vous en paierez quatre... Prononcé de rechef à l'unanimité. Cré coquin! si Marchais était là! C'est qu'il vous aime bien aussi; et hier soir, il m'a administré quelque part ousqu'il a l'habitude de me parler avec son chausson ferré une si violente secousse que je me suis étendu sur la drôme pour avoir voulu parier que je vous aimais plus que lui.

— Tu es donc convenu du contraire?

— Le moyen de faire autrement quand l'ami Marchais n'est pas pieds nus.

— Si vous n'aviez pas tous les deux un cœur si excellent, vous seriez à pendre.

— Ça veut dire que si nous n'étions pas de braves matelots, nous serions de la canaille. Ce n'est pas malin à trouver. Vous vous rouillez, monsieur Arago, et si vous continuez à garder un savant comme Hugues à votre service, je crains bien que vous n'arriviez en France tout à fait de son calibre.

— Gare ! voilà que nous accostons.

— Comme ils vous manœuvrent ça, ces gabiers ! Voyez, voyez comme la pirogue tourne ; la lame la prend de bout en bout. Va maintenant ! nous voilà sur la plage.

Les Sandwichiens, à qui nous avions promis une récompense, nous accompagnèrent dans cette écrasante excursion, au milieu du redoutable chaos qui nous environnait de toutes parts. C'est à épuiser le courage des plus intrépides, c'est à lasser la constance des plus patients et des plus studieux. Vous jureriez que vous marchez sur une mer pétrifiée, dont vous croyez entendre les soupirs sous vos pieds ; et lorsque d'un seul élan vous vous flattez d'atteindre la nappe noire et polie que vous voyez là-haut à quelques mètres de distance, un ravin profond et à pic s'oppose à votre course et vous force à un immense détour qui se joue de votre zèle et de vos efforts ; là une vaste mer se dresse comme un rempart et vous dit : « Tu n'iras pas plus loin. »

J'allais, en effet, revenir sur mes pas, quand l'un

des Sandwichiens qui nous accompagnaient me montra du doigt un lieu plus sauvage encore que tout ce
que nous avions vu, et me fit entendre que je serais
content d'avoir poussé jusque-là.

— Allons, courage, dis-je à Petit, qui soufflait
comme un buffle aux abois; nous arrivons : courage !

— Je suis nu-pieds, monsieur Arago, et ces coquins
de rochers me brûlent.

— Je n'y avais pas songé, mon garçon : pardonne-
moi de t'avoir laissé venir.

— Est-ce que je me plains? est-ce que je boude? Si
vous allez là-haut j'irai, et ne vous gênez pas pour
moi ; je ne suis pas fâché non plus de me promener
là-dessus : c'est cocasse tout de même et plus fameux
que les galets qui poussent à Bourbon. Satané de Hugues! je donnerais la moitié de ma chique pour qu'il
fût là ; ça nous distrairait un peu.

Cependant nous étions arrivés à l'endroit indiqué
par le Sandwichien, et, en effet, il nous montrait un
spectacle fort curieux. C'est une grotte immense, longue de plus de cent pas, perforée à la voûte, presque à
distances égales, par de petites embrasures qu'on dirait
faites par la main des hommes. A l'entrée de ce souterrain gisaient deux crânes et quatre tibias, et lorsque
nous voulûmes les prendre pour mieux les étudier, le
Sandwichien épouvanté nous cria *tabou* et bondit à
dix pas en arrière.

— Sont-ils cruches avec leur *tabou!* dit Petit en souriant de dédain ; si on les en croyait, leurs femmes seraient *tabou*, ainsi que leur ava.

Aussi, sans s'occuper le moins du monde de la frayeur de notre guide, Petit saisit un des crânes et lui appliqua un vigoureux baiser.

— Tu étais peut-être un brave homme, dit-il un instant après d'un ton recueilli; reste là, mon ami, et pardonne-moi ce que je viens de faire.

Le Sandwichien avait pris la fuite.

— Irons-nous plus loin? dis-je à mon compagnon.

— Ce serait une sottise; entrons dans ce souterrain, ajouta-t-il, sachons où il mènera, et quand nous n'y verrons plus, nous rétrograderons.

Nous y pénétrâmes en effet; depuis l'ouverture jusqu'à la sortie il est haut de sept à huit pieds, large de quatre à cinq, et partout en dedans le sol est uni et sans saillie. Arrivés à l'autre extrémité, nous vîmes le Mowna-Kaah, dont la tête nous avait été cachée par une roche avancée, se dresser devant nous comme un spectre menaçant; sa crête était bifurquée; une immense tache blanche indiquait la région des neiges éternelles; et de là jusqu'à sa base, plongeant dans les eaux de la rade, nulle plante ne se montre, nul insecte ne bruit, nul reptile ne se traîne : partout la mort et le néant.

— J'en ai assez, me dit en soupirant Petit, devenu aussi rouge que ses cheveux; fichons le camp; je ne m'en suis pas vanté jusqu'ici, mais vous seriez le premier à me gronder plus tard si je vous le cachais encore : voyez, mes pieds sont crevassés : c'est tout au plus si je pourrai arriver.

— Je te porterai un peu, mon ami.

Petit s'arrêta ; de grosses larmes tombèrent sur ses joues.

— Monsieur Arago, souvenez-vous des mots que vous venez de prononcer là ; ils m'ont fait du bien, voyez-vous, pour plus de cent ans, et si maintenant vous me refusez encore mes services, je suis capable de vous démolir ; je m'entendrai là-dessus avec Marchais.

Mon Dieu ! qui viendra me donner des nouvelles de mon brave matelot !

Épuisés par une course torréfiante, nous arrivâmes au rivage avant le coucher du soleil ; et comme nous ne devions mettre à la voile que le lendemain, nous couchâmes à terre.

— Ne te gêne pas, dis-je à Petit ; bois, tu as besoin de te rafraîchir.

— Boire quoi ?

— Mes deux bouteilles de vin.

— Il y a longtemps qu'elles sont vidées.

— Tu les as distribuées aux Sandwichiens ?

— Monsieur Arago, je vois bien que vous m'en voulez toujours.

Nous quittâmes enfin le triste mouillage de Koïai au grand regret de M. Rives, qui nous promit toujours de nous faire livrer à Mowhée les poules et les cochons donnés en échange de nos vêtements et de notre linge, et qu'on nous refusa pourtant le plus gracieusement du monde en dépit du *bon à livrer* dont nous nous étions munis par prudence, mais que nous voulions d'abord repousser par discrétion.

Au surplus, Petit avait eu raison, à Owhyée, en jugeant Rives homme de peu de bonne foi. Le Gascon nous avait donné certains papiers et certains signes en échange desquels on devait nous fournir plusieurs cochons et deux ou trois douzaines de poules ; mais nul personnage de l'île ne connaissait le citoyen de Bordeaux ; le gouverneur seul de Lahéna l'avait entrevu sous ses jambes à Kayakakooah ; il ne comprenait pas le sens de ses billets et il ajoutait que cet étranger n'avait à Mowhée ni le plus petit oiseau ni le plus exigu quadrupède du monde. Mon brave matelot, à qui je dis d'une voix honteuse notre mésaventure, s'appliqua de sa droite un vigoureux soufflet sur la joue, s'arracha une poignée de cheveux et grinça des dents comme un homme frappé d'une condamnation injuste et flétrissante.

— Qu'as-tu donc, et pourquoi cette rage?

— Oh, mille sabords ! je suis capable de faire une seconde fois le tour du monde pour caresser l'omoplate osseuse du pékin.

— Mais c'est là un bien petit malheur.

— Un petit malheur, dites-vous ! Et ne voyez-vous pas d'ici le sapajou se f..... de nous? Voilà le hic, voilà le mal, voilà la plaie.

— A qui dira t-il cela?

— A lui-même, l'esturgeon, et c'est mille fois trop. Comme vous vous êtes fait blouser !

— Que veux-tu ! par bonté de cœur.

— Par bêtise... Ah! dame, le mot est lâché ; par

pure bêtise. Et vous lui crachiez vos chemises, vos
mouchoirs, vos pantalons; imbécile que vous étiez! Je
ne lui aurais pas f.... seulement un bouton de guêtre.
Enfin, c'est accompli; mais ça ne lui portera pas bonheur. Je méprise maintenant son ava, qui, à tout compter, ne, vaut pas le petit verre du rhum que vous allez
m'offrir.

   — A condition que tu le boiras à la santé de Rives.

   Petit me planta là, et je ne le revis plus de la journée.

   Mais quoique notre joie fût vive de quitter le sol
menaçant du Mowna-Kaah, dont la cime alors se perdait dans un ciel douteux, nous nous rappelâmes avec
attendrissement que près de ses flancs noircis, dans une
maison isolée, nous avions laissé quelques-unes de nos
affections les plus douces : deux jeunes vierges, un
vieillard à demi couché dans la tombe.

   M. Young nous serra la main avec un regard qui
voulait dire, Adieu pour toujours! ses intéressantes filles pleurèrent en nous embrassant; Riouriou jeta au
loin ses habits de colonel et de général pour adopter
le costume moins gênant de ses sujets; Louis Kraïmoukou Pitt nous salua en homme qui se serait mo-
qué de nous; les guerriers, le peuple et les princesses
sur le rivage, les uns debout, la plus grande partie
couchés dans d'immenses pagnes, nous virent tous avec
assez d'insouciance lever l'ancre, entendirent sans
nulle émotion les chants mesurés de nos matelots; et la
corvette jetant ses voiles aux vents reprit sa course

aventureuse, laissa derrière elle un long sillage et cingla vers de nouveaux pays.

Il est impossible que près d'un sol aussi tourmenté que celui d'Owhyée il ne s'échappe point, de temps à autre, des profondeurs de la mer, quelque roche aiguë, quelque morne bitumineux qui atteste dans les abîmes le feu des volcans, joue également un rôle destructeur et créateur à la fois. Les grandes colères ont du retentissement, et Naples n'est pas assez loin du Vésuve que ses habitants ne se promènent avec frayeur dans Herculanum et Pompéia, englouties et ressuscitées.

La géologie a ses lois éternelles, et nous avions déjà trop étudié l'aspect de la principale île de cet archipel pour ne pas chercher çà et là près de nous ou loin de nous quelques débris isolés du Mowna-Kaah. Taouroé se leva devant la corvette, rougeâtre sur les flancs, noire à sa base, cuivrée à sa cime; Taouroé, île de roche, crénelée, dentelée, à pic, en arêtes aiguës, pareille à un mur décrépit de lave ciselée par les siècles.

Qui donc a touché ce sol sans verdure? qui donc a essayé l'escalade de ces remparts formidables sur lesquels le flot rugit et se brise avec violence? Personne. Et cependant des récifs dangereux et prolongés entourent Taouroé, comme si le rocher avait à redouter la conquête de l'homme, comme s'ils avaient voulu défendre contre toute avidité les richesses qu'il cache peut-être dans ses flancs. Taouroé sera éternellement déserte, car la vie y est impossible.

La brise nous poussait toujours avec la même con-

stance, et après Taouroé se leva, plus aigu, mais
moins rapide, le cône à teinte verte nommé Morokini,
du sommet duquel s'élançait à l'air une colonne onduleuse d'une fumée noirâtre. Nous devions croire à
l'existence d'un volcan en activité; mais les pilotes
sandwichiens que nous avions pris à bord nous firent
entendre que cette petite île était habitée, que le côté
est présentait un aspect assez riant et qu'on y voyait
de fort jolis bouquets de cocotiers et de palma-christi,
au pied desquels étaient bâties de fort jolies cabanes :
c'était une colonie de pêcheurs.

Morokini glissa bientôt derrière nous, et Mowhée,
l'imposante Mowhée se leva du sein des eaux et étala
à nos regards sa tête de lave et ses flancs déchirés.
Dans les anfractuosités de quelques rochers qui semblaient suspendus, pointaient des touffes légères de
verdure ; et tandis que ses pieds de lave étaient pelés
et mornes, sur sa tête assez régulière une crête assez
riche d'arbustes d'une certaine vigueur semblait recevoir sa séve des nuages visiteurs qu'elle déchire et re-
tient au passage.

Partout ici des brisants entourant l'île, partout des
récifs à fleur d'eau forçant les navires à manœuvrer
avec la plus grande prudence, et nul doute que de fréquentes catastrophes ne signalassent ces dangers à la
marine, si le ciel de ces climats ne se montrait sans
cesse riant et doux, comme un contraste avec la terre
orageuse qu'il n'a cependant pas la force de vivifier.

Toutefois, en avançant vers l'ouest, la lave s'abaisse
par une pente légère, la végétation lève la tête, le

paysage se dessine sous des couleurs plus gaies, la plage se revêt d'une éclatante parure, les cocotiers promènent dans les airs leurs palmes élégantes, les rimas étalent leurs larges feuilles, les palma-christi, le mûrier-papier et une foule d'autres végétaux des tropiques, unissant leurs bras entrelacés, projettent de toute part une ombre bienfaisante et protectrice. On se sent l'âme à l'aise à l'aspect de ce paysage embelli encore par les sauvages plateaux qui l'entourent et le dominent. Mais c'est lorsque vous avez laissé tomber l'ancre à deux encâblures de terre, sur un fond de roches et en face du village de Lahéna, que toute la majesté du sol se déploie à l'œil, comme pour vous dédommager de l'horrible stérilité qui venait d'épouvanter vos regards. Ainsi, Mowhée est divisée en deux parts bien distinctes et bien tranchées : d'un côté, la mort, de l'autre, la vie ; ici, le roc et le bitume, là, une terre végétale puissante, une verdure éternelle ; au sud et à l'est, le deuil et le silence, à l'ouest et au nord, le mouvement et la joie. La nature, bizarre et capricieuse, a jeté une montagne inculte et rigide au-dessus des eaux ; et, par un noble sentiment de regret et de repentir, elle s'est laissée aller à une pensée plus généreuse, pour consoler par un sourire l'homme que tant de misères devaient épouvanter.

Une maison en pierre assez proprement bâtie, dans le goût de celle de M. Young à Owhyée, s'élève à la droite du village et se trouve garantie des rayons du soleil par une touffe d'arbres vigoureux, au feuillage varié, au-dessus desquels plane la tête chevelue des svel-

les cocotiers; un solide rempart en maçonnerie protége
cette demeure royale contre les rares tempêtes de la
baie, tandis qu'à deux pas de là une plage unie et
riante permet toute latitude à la lame écumeuse de
s'étendre et de se développer avec majesté. C'est dans
la maison de pierre que nos instruments astronomiques furent descendus, et tandis que les officiers et
les élèves comptaient dévotement les oscillations du
pendule, tandis que, heure par heure, ils comparaient
la hauteur exacte de plusieurs thermomètres et enri-
chissaient les registres du bord d'observations nautiques dont je ne veux pas appauvrir votre mémoire,
moi, prêt à étudier le sol et les hommes, je me jetais
dans l'île et courais après des émotions plus futiles
sans doute, mais aussi plus intimes et plus variées.

Je ne trouve rien de plus mortel que la monotonie.
Lahéna est un jardin ; Lahéna, pour le paresseux qui
ne voudrait que se laisser aller doucement à vivre, est
ce paradis terrestre dont les livres saints nous ont fait
de si délicieuses descriptions. Mais ici, mieux que là-
bas, vous n'avez pas d'arbres ou de fruits qu'on vous
défende, vous n'avez pas de cabane qui vous refuse
son ombre et ses nattes moelleuses, pas de voix sé-
-ductrice qui vous punisse plus tard de vous être abandonné à sa mélodie, pas de colère à redouter pour une
audace, pas de fatigue que celle donnée par un sommeil paisible, pas d'insectes dangereux dans les demeures, pas de reptiles dans les campagnes ouvertes,
et partout sur votre tête un large et gracieux parasol
de verdure bruissant à l'haleine vagabonde d'un vent

tout imprégné d'émanations balsamiques. Lahéna est le plus beau séjour du monde.

Les maisons sont séparées les unes des autres par de petits sentiers unis comme une glace, bordés de papyrus, de jam-rosas, de palma-christi et d'une foule d'autres végétaux aux folioles découpées, aux troncs lisses ou raboteux, tortueux ou élancés, formant à chaque pas un contraste admirable. A côté de chaque maison est un carré profond de deux, trois et quelquefois de quatre pieds, sans cesse frais et propre, où croissent les plantes utiles à la nourriture de l'homme. Ce sont les ignames, les douces patates, les choux caraïbes, nommés ici *taro*, poussant au loin leurs larges feuilles sans soin et sans culture. Ces carrés, défendus sur les bords par une petite haie d'arêtes de palmistes ou seulement par un léger monticule de terre glaise, sont une fortune impérissable pour les heureux habitants de Lahéna.

Entrez dans une cabane, vous y trouverez de jeunes filles enchantées de votre visite et ne comprenant absolument rien aux mœurs des pays civilisés. A côté d'elles, aussi ignorantes, les mères frappent avec un battoir ciselé, sur une planche polie, l'écorce malléable du *mûrier-papier*, dont elles font de fines étoffes au milieu desquelles elles reposent légèrement abritées, tandis que sur le seuil les pères interrogent de l'œil les richesses escaladant l'enclos qu'ils ont creusé, et remuent parfois la terre et les eaux à l'aide d'un long bâton de bois rouge ou de sandal.

Je ne vous dirai pas tout ce que Lahéna offre de

curieux et de magique à l'étranger qui vient la visiter ;
je ne vous dirai pas le charme que l'on goûte à ces
promenades solitaires du matin ou du soir, alors que
des myriades de joyeux oiseaux se jouent à travers les
branches des arbres et viennent heureux et rassurés
vous battre de leur aile rapide ; je ne vous peindrai
pas la gracieuseté de cette population de jeunes filles,
àpres au bonheur qui les berce sans les fatiguer, et
vous invitant par les manières les plus innocentes à
ne pas abandonner un pays auquel nul autre ne peut
être comparé. Non, je n'achève pas le tableau que j'ai
commencé, afin de ne pas laisser le regret éveillé dans
votre âme, puisqu'il vous faut faire un si violent effort pour vous arracher à vos habitudes si mortelles,
à votre pays si pauvre et si décoloré !

Oh ! si vous l'aviez vue, Lahéna ! si vous l'aviez vue,
je ne vous dirais point ce qu'elle est, car, bien certainement, vous ne l'auriez pas oubliée, et je craindrais
de vous en présenter une esquisse aussi imparfaite.

Les habitants de ce coin de la terre n'ont compris
qu'une chose depuis qu'il y a là une colonie, c'est que
la vie qui leur a été donnée ne doit pas être gâtée par
la fatigue. La fatigue pour eux, c'est le travail, c'est
presque le mouvement. Ils ont là sous leurs mains
tout ce qu'ils nomment le nécessaire : pourquoi iraient-
ils au loin quêter le superflu ? Chez nous, ce que nous
nommons superflu est souvent une pauvreté ; nous
demandons, nous cherchons, nous voulons le superflu du superflu, et nous ne sommes pas satisfaits encore. A Lahéna l'opulence serait une plaie. Je disais à

un des hommes les plus intelligents du pays qu'il y avait en Europe des individus fort riches.

— Dînent-ils deux fois? me répondit-il. Ont-ils plus souvent faim que les autres?

Que feraient du superflu les habitants de Lahéna ? Rien, absolument rien ; chaque dix ans peut-être un navire vient mouiller devant leur île, et les bagatelles qu'on leur apporte n'intéressent que leur curiosité. Vous faites fi de ce qu'ils appellent leur fortune ; ils regardent en pitié ce que vous nommez richesses ou luxe. Les vêtements qui vous emprisonnent les mettent en colère contre ce qu'ils disent être une stupidité, un esclavage. Ils n'ont, eux, qu'une saison, une seule. elle est uniforme, éternelle ; les tempêtes qui passent sur leurs cabanes sont des colères qui ne peuvent les atteindre ni les émouvoir, et s'ils ont des pirogues et des pagaies, c'est que parfois ils vont se promener sur les eaux pour que le mouvement des vagues de l'Océan réveille un peu le sang calme et tiède qui sommeille dans leurs veines.

Je n'ai pas vu de moraïs à Lahéna. Les hommes doivent y mourir pourtant. Cacherait-on avec soin les traces de ceux qui ont disparu, afin que la vie entière fût une pensée joyeuse, traversée seulement par une douleur rapide comme l'éclair? Ou bien transporterait-on à Wahoo ou à Owhyée la vieillesse et la souffrance pour mieux sentir ici la force et le bonheur?

J'y ai vu pourtant une fois couler des larmes, mais ces larmes encore n'étaient sans doute qu'un usage ; elles s'arrêtaient à volonté, et l'on eût dit que la tris-

tesse devait aller de telle minute à telle minute , sans
qu'il fût permis de la dépasser.

Je revenais d'une course assez fatigante, en compagnie de mon ami Guérin et du docteur Quoy, lorsque
nous entendîmes , près de la première maison du village , des cris lamentables remplissant les airs. Nous
nous dirigeâmes de ce côté , et nous trouvâmes sur une
pelouse de gazon uni une douzaine de femmes accroupies autour d'une autre femme , la tête appuyée sur les
genoux d'une d'entre elles , parlant , criant et menaçant de la façon la plus énergique la pauvre malade.
A notre aspect le tumulte cessa, les larmes furent es-
suyées , le calme le plus parfait se rétablit , et quand
nous eûmes demandé le motif de ces bruyantes lamen-
tations et de ces pressions si rudes, on nous donna à
entendre que c'était pour chasser la maladie qui s'était
logée dans le corps de la jeune souffrante. Le docteur
s'approcha , tâta le pouls de la malade , opéra une
abondante saignée , et la guérison devint certaine. Mais
les cris recommencèrent à notre départ, et je ne serais
pas surpris que le gazon pilé de M. Rives ne vînt bientôt à Lahéna porter un coup mortel à cette population
si vivace et si vigoureuse.

La nuit, lorsque le calme de la terre se joint au calme
des eaux , lorsque la brise dort dans le feuillage et que
sous les cabanes muettes s'assoupissent les heureux habitants de Lahéna , l'oreille attentive écoute le roulement lointain d'une cataracte qui , tombant d'une roche à pic, fait bouillonner ses eaux limpides , source
première des richesses de ce lieu de délices.

Par une nuit magnifique, je me rendis vers cette
chute d'eau; le bruit seul me guidait à travers les terres incultes qui, je vous l'ai déjà dit, cerclent les
beaux jardins et les douces allées du village. Partout
ici la plus triste stérilité, et la lune, qui m'inondait de
ses pâles rayons, ne dessinait aucun jeu d'ombres fantastiques autour de moi; seulement en tournant les regards vers la cime du mont gigantesque qui planait sur
le mouillage, on voyait se refléter dans les flots sa
masse noirâtre, pareille à un colosse marin assoupi.

Après une heure d'une marche lente et pensive, je
me trouvai au pied du cirque où bouillonnent les eaux
pour se répandre ensuite, calmes et pures, dans toutes
les directions, et se réunir enfin en une seule branche,
à quelques milliers de pas de Lahéna, pour se perdre
dans les flots amers de l'Océan.

Le bonheur a donc aussi sa lassitude! Depuis huit
jours seulement nous parcourons cette île, si tranquille,
si disparate, calme de toute passion funeste, et voilà
que nous n'entendons pas sans plaisir le canon du bord
annonçant le départ. Que de folie dans le cœur humain!

Le grand canot aborde; il met le cap sur la corvette,
on lui confie nos instruments, chacun de ces messieurs
prend sa place, ils franchissent la barre qui protége
Lahéna contre les lames poussées par la rafale de mer;
ils regardent derrière eux... pas un seul habitant
n'est là pour leur dire adieu; pas un seul n'était là
pour nous voir arriver. Notre présence à Mowhée ne
fut ni une joie ni une douleur; mais seulement une
distraction. On y parlera de nous quelques jours en-

core, et puis tout s'effacera dans la quiétude de chaque heure. C'est un bien singulier spectacle que celui
qu'offre à l'observateur ce groupe de cent cases au plus,
ayant pour abri une verdure éternelle et pour habitants des êtres éternellement calmes et heureux.

Un jour se leva pourtant, où un gouverneur intrépide voulut ici secouer le joug du grand roi Tamahamah ; il y eut du sang versé sur cette plaine si fertile,
il y eut des supplices, des cris de rage, des râles de
mourants, des vengeances, des mutilations et des cadavres !

Ce fut une éruption de volcan, une tempête que le
génie et le bras de Tamahamah apaisèrent en un jour.
Quelle terre n'a pas ses secousses ? quel ciel n'a pas ses
orages ?

Ami de toute l'île, je m'étais pourtant plus intime-
ment lié dans le pays avec une famille jeune et isolée,
dont la cabane formait la limite du village et se trouvait adossée au mont volcanique qui protége et domine
Lahéna. Le matin je lui avais dit adieu, et les deux
gracieuses jeunes filles sauvages, dont j'avais reçu tant
de témoignages d'amitié, me suivirent jusqu'à la maison blanche, où notre observatoire avait été établi. Là,
assis entre elles deux, sur la jetée contre laquelle le flot
venait rendre son dernier soupir, je leur pris les mains
et leur fis entendre que dans peu de moments je serais loin d'elles. Leurs yeux me regardèrent sans tristesse, leur bouche me sourit sans joie, et je les vis telles que je les avais toujours connues dès le jour de mon
arrivée.

La première de mes attentions, en arrivant auprès
d'elles, avait été pour l'aînée, qui pouvait avoir de treize
à quatorze ans; le lendemain, ce fut le tour de l'autre,
moins âgée d'une année que sa sœur.

Eh bien! jamais entre elles n'éclata la moindre jalousie, jamais entre elles n'eut lieu la plus légère dis-
cussion pour les cadeaux que je faisais accepter à l'une
et à l'autre. La jalousie est un sentiment inconnu à
Lahéna; toutes les passions y ont leur charme sans y
avoir leur délire, et l'âme n'y est torturée par aucun
remords. Si par hasard je m'asseyais à côté de Bahi,
Béharah me faisait signe que j'étais fort bien à la place
que j'avais choisie, et la jolie fille arrangeait elle-même
la natte soyeuse qui me protégeait contre l'humidité.
Ainsi faisait sa sœur lorsque mon humeur capricieuse
m'appelait auprès de Béharah, qui ne gardait que la
moitié des bagatelles par lesquelles je reconnaissais
tant de soins.

Lahéna serait incomprise en Europe.

Cependant j'avais encore un croquis à achever; je
remerciai une dernière fois mes deux naïves compa-
gnes de leur complaisance de chaque jour et je leur dis
que je voulais être seul. Elles se levèrent, me souri-
rent encore et reprirent d'un pas calme le chemin de
leur case isolée, où le sommeil sans doute ne tarda pas
à s'emparer d'elles, et à leur faire oublier le lendemain le souvenir de mon passage dans leur demeure
silencieuse.

J'entendais les chants des matelots qui viraient au
cabestan pour déraper; adossé au tronc filandreux d'un

cocotier du rivage, je dessinais les dernières cases de
la suave Lahéna, lorsque, me retournant à un léger
bruit, j'aperçus mon fidèle Petit qui s'approchait de
moi à pas de loup.

— Comment! encore ici?

— Encore et toujours. Je reste, je vais me marier.

— Tu es fou.

— C'est possible; mais ça me va assez cette folie;
je suis fou de repos, fou de bonheur; Lahéna me
plaît, je cargue les voiles, je laisse tomber l'ancre
et je mouille.

— Sais-tu que ce serait déserter?

— Oui, je le sais.

— Sais-tu que ce serait une bien méchante action?

— Je ne sais pas cela.

— Je te l'apprends, moi, entends-tu? et si tu me
fais quelques nouvelles observations, je te saisis au col-
let, je te traîne dans une pirogue et je te recommande
à M. Lamarche.

— Vous me feriez rire si j'en avais la moindre envie. Votre *pogne* n'est pas assez robuste, et ce n'est pas
une charpente comme la mienne qu'on peut faire naviguer de la sorte. Ça, voyez-vous, c'est un trois-pons,
c'est la *Sainte-Trinité* espagnole[1]; il faut un ouragan
pour le démâter, et vous soufflez petite brise... Si
vous n'étiez pas M. Arago, je vous démolirais comme
une méchante pinque, et je ferais de vous ce que
Marchais fait habituellement de moi; mais je vous

_____

[1] Le plus gros vaisseau de guerre qui ait été construit.

aime, je vous respecte, et vous retournerez intact à
bord.

— Avec toi.

— Non, tout seul, sans escorte.

— Nous verrons.

— C'est tout vu, je reste.

— Comment, ici, dans un pays sauvage ?

— Un pays de cocagne, monsieur ; un pays comme
il n'y en a pas d'autre au monde : de l'ava à pleines
mains, on s'y soûle gratis ; des patates plein le chapeau,
toujours gratis ; puis d'autres choses que je ne veux
pas vous dire, encore gratis.

— Quoi donc ?

— De superbes princesses qui vous aiment, qui ra-
folent de vous, qui vous dorlotent dans des hamacs
comme si vous alliez au roulis.

— Ah ! tu as vu des princesses ?

— Une seule, monsieur Arago, mais fameuse ; quels
bossoirs !

— Tu es amoureux, toi, Petit ?

— Amoureux que j'en ai le cœur gros, que je méprise la corvette, que je la foule aux pieds, que je lui
crache dessus et que je lui dis adieu pour toujours.
C'est la première fois depuis l'âge de neuf ans que
j'ai entendu une voix de femme me dire qu'on m'aimait. C'est la première fois qu'on m'a dorloté ; je reste
à Lahéna. V'là que l'ancre est à pic ; bonsoir, monsieur Arago ; permettez-moi de vous donner ma bénédiction, permettez-moi de vous serrer la main, de
frotter, selon l'habitude du pays, mon vilain nez con-

16

tre le vôtre, et bon voyage. Comptez plus rarement vos chemises et pensez quelquefois au brave Petit, qui vous aime tant et qui veut enfin reposer sa tête de carotte sur un plancher solide.

— Je n'ai pas la force, mon garçon, de t'adresser de nouvelles prières ; mais, en vérité, tu fais là une bien grande sottise ; au surplus, ce n'est pas seulement toi que je plains, c'est encore Marchais, ton inséparable, ton ami si dévoué.

— Ah bah ! il trouvera un autre derrière pour ses souliers ; et puis il commençait vraiment à taper trop fort, ça m'en dégoûtait ; c'est égal, dites-lui, je vous prie, que je penserai à lui toute la vie, et que je lui recommande Hugues, qui a tout ce qu'il faut pour me remplacer à merveille.

— Décidément tu ne veux pas venir ?

— Décidément.

— Adieu donc, Petit ; tiens voici un chapeau, une cravate, garde-les en souvenir de mon amitié pour toi. Adieu, j'entends le coup de sifflet du maître, il est temps que je parte. Encore une fois, adieu, et je te promets, en arrivant en France, de donner de tes nouvelles à ton vieux père.

— Mon vieux père, dites-vous ? à mon vieux père que ne verrai plus ! Ah ! monsieur Arago, vous avez frappé juste : c'est fini, je ne déserte plus. Adieu ava, adieu patates, adieu princesses ; je retourne avec vous, avec Hugues, avec Marchais ; je reprends le collier de douleur ; vieux père m'attend peut-être là-bas, il n'y aura pas de ma faute si je ne l'embrasse pas encore.

Vogue la galère, hisse le foc et borde la brigantine. En route!

Jugez si Lahéna est un lieu de délices, puisqu'il avait tenté mon matelot Petit et qu'il n'a fallu rien moins que le nom de son père pour lui faire quitter ce paradis terrestre, dont le souvenir nous poursuit avec tant d'amour!

14

ILES SANDWICH.

Wahou. — Marini. — Le bandit de la troupe de Pujol. — Supplices. — Encore Tamahamah.

Si c'est une belle chose pour tout observateur studieux qu'une navigation dont les relâches sont fréquentes, en revanche les courtes traversées, comme celles que nous faisons depuis quelque temps, fatiguent les matelots et lasseraient presque leur constance. Mais heureusement que les îles Sandwich offrent aussi à l'équipage des plaisirs faciles, des amusements variés, des attérissages peu dangereux, et qu'au total, les courses dans ces latitudes peu élevées sont beaucoup moins écrasantes que celles qu'on est souvent forcé de faire sous des zones glacées et turbulentes.

Ici, en effet, partout ou presque partout, des ombrages délicieux, luttant avec bonheur contre les atteintes d'un soleil ardent ; et, le soir et le matin, une brise de mer venant rendre aux muscles endoloris leur sève et leur énergie naturelles.

Voici Wahoo qui se dresse d'une part, tandis que de l'autre, à peine Mowhée vient de se plonger dans les flots. Lahéna ressuscitera-t-elle chez sa voisine, ou ne retrouverons-nous nulle part cette suave béatitude qu'on aspire par tous les pores dans ce délicieux coin de terre que nous venons de quitter ? Le ciel n'a-t-il épuisé ses bienfaits sur une petite île que pour appauvrir tout ce qui l'environne ? Nous le saurons bientôt, car déjà à notre droite pointent des cases, un établissement, une cité, une capitale.

Partout, à Wahoo, la côte se dessine avec les bizarreries que nous avons déjà remarquées à Owhyée, mais d'une façon plus mesquine. On comprend, au premier coup d'œil, que les volcans qui ont vomi à l'air cette île antique ont sec ué les flots avec plus de difficulté que ne l'a fait le terrible Mowna-Kaah, père menaçant et dominateur de tout l'archipel.

Il y a à Wahoo des criques profondes, des cônes bizarres, des rochers à pic, d'autres roches pelées ou revêtues de verdure, s'allongeant ainsi que des tigres élancés sur leur proie ; il y a aussi des masses de laves sur lesquelles la vague écumeuse vient amortir sa rage ; il y a encore des plateaux élevés, des terres fer-

tiles, des murailles de bitume déchirées ; mais quand
on arrive d'Ovhyée, quand surtout on s'est promené
sur l'océan de laves qui touche à Koïaï, tout ce qu'on
voit ici est grêle, petit, mesquin, et le sourire vous
vient aux lèvres, sourire de dédain et de plaisir à la
fois : Cependant chacun est à son poste ; Anourourou
se déploie dans toute sa majesté. Nous laissons tomber l'ancre en face de la ville ; le matelot se croise les
bras, s'assied sur la drôme ou s'accoude aux bastin-
gages, jette un œil indifférent sur la côte, et s'étonne
qu'on entreprenne d'aussi longues campagnes pour
étudier des pays où le vin et les liqueurs enivrantes
sont à peine connues.

Nous, moins difficiles, étudions avant de décrire,
comprenons avant d'expliquer, et ne nous laissons pas
séduire par une première impression. Il faut revoir
pour assurer avoir bien vu.

Quatre cent cinquante-cinq cases, deux belles bâtisses en bois servant de comptoir aux Américains établis à Wahoo, un palais de chaume, demeure du gouverneur, Kraïmoukou cadet ; une place publique fort
spacieuse, bien ouverte, quelques sentiers assez régulièrement tracés formant des rues, et une jolie maison
en maçonnerie à un rez-de-chaussée et à un étage, blanche au-dehors, propre au-dedans, avec toiture en tuiles,
surmontée d'un élégant pigeonnier autour duquel vol-
tigent sans cesse une quarantaine de tendres ramiers,
voilà Anourourou.

La maison qui brille là, comme Syrius au ciel, est
la propriété d'un industrieux Espagnol nommé Marini.

établi aux Sandwich depuis trois ans, possesseur de superbes plantations que personne ne lui envie et cherchant à doter ce magnifique archipel de richesses européennes incomprises jusqu'à ce jour. Marini n'a point l'orgueil castillan ; on devine que sa vie a passé par de rudes épreuves ; son langage, sans être celui d'un homme du grand monde, est toujours correct et ne manque pas d'élégance. Il a à peine trente ans, ses traits sont vivement accentués, quelques rides même se dessinent sur son front sans le creuser, et ses yeux ont un mélange singulier de souffrance et de fierté qu'on chercherait vainement à définir. Est-ce l'exil qui l'a poussé à Wahoo ? Est-ce un crime qui l'y a conduit ? Y a-t-il eu dans sa résolution si bien arrêtée tristesse ou curiosité, désespoir ou flétrissure ? C'est ce que je ne cherchai pas d'abord à connaître et que j'appris plus tard ; mais à coup sûr il y a eu immense sacrifice accepté, et, à ce compte-là, Francisco Marini avait droit à tous nos égards, à toute notre affection.

Chaque matin, dès que j'étais descendu à terre, Marini recevait ma première visite ; il était Catalan, moi Roussillonnais, nous parlions la même langue, nous étions pour ainsi dire compatriotes. Il avait apprivoisé des pigeons, et ils étaient tellement dociles au petit coup de sifflet qu'il leur avait appris à connaître, que dès que l'ordre était parti, ces charmants oiseaux voyageurs se précipitaient vers lui à tire d'aile, se perchaient sur sa tête, sur ses épaules, sur ses bras et l'entouraient d'un réseau mobile et impénétrable. La

joie de la jolie famille une fois satisfaite et son obéis-
sance récompensée par quelques poignées de grain,
un second coup de sifflet donnait *campo* aux dociles
élèves et la maison redevenait calme et silencieuse.

— Le temps est beau, me dit un soir Marini, voulez-vous prendre mon bras et m'accompagner à mes
plantations?

— Volontiers, señor, c'est un plaisir dont je vous
remercie d'avance.

— Oh! ne vous attendez pas à des merveilles; ici
la besogne se fait lentement, parce que les ressources
et la bonne volonté manquent; mais le sol est si fertile qu'il m'épargne encore bien des fatigues.

— A quoi vous serviront ces produits, puisque vous
m'avez dit vous-même que votre projet était de mourir
à Wahoo?

— A quoi? je ne sais. A qui? hélas! c'est pour ces
braves gens que vous voyez courir çà et là, s'ils veulent comprendre enfin tout l'avenir que je leur prépare.

— C'est une philanthropie fort honorable.

— Que voulez-vous, il faut faire du bien aux hommes, quelque mal qu'il nous fassent ou nous aient
fait.

— Pauvre exilé! vous êtes malheureux.

— Vous voyez que non, puisque vous m'aimez et
que je souris.

Une grosse larme roula sur les joues amaigries de
l'Espagnol et je feignis de ne pas m'en apercevoir, de

peur de l'affliger encore. Il s'aperçut de ma discrétion et continua d'une voix faible :

— Vous êtes généreux, vous me plaignez alors même
que je vous donne l'assurance que rien ne manque à
mon bonheur présent.

— Il me fait trembler pour vos jours passés !

— Peut-être vous dirai-je mon histoire.

— Je ne vous la demande pas, señor.

— Raison de plus pour que je vous la conte ; mais
ce sera dans quelques jours, la veille de votre départ,
car si je prononçais un mot, un seul mot, si j'articu-
lais un seul nom, vous me fuiriez comme on fuit un
reptile.

— Oh ! alors, señor Marini, j'insiste, ne fût-ce que
pour vous prouver que je vous suis acquis à jamais.
Le repentir nous vient du ciel, le remords est une expiation.

— Ne vous avancez pas tant, de peur d'avoir trop
à reculer. Eh bien ! poursuivit-il avec un sentiment
extrême de violence, y a-t-il longtemps que vous n'avez
visité votre pays, non pas la France, mais le Roussillon ?

— Il y a peu d'années.

— Avez-vous quelques notions des dernières guer-
res que l'empire a portées en Espagne, depuis le Per-
thus jusqu'à Barcelone.

— J'en connais les principaux et les plus dramatiques épisodes.

— Le nom de Pujol est donc arrivé jusqu'à vous ?

— Oui, certes, et je sais aussi comment ce chef a

été lâchement livré par les Français, ses ennemis, et lâchement assassiné par les Espagnols, ses amis.

— Cela suffit, vous saurez mon histoire.

— Vous connaîtriez donc Pujol, vous aussi?

— Beaucoup.

— Où l'avez-vous vu?

— Partout: en France, en Espagne, dans la plaine, sur la cime de Pyrénées, dans la paix, dans la guerre, au milieu des batailles, du carnage, de la dévastation. Pujol était un grand coquin, mais Pujol ne devait pas être livré.

— Je pense comme vous.

— Alors vous m'entendrez.

Le señor Marini, jusque-là si calme, si froid, avait pris pendant ce court entretien des poses si hardies, ses paroles étaient sorties si rapides, si énergiquement accentuées que je jugeai dès lors qu'il avait joué un rôle quelconque dans cette longue série d'escarmouches, de batailles, d'attaques de convois, de marches et contre-marches dont la fière Catalogne avait longtemps été le théâtre. Mon impatience s'accrut de cette demi-confidence déjà si intime; mais j'attendis tout du bon vouloir de l'Espagnol, à qui je portais, sans trop me l'expliquer, un si puissant intérêt. Le mystère est un vif aiguillon qui vous attire, loin de vous faire fuir.

Cependant ces causeries familières nous conduisirent bientôt jusqu'au bord d'une petite rivière suivant toutes les sinuosités du pied de la colline verte qui forme le fond du croissant au centre duquel s'élève Anourourou.

— Ici commencent mes propriétés, me dit don Francisco ; vous entrez dans mes domaines.

— Voici sans doute le château, lui répondis-je en lui désignant une case basse située à l'autre bord du frais et rapide courant d'eau.

— Vous avez deviné ; mais ne vous en moquez pas trop, il ne faut jamais juger que comparativement, et dans ce cas vous serez forcé de convenir que votre marquis de Carabas n'était pas plus opulent que moi.

Douze ou quinze cents pieds de vignes déjà en rapport tapissaient les flancs du coteau ; quelques figuiers maigres et souffreteux s'élevaient çà et là et plusieurs vigoureux grenadiers pointaient à travers les haies servant de cadre à la belle vigne que M. Marini avait déjà trouvée ici, plantée également par un Espagnol de Malaga, depuis peu de temps rentré dans sa patrie, et qu'il avait sauvée presque miraculeusement de l'apathie des naturels. Je mangeai du raisin cueilli sur le ceps ; il était excellent, et ce fut avec un sentiment de religieuse reconnaissance impossible à exprimer que j'approchai le premier grain de mes lèvres ; je me crus de retour dans mon pays natal ! Un Espagnol était là, un homme qui parlait ma langue, un homme de ma couleur, vêtu comme moi ; sous mes pieds une vigne, à mes côtés les arbustes protecteurs de nos plantations roussillonnaises ; une cabane au milieu pour compléter l'illusion. Je m'écriai, je bondis, mon cœur battit avec violence, mes genoux fléchirent, je respirais à peine ; je tournai la tête pour mieux savourer la brise de mer, tout s'effaça ; Anourourou chassa ma patrie, et vous ne sauriez comprendre combien ce réveil fut triste et plein d'amertume.

— Ces choses-là m'arrivent souvent, me dit Marini en me serrant affectueusement la main ; ces choses-là vont droit à l'âme et s'y plongent profondément ; ces choses-là tuent, et voilà pourquoi je n'ai pas encore longtemps à vivre.

— Ah ! pardon de vous avoir affligé ; pardon, et continuons nos courses dans vos domaines.

— Vous avez raison, señor, de vouloir marcher encore, on pense trop dans l'inaction et le silence ; rien n'est mortel comme le recueillement ; tout penseur s'use vite.

Don Francisco me montra, errant sur une grasse prairie fort bien arrosée, un troupeau de vingt-trois bœufs qui n'étaient pas encore toute sa fortune. Il savait bien que les Américains établis à Wahoo lui en voulaient de son industrie et des leçons d'économie rurale dont il commençait à faire sentir le prix aux insulaires ; il n'ignorait pas non plus que sur un caprice, sur un simple soupçon, Riouriou, aussi stupide que Tamahamah était grand et noble, pouvait le priver de ses richesses et même de sa liberté ; mais il continuait avec zèle son œuvre de régénération, et il disait toujours :

— Qui sait si dans l'avenir on ne parlera pas de moi avec amour et reconnaissance.

A quelques jours de là, en descendant sur la plage, je vis accourir à moi don Francisco, qui me saisit par le bras d'une manière convulsive et me dit d'un ton résolu :

— Venez, señor, toute usurpation m'est odieuse, mais surtout celle qu'on doit à l'hypocrisie.

— Mon Dieu! qu'avez-vous fait et qu'avez-vous à craindre?

— Ce que j'ai fait? le ciel et moi nous le savons; ce que j'ai à craindre? votre mépris.

— Le malheur plaide pour vous, votre cause est déjà gagnée.

— Hélas! ce qui devrait me consoler me torture. J'ai beau vouloir effacer de ma mémoire le souvenir de mes jeunes années, tous les efforts que je tente l'y gravent plus profondément. Ici, loin de ma patrie, loin de toute civilisation, occupé à faire du bien à tout ce qui m'entoure, j'espérais trouver quelque remède à mon mal; soins inutiles, vœux superflus : dès qu'un navire pointe à l'horizon et cingle vers cette île, au lieu d'accourir, de saluer et de tendre la main à des hommes de mon pays (car à huit mille lieues du sol natal tout Européen est un concitoyen), je me tiens à l'écart, je me cache et ce n'est que lorsqu'on vient me chercher que je me montre la tristesse au front et le deuil à l'âme. Vous, señor, quand je vous ai entendu avec cet accent saccadé, abrupte et quelque peu impertinent, je me suis dit que vous deviez être du midi de la France. Vous êtes plus encore; nos deux provinces se donnent la main, faisons de même; et puisqu'un si curieux hasard nous rapproche, venez dans ma demeure, déjeunons et écoutez-moi. Vous aurez peut-être un jour occasion de parler de l'Espagnol établi à Wahoo, je vous y autorise; mais je ne veux pas qu'un autre vous apprenne ce que vous ne devez savoir que de moi seul.

— Vous avez beau chercher à m'effrayer, je parie que votre conscience alarmée est votre juge le plus sévère.

— C'est possible, écoutez donc : Je suis né à Mataro; mon père était l'exécuteur des arrêts criminels.

Don Francisco baissa les yeux et garda un moment le silence.

Les armées françaises entrèrent à Girone, à Figuères, à Barcelone, vous savez comment elles s'emparèrent du Mont-Jouy; la rage des Espagnols devint bientôt ce que deviennent toutes les passions des hommes quand la honte des défaites humilie leur vanité nationale, et vous savez aussi bien que moi si la vanité espagnole est gravée dans l'âme des Catalans. Mon père continuait ses terribles fonctions, et j'étais destiné à lui succéder, quoique chez nous la loi soit moins sévère à cet égard qu'en France. Bien résolu à m'affranchir de cette tâche horrible, je m'échappai un jour de Mataro, et, de bourg en bourg, de *venda* en *venda*, de rocher en rocher, je passai la frontière et je me réfugiai à Banyuls-del-Mar.

— Dans ma province! à peu de lieues de mon village!

— Oui, señor. J'y appris bientôt que mon père

avait été fusillé, que des massacres se commettaient
journellement dans les villes et sur les routes publiques; je sus que de hardies guérillas s'organisaient pour
combattre la domination française, que nul n'acceptait chez nous qu'avec une extrême répugnance. Je
mendiai mon pain à Banyuls, et je couchais toute la
nuit dans une espèce de grange appartenant à un
brave propriétaire nommé Douzans.

— Je le connais, je le connais.

— Un matin, lassé de cette vie de misère, je me
sauvai avec six pièces de deux liards dans la poche
d'une-demi culotte, un gros morceau de pain dans ma
besace, une poignée de radis et un gros bâton noueux.
Dans le Roussillon on est hospitalier; on ne vous donne
pas toujours du pain dans les villages, mais on vous
en jette; il y a brusquerie, brutalité et humanité à la
fois. Je vécus, hélas! Dieu sait comme.

L'Espagne se déroula bientôt sous mes pieds, j'y
rentrai tout d'un élan et je me décidai à me présenter à
la première guérilla dont j'entendrais le bruit des esco-
pettes. J'allais à travers bois de pins et montagnes, bu-
vant de l'eau, mangeant rarement et attendant la nuit
pour voler une pomme, une figue, un oignon, quand
je trouvais à voler. Une fois, je m'endormis adossé
à un arbre; lorsque je me réveillai, je me vis en
présence d'un douzaine d'hommes armés jusqu'aux
dents, portant en bandoulière une couverture de laine
et chaussés d'espardillas. Ils déjeunaient gaiement et
je ne craignis pas de demander ma part des mets qu'on
roulait sur l'herbe.

— Tu le vois, me dit le chef de la troupe sans répondre à ma question, je n'ai pas voulu te réveiller, afin que tu pusses mieux jouir du cadeau que je te prépare...

Je tremblai à cette voix, señor Arago, elle vibrait comme un tintement funèbre de cloche.

— Que voulez-vous de moi? dis-je en balbutiant.

— Que tu ôtes de ton cou ce morceau de cuir qui te va mal, qui peut te blesser, et que tu acceptes sans hésiter cette cravate de lin suspendue à cette branche d'arbre. Allons, debout, et dis un *Pater* si ça t'amuse.

— Qu'ai-je fait, señor?

— Va toujours.

— Mais je suis un pauvre mendiant.

— Tu es un espion.

— Miséricorde!

— Que venais-tu faire dans ces montagnes?

— J'arrive de Banyuls-del-Mar, je suis Espagnol, né à Mataro; je cherchais une guérilla pour m'enrôler.

— Tu as donc du courage?

— Pas trop, mais on dit que ça s'apprend.

— Nous allons te mettre à l'épreuve; vite essaie toi-même cette corde, et je me charge de te lancer.

On m'entourait déjà malgré mes prières et mes larmes, quand un bruit de pas se fit entendre. Un homme de cinq pieds dix pouces au moins se présente.

— Alerte! camarades, dit-il, le convoi passe à huit heures du matin; trois cents hommes d'escorte, douze chariots, trente-six mulets, deux cent mille francs.

III.   17

— La capture sera bonne, reprit le petit homme à qui l'on s'adressait plus particulièrement; achevons notre ouvrage, et en route.

J'étais à genoux, on me saisit; le nouveau venu se retourne, baisse les yeux, m'aperçoit, et me tendant la main :

— Toi ici, Francisco? je ne t'attendais pas; sois le bienvenu et embrasse-moi.

— Comment! tu connais ce drôle, Massol?

— Certainement : figurez-vous, *compagneros*, que j'étais condamné à être pendu à Mataro, vous savez tous pourquoi, et certains moines aussi; le cachot était noir, fétide; ce polisson que vous voyez là vint pour le nettoyer, et, par humanité sans doute, il laissa tomber à mes pieds une lime et une scie toute mignonne; je m'en emparai, et le lendemain j'étais libre.

— A la santé de la nouvelle recrue!

— Ce n'est pas tout : savez-vous de qui m'a sauvé le niño? Des mains de son père, de son propre père.

— Encore un coup à sa santé!

— Vous comprenez, señor Arago, que la fatale cravate ne reçut pas la victime innocente, et que je suivis mes camarades dans leurs terribles et sanglantes expéditions.

— Eh bien! ne croyiez-vous pas défendre l'indépendance de votre patrie?

— Oui, mais par quels moyens, avec quels hommes et avec quelles armes! un stylet au lieu d'un sabre, des assassins au lieu de soldats.

— Leur chef?

— Pujol.

Ce nom formidable porte avec lui son anathème.

— Le suivîtes-vous quand les armées françaises l'employèrent à leur profit?

— Toujours.

— Ainsi, vous avez été soldat de sa petite armée?

— Non, brigand de sa bande, et pourtant, señor, Dieu m'entend, je n'ai jamais frappé un ennemi désarmé, et j'en ai épargné beaucoup qui pouvaient se défendre.

— Je vous crois, Marini.

— Merci, merci, mais permettez que j'achève : Pujol fut arrêté et livré; ses plus fidèles amis voulurent le suivre, presque tous furent pendus; j'échappai encore, quoiqu'un regard de Pujol, traîné, mutilé, déchiré dans les rues, m'eût reconnu et que sa bouche m'eût souri au milieu de ses tortures. Je repris le chemin des montagnes, je parcourus les Pyrénées jusqu'à Bayonne, et, remontant jusqu'à Bordeaux, je m'embarquai dans ce port sur un navire hollandais qui allait faire la pêche de la baleine. Ce navire toucha à Owhyée; je demandai mon débarquement, on me l'accorda; Tamahamah me prit en affection; il vint ici pour soumettre un rebelle; je lui fus d'un utile secours, et je reçus de lui les moyens de bâtir cette maison où j'ai le bonheur de vous ouvrir mon âme. Maintenant, reviendrez-vous encore?

— Tous les jours.

— Vous ne m'avez donc pas déshérité de votre estime?

— Il y avait un seul honnête homme dans l'armée de Pujol : c'était vous.

Notre relâche à Wahoo se prolongea encore, car les vivres arrivaient difficilement, selon les logiques prévisions de Petit. Rives ne nous procura ni un porc, ni une poule, ni le plus chétif poussin. Kraïmoukou cadet, sans cesse sous l'influence des liqueurs, mettait à nous servir une indolence fatigante, et l'Espagnol Marini usait en vain de toute son influence pour qu'on nous satisfît sans retard. Efforts inutiles, nous dûmes attendre quelques jours encore.

— Savez-vous bien, me dit don Francisco en me serrant cordialement la main, le soir de sa pénible et douloureuse confidence; savez-vous bien, señor Yago, que votre présence ici me gêne maintenant; il me semble qu'en entrant chez nous, vous devez fouiller du regard sous mes vêtements, pour vous assurer qu'il n'y a pas quelque poignard caché.

— Je vous jure, Marini, que si vous continuez à me parler de ce passé si terrible pour vos souvenirs, si plein de regrets, si bien effacé par tant de sacrifices, je ne viendrai plus vous voir.

— Allons, je me relève à mes propres yeux, puisque vous m'aimez toujours; occupons-nous donc de ce qui se passe à Wahoo, et dites-moi si je puis vous être bon à quelque chose.

— Accompagnez-moi chez Kraïmoukou.

— Chez cet ivrogne?

— Silence ! un gouverneur ; cela pourrait vous être funeste.

— Oh ! parlons-en à notre aise, c'est un misérable ; il y a longtemps que Tamahamah l'aurait fait jeter à la mer ; mais Riouriou pardonne aisément chez les autres les turpitudes et les vices dont parfois à son tour il ne rougit pas de se salir.

— Et Tamahamah luttait-il contre l'ava, qu'on dit si capiteux !

— Oh ! lui, c'était l'homme le plus sobre de son archipel, et si les peuples auxquels il commandait n'avaient pas goûté avant son règne à cette liqueur si dangereuse qui abrutit et brûle, je vous suis caution qu'il serait arrivé malheur à celui qui le premier l'eût fait connaître aux Sandwich. Tenez, voici un exemple entre mille :

Un jour Riouriou se présenta ivre à l'entrée du palais de son père ; celui-ci s'opposa à ce qu'il fût reçu ; mais Riouriou étant tombé en s'accroupissant pour franchir le seuil de la porte, Tamahamah poussa du pied l'ivrogne jusque sur la plage, le laissa pendant quelques heures exposé aux atteintes d'un soleil dévorant, et prononça d'une voix terrible le mot *tabou*, comme pour menacer de sa vengeance quiconque viendrait abriter le corps de son fils.

— Cela est beau sans doute ; mais, franchement, señor Marini, n'êtes-vous pas un peu prévenu en faveur de Tamahamah ? Votre ardente amitié pour lui ne le pare-t-elle pas de trop de vertus, ou mérite-t-il en effet tout le bien qu'on m'en a déjà dit à Owhyée ?

— J'ignore ce qu'on a pu vous rapporter sur ce prince généreux, mais je vous jure, señor, que le roi qui vient de mourir était véritablement un grand roi.

Je montrai alors à Marini toutes les notes que Rives et M. Young m'avaient données, et l'Espagnol m'assura que Tamahamah était encore bien au-dessus des éloges qu'on m'en avait faits.

— Ce qui le distinguait à mes yeux, poursuivit l'Espagnol, ce n'était pas tant la bravoure qu'il déployait dans les batailles (j'ai vu en Catalogne un homme qui pouvait lui être comparé), mais plus encore ses doux et nobles procédés envers ses femmes, et surtout sa brûlante passion pour sa favorite, que vous avez dû voir à Koïaï. Cet amour, señor, allait jusqu'à l'idolâtrie. Quiconque eût déplu à la reine aurait sur-le-champ couru risque de la vie, et les supplices les plus horribles seraient devenus les sanglants auxiliaires de la tendresse blessée de Tamahamah.

Un Sandwichien de Wahoo s'étant un jour permis de cracher dans la calebasse de la princesse, il fut soumis à deux secousses de strangulation, auxquelles il n'a survécu que parce que la reine elle-même implora en cachette sa grâce auprès de l'exécuteur.

— Comment s'exécute ce châtiment?

— Deux poteaux sont plantés en terre à hauteur d'homme; le patient, debout et le dos appuyé contre un poteau, a le cou serré dans un nœud coulant; un autre homme, choisi parmi les plus vigoureux des assistants, saisit les deux bouts de cette corde, s'accroche au poteau opposé, et, s'aidant de ce point d'appui, il donne deux, trois et quelquefois même quatre secousses, qui rarement laissent vivre le coupable.

— Cela me semble assez mal imaginé. Tranche-t-on aussi la tête aux condamnés à mort?

— Non, mais on la leur écrase. Dès qu'un malheureux est destiné à subir cet affreux châtiment, deux ou trois chefs s'emparent de lui, le lient sur le dos à une planche qu'ils posent à terre; cette planche ne va que jusqu'à la nuque et laisse la tête libre; celle-ci répose au moment de l'exécution sur une pierre *tabou*, et, tandis qu'un guerrier tient fortement les pieds du patient serrés dans ses mains, un coup de massue appliqué sur le front termine le supplice.

— Voilà de la sauvagerie qui m'épouvante. Est-ce que de pareilles exécutions sont fréquentes?

— Il y en a deux à peu près par année dans tout l'archipel.

— A la bonne heure!

— Au surplus, continua Marini, enchanté de me voir accueillir ses documents si exacts, quoique à vrai dire ce peuple soit sans religion, puisqu'il n'existe chez lui aucun culte public, ces abominables sacrifices sont presque toujours ordonnés par le grand prêtre, qui rarement fait grâce. Tout outrage au roi, à la reine, au chef des moraïs est puni de mort. Après cela, il y a les mutilations des doigts et les yeux crevés pour des fautes moins graves.

— Oui, j'ai vu Koérani, et vous comprenez que je

ne puis partager votre enthousiasme pour Tamahamah.

— Eh! señor! songez que Tamahamah commençait
à peine à régner paisiblement. N'eût-il fait qu'abolir
les sacrifices humains en dépit des usages établis, il
aurait bien mérité de l'humanité tout entière. Ce monarque me consultait souvent, et c'était principalement
sur le code pénitentiaire qu'il voulait mettre en vigueur
dans ses états qu'il cherchait à s'éclairer de mon expérience européenne. S'il eût vécu deux ans encore,
les îles Sandwich n'auraient eu de rivales dans aucun
océan, et son peuple eût appris ce que c'est que le commerce, ce que sont les arts et l'industrie.

— Je sais comment on enterre les morts, dites-moi
comment se font les mariages.

— Il me semble qu'il est logique de partir de plus
loin. L'enfant naît sans sage-femme, ou plutôt il y en
a douze ou quinze autour de la femme qui va accou-
cher. L'enfant venu au monde est trempé dans l'eau
de la mer, mais sans que rien l'ordonne, l'usage le
veut ainsi. A douze ans, les jeunes filles peuvent devenir mères; on épouse ici autant de femmes qu'on peut
en nourrir. On se rend dans une case; on fait cadeau au
père ou à la mère de quelques brasses d'étoffe, et tout
est dit.

— Le frère a le droit d'épouser la sœur, si je me
guide sur Riouriou; y aurait-il privilége pour lui seul?

— Point; on n'est aux Sandwich ni frère ni sœur,
on est homme ou femme.

— Dieu! que Tamahamah avait de choses utiles à compléter!

— Oh! là-dessus, vous seriez vaincu par ma doctrine; il ne m'est pas encore prouvé que les mariages entre frères et sœurs soient irrationnels.

— Señor Marini, vous devenez Sandwichien.

— Ne vous l'ai-je pas dit?

15

ILES SANDWICH.

Wahoo. — Visite au gouverneur. — Course au volcan
d'Anourourou. — Jeux, divertissements.

Je l'ai dit, je crois, le palais de goëmon de la première dignité d'Anourourou est situé en face de la
rade et l'ouverture du port. C'est une case un peu
plus grande et beaucoup mieux construite que les
autres; la toiture en dos d'âne est une charpente fermée par de petits soliveaux étroitement liés entre eux
à l'aide de cordes de bananiers et admirablement
recouverte de cinq ou six couches superposées de feuilles de palmistes formant des dessins très-originaux.
Les angles de la demeure à demi princière sont en

saillies arrondies comme ceux des temples de Kaya-
kokooah et du tombeau du grand monarque ; la porte
d'entrée est tellement basse qu'on ne peut y pénétrer
qu'en se mettant à genoux. Ne voudrait-on pas dire,
par hasard, que tout homme qui met le pied dans une
demeure royle doit se courber jusqu'à terre pour y
être admis? Qui sait! les pensées des grands sont quelquefois si mesquines !

M. Marini et moi nous nous présentâmes sans cérémonie. A notre aspect, les princesses monstres se
soulevèrent à moitié, et les jeunes et jolies esclaves qui
balançaient leurs élégants éventails de plumes autour
d'elles vinrent spontanément les agiter sur nos têtes,
en disant : *Macana, macana* (faites-nous un présent),
et en nous offrant tout ce qu'elles possédaient. Les frin-
gantes vierges étaient absolument nues.

Quant à Kraïmoukou cadet, il nous regarda d'un
air hébété, laissa péniblement tomber avec sa bave
écumeuse quelques paroles, et nous fit signe de nous
coucher auprès de lui.

— Gardez-vous-en bien, me dit Marini, ses nausées
vont au cœur.

— Bah! bah! je me risque à demi, je ne veux pas
le mécontenter : cette hideuse nature est curieuse à
étudier.

— Oui, de loin.

— Je me tiendrai sur la défensive.

Je m'assis donc sur un tas immense de nattes élas-
tiques, mais j'eus soin de placer entre la tête du gouverneur et la mienne une de ces calebasses énormes

dans lesquelles princes et princesses, rois et reines,
crachaient fréquemment sur des couches de fleurs
en débris. Kraïmoukou achevait à peine de cuver son
vin et sentait déjà le besoin de recommencer ses co-
pieuses libations de chaque heure. J'eus le temps de
jeter autour de moi un regard observateur. Le mur du
palais était un véritable arsenal : fusils, pistolets, sabres, sagaïes, crish, arcs, flèches, casse-têtes, haches,
se trouvaient là, suspendus pêle-mêle, les uns presque
au sommet de l'édifice, les autres traînant sur le sol ;
nulle part je n'avais remarqué un si grand luxe de
nattes, il y en avait plus de quinze à terre, les unes
sur les autres, occupant toute la longueur de l'appartement ; on en voyait des rouleaux immenses bariolés de mille couleurs. Les quatre épouses de Kraïmoukou, cachées dans cinq cents brasses au moins de
pagnes légères, causaient à voix basse pour ne pas
être entendues de Marini, qui parlait fort bien leur langue ; deux officiers debout, coiffés du casque pittoresque, cherchaient à se prévaloir de leur taille de six
pieds et posaient perpendiculairement devant moi,
tandis que les charmantes créatures qu'on dédaignait
dans un coin et qu'on repoussait quelquefois du pied
souriaient malicieusement de mon attention à étudier
les dessins dont leurs corps juvéniles étaient tatoués.

— Savez-vous que nous n'avons pas le bonheur de
plaire à ces dames ! me dit Marini, qui écoutait les
princesses causant toujours à voix basse.

— Je vous jure, señor, que je ne suis pas en reste
avec elles.

— Elles viennent de se dire tout bas qu'elles vous
trouvent fort laid.

— Sans vanité aucune, si leur figure est ici un type
de beauté, je dois vraiment leur paraître horrible.
Eh bien, je gage que je me fais aimer d'elles en moins
d'une demi-heure.

— Comment ferez-vous?

— J'escamoterai.

— Oh! si vous savez escamoter, vous deviendrez admirable.

— Dites-leur d'être attentives, et envoyez-moi une
de ces jam-rosas qui sont à votre côté, je vais la faire
disparaître, et vous y serez pris aussi, vous, tout Européen que vous êtes.

Marini pria ces nobles et ravissantes créatures de
bien ouvrir les yeux, il me jeta la petite pomme, que
je saisis de la main droite, et elle disparut au grand
étonnement de toute la chambrée, qui sembla sortir
de sa torpeur éternelle.

— Encore, encore, dis-je à l'Espagnol, et puis une
troisième et puis une quatrième.

Cela fait, les fruits s'en allèrent voltiger, tantôt en
ellipse, tantôt en rond, ensuite en gerbe, à droite, à
gauche, sur la tête, par devant, par derrière, lentement, rapidement, à ma volonté, de telle sorte que
lorsque je m'arrêtai, je vis tout le monde, hommes et
femmes, le cou tendu, la bouche ouverte, pleins d'admiration pour un si utile et si merveilleux talent.

Après ce premier exercice qui me valut la précieuse
permission de cracher dans une calebasse, et la faveur

autrement inappréciable d'un frottement vigoureux de
nez avec la favorite huileuse de Kraïmoukou, je tirai
de ma poche deux ou trois boîtes à double fond, je
coupai et j'ajustai sans qu'il y parût un ruban, je tra-
versai sans douleur ma joue et mes mains à l'aide d'un
fil d'archal, je déployai enfin toute mon adresse et j'ob-
tins en échange un beau casse-tête, deux nattes superbes, plus de cinquante brasses de pagnes de palma-
christi, et les jeunes filles reçurent l'ordre de porter
cela où je voudrais. Politesse gracieuse et délicate,
comme un Sandwichien sait en faire, alors même qu'il
ne s'en doute pas.

— Vous aviez raison, me dit Marini, presque aussi
étonné que les bons Anourouriens, mais moins bêtement qu'eux : ils sont dans l'ivresse.

— Le patron, surtout, y est complétement, ce me
semble.

— Sans raillerie, ils vous comparent à Dieu.

— Auquel? à ceux dont ils enlaidissent leurs moraïs?

— Non, vraiment, ils vous trouvent adorable. Demandez ce que vous voudrez, on n'a plus rien maintenant à vous refuser ici.

— Alors, je vais leur demander la permission de me
retirer, car ce gros bouffi de gouverneur me dégoûte
souverainement avec ses continuelles libations. Est-ce
la joie qui le met dans cet état?

— Cet état, señor, est celui dans lequel seul il puisse
vivre, et dans lequel nous aimons mieux le voir. S'il
n'était pas toujours ivre, il serait méchant.

Nous quittâmes le palais ; mais les monstres amphibies nous firent promettre de revenir, et je m'acheminai vers la maison de Marini, où l'on m'avait accordé un gîte si tranquille, escorté des deux intéressantes filles qui m'apportaient les cadeaux princiers en se racontant les merveilles dont je les avais fait jouir. Je les remerciai en leur montrant le tour du ruban coupé et rajusté ; elles l'apprirent et l'exécutèrent fort bien en peu d'instants, et en me quittant elles bondirent comme des biches échappées au filet du chasseur. Pauvres enfants, qu'il faut peu de chose pour jeter de la joie dans vos âmes !

La journée était belle, point trop brûlante, car la brise de mer soufflait avec violence. Pour mettre à profit le temps qui me restait, je m'acheminai vers le volcan éteint, qui, sur la droite d'Anourourou, se dessine en gigantesque pain de sucre d'une grande régularité ; chemin faisant je trouvai mon ami Gaudichaud qui suivait la même route, et, bras dessus bras dessous, nous nous encourageâmes dans notre entreprise ; car afin d'abréger la longueur du trajet, nous venions d'arrêter que nous grimperions le côté le plus rapide.

Telle était la réputation d'homme merveilleux que je m'étais acquise à Anourourou, que de la grande place de la capitale où s'agitait la foule joyeuse, un grand nombre de garçons et de filles se jetèrent sur nos pas et voulurent nous accompagner jusqu'au sommet du cratère.

Le pied du mont est défendu par d'énormes blocs

de lave que les cendres n'ont pas revêtues ; mais à quelques mètres de hauteur, la pente devient de difficile accès, car les cendres par couches immenses glissent sous les pieds et vous entraînent. Cependant à mesure qu'on gravit le sol devient plus ferme ; mais on ne trouve là presque aucun arbuste pour vous venir en aide, ou si vous en saisissez un levant sa tête épineuse, vous avez à craindre qu'il ne cède sous le poids et ne vous occasionne une chute extrêmement dangereuse, car elle ne s'arrêterait qu'à la barrière de roches volcaniques qui forment un cirque au pied du mont.

Gaudichaud et moi nous escaladions toujours assez loin l'un de l'autre et nous nous interrogions souvent, afin de nous donner du courage. La fatigue nous épuisait, nous allions avec une lenteur irritante, tantôt accroupis, plus fréquemment ventre à terre, et fâchés déjà d'avoir commencé l'œuvre périlleuse. Pour ma part, j'avoue que j'en étais à maudire ma témérité, et je suis convaincu que mon camarade, dont je regardais de temps à autre la figure ruisselante et blême, ne maudissait pas moins que moi notre fatale résolution. Nous eûmes un moment de halte, pendant lequel la voix de Gaudichaud, arrivant souffreteuse jusqu'à mon oreille, me fit entendre quelques syllabes mêlées de soupirs, qu'à mon tour je répétais en écho fidèle.

— Eh bien ! me disait-il, c'est dur, n'est-ce pas ?

— Je ne sais pas si c'est dur, mais c'est cruellement rapide.

— Tellement que je n'ose pas regarder derrière moi.

— Ni moi non plus.

— Oh ! si je pouvais rétrograder !

— Mais voyez donc comme ces coquins montent facilement.

— Ce sont des écureuils.

— Mieux que cela, des lézards ; ils se fichent de nous à qui mieux mieux.

— Ils ont beau jeu pour cela ; mais ils seraient charmants s'ils voulaient nous aider.

— On ne se donne pas la main ici comme à une promenade ; n'importe, je vais essayer de leur demander ce service.

Les Sandwichiens nous comprirent à merveille, et ils furent surpris de nous voir en appeler à leur prestesse et à leur légèreté. Ils se glissèrent derrière nous, nous poussèrent de leurs mains, de leur tête, de leurs épaules, et nous atteignîmes enfin le sommet. Gaudichaud, rendu là-haut avant moi, s'était assis à demi épuisé, et je n'arrivai que pour lui prêter secours, car il se trouva mal et perdit connaissance. Après une demi-heure d'inquiétude, je vis mon ami ressaisir ses forces, et nous nous promîmes bien de chercher pour descendre une pente un peu moins rapide. A nos côtés, les bons Sandwichiens échangeaient des regards moqueurs, et je suis bien sûr que nous aurions beaucoup perdu dans leur estime si je n'avais résolu de reprendre le rang qui m'appartenait, en faisant quelques tours d'escamotage.

Jamais, à coup sûr, Comte, Bosco ou Conus n'a travaillé devant un public plus curieux et plus ébahi, ni sur un théâtre aussi élevé et aussi solide.

Le paysage qui se déroulait à nos yeux était triste et sévère. Au pied du mont, une rivière pareille à un ruban bleu serpentant sur une robe verte ; un peu plus loin, les cases d'Anourourou et la maison blanche de Marini, assise sur un monticule ; à droite et à gauche, des plaines unies, des plateaux réguliers ; à l'horizon, un pic neigeux[1], et, pour raviver tout cela, des touffes de palmiers, des cocotiers et des allées désertes de palma-christi ; le reste, nu, abandonné à la stérilité par l'insouciance des habitants d'Anourourou. Quant au volcan qui s'est dressé près de la capitale, on dirait qu'il a pris naissance à une demilieue de là, que les feux souterrains, n'ayant pas eu la force de percer la dure enveloppe qui les retenait captifs, ont agi horizontalement dans une ligne directe, et que trouvant enfin une issue sur l'endroit où pèse le cône rapide, ils se sont élancés et ont cessé dès lors leurs ravages mystérieux et profonds.

Sans nous perdre un instant de vue, les Sandwichiens nous accompagnèrent au retour comme ils l'avaient fait au départ, et nous arrivâmes pêlemêle sur la place publique, où on se livrait avec une ardeur incroyable à des jeux dont il faut bien que je vous parle, puisqu'ils remplissent les trois quarts de la vie si active de ces braves gens.

[1] Voir les notes à la fin du volume.

Des paris de cocos, de régimes de bananes, de pastèques, de brasses d'étoffes, avaient lieu dans chaque exercice, et il est vrai de dire que la justice la plus sévère distribuait seule l'enjeu au vainqueur.

Ici, c'étaient des hommes placés en rond autour d'une grande boule de pierre unie et graissée, sur laquelle chaque jouteur, à son tour, s'élançait en essayant de s'y maintenir en équilibre, d'abord sur les deux pieds pendant l'espace d'une minute à peu près, mesurée par un homme frappant régulièrement de petits coups de baguette pour marquer le temps sur une planche creuse. Au batteur tout pari était sévèrement défendu, afin qu'on ne pût pas même suspecter sa bonne foi dans le plus ou moins de rapidité imprimée à sa baguette. Les deux premiers vainqueurs, à ce jeu qui faisait si grotesquement culbuter la plus grande partie des parieurs, devaient, s'ils ne consentaient point à partager les enjeux, lutter entre eux, mais sur un seul pied; et celui qui, après trois épreuves consécutives, se tenait debout pendant un plus grand nombre de coups de baguette, s'emparait de la masse et se hâtait d'aller offrir quelque chose au batteur sur la planche creuse, lequel acceptait après un rude frottement de nez.

Les femmes étaient exclues de cet exercice fort divertissant, je vous l'atteste; et quand j'eus demandé la permission d'entrer en lice, il y eut un si grand éclat de rire et tant de cris joyeux, que peu s'en fallut que je ne reculasse devant l'épreuve. Cependant je m'élançai, comptant sur mon adresse assez bien reconnue, et il

ne m'en coûte pas d'avouer que de tous les jouteurs
je fus sans conteste le plus maladroit et le plus lourdement jeté sur le gazon. Ces braves gens se montrèrent
si heureux de m'avoir vaincu, leur orgueil les rendit si
gais que je reconnus qu'il y aurait eu de la cruauté
à l'emporter sur eux. Une défaite rapporte quelquefois beaucoup plus qu'une victoire. Quant à moi, j'en
fus quitte pour une douzaine d'hameçons que je dis-
tribuai çà et là, et deux couteaux que je présentai à un
de ces heureux insulaires qui s'était fait une entorse
en glissant sur la pierre. Ici donner c'est acquérir; l'in-
gratitude n'est pas comprise à Wahoo, et pour un bienfait vous en recevez mille.

   Un autre jeu fort intéressant, et auquel les habitants
d'Anourourou déploient une adresse qui tient du pro-
dige, consiste à faire franchir dans un sentier poli,
sous des cerceaux de fil d'archal placés à deux pieds
l'un de l'autre, un grand espace à un fuseau, dont
le bout qui est en avant et part le premier est ferré.
Des juges échelonnés sur la route indiquent le cerceau où le fuseau a cessé de courir dans la direction
voulue, et le vainqueur est celui qui fait franchir à
l'instrument un plus grand nombre de petites portes
étroites qu'on ne peut attaquer qu'en se courbant jusqu'à terre. Quelques-uns de ces fuseaux, faits en bois de
sandal, sont courbes, et alors la ligne à parcourir est
courbe aussi à une certaine distance, et j'ai vu un de
ces projectiles lancé avec tant d'adresse par un jeune
lutteur de treize ou quatorze ans, qu'il parcourut sous
les cerceaux un quart de cercle au moins sans la plus

légère déviation et sans avoir besoin de l'irrégularité du sol. Ici encore j'entrai en lice, et ma défaite, que les jouteurs eurent la délicatesse et la modestie de croire volontaire, les dota de deux ou trois étuis et d'une belle paire de ciseaux qu'on joua au même exercice et qui furent gagnés par le drôle de treize à quatorze ans.

Il est un troisième jeu fort curieux à voir et pour l'exécution duquel il faut une grande adresse d'équilibriste. Essayons de nous faire comprendre. Deux hommes ou deux femmes, et le plus souvent une femme et un homme de la même taille, se placent debout en face l'un de l'autre, d'abord pied contre pied et les deux mains superposées sur le front, la paume en dehors. Les deux joueurs échangent dans cette posture deux ou trois coups de tête ou plutôt deux ou trois coups de main, puisque le front est protégé par elles; puis ils s'éloignent de plusieurs pouces, prononcent à demi-voix quelques paroles, et à une syllabe articulée plus haut, ils se laissent aller l'un vers l'autre sans que les pieds bougent, et front sur front, de telle sorte que les deux individus forment déjà un A extrêmement peu ouvert. A l'aide d'un mouvement de reins assez prononcé, on se redresse et on continue de parler à voix basse sans que les mains quittent jamais le front. On s'éloigne encore, on retombe, l'A devient plus ouvert, et l'on continue ainsi jusqu'à une assez grande distance, en se laissant aller en avant comme deux béliers en lutte. Mais pour que les pieds ne puissent en glissant nuire à l'adresse des jouteurs, deux grosses pierres sont placées derrière les talons comme point de résistance.

J'ai vu deux jeunes habitants d'Anourourou former ainsi entre eux, front sur front, un angle excessivement obtus, et se redresser pourtant à l'aide d'un mouvement de reins vigoureusement articulé, qui décuplait la force des deux adroits et robustes lutteurs. Le dessin pourra au reste donner une idée plus exacte de ce genre fort original de divertissement, auquel je prenais un très-grand plaisir.

Mais si ces délassements, ces distractions d'un peuple qui comprend si bien le plaisir, sont curieux à voir, il en est d'autres bien autrement merveilleux à observer et qui vous pénètrent de la plus vive admiration : je veux parler des luttes sérieuses de l'Océan contre ces natures bizarres, que des années de graves observations ne vous dévoileraient qu'imparfaitement. Ici, que la brise de mer souffle violente et par rafales, dès que la houle écumeuse se rue avec fracas contre la chaîne de brisants qui barricade le port, il faut suivre cet essaim de jeunes femmes à la démarche fière, à la tête levée, au regard plein d'animation, s'acheminant d'un pas ferme vers la solide barrière que la nature a opposée au courroux des flots. Les voilà, ces filles si bien façonnées pour d'autres jeux, debout sur les rocs envahis, se regardant avec le sourire sur les lèvres, les unes portant sur leurs épaules la petite planche nommée *paba* dont je vous ai déjà parlé, les autres, armées seulement de leur courage, piétinant d'impatience, comme pour se plaindre de la tiédeur de l'ouragan ou de la mollesse de la vague. Celle-ci se dresse de toute sa hauteur; accourue du large, elle monte, bondit, ouvre sa gueule prête à tout dévorer, et la jeune fille d'Anourourou, loin de s'effrayer de la colère impuissante de l'Océan, s'élance à son tour sous la voûte marine, incapable de la faire reculer, et se montre bientôt victorieuse loin du lieu qu'elle a quitté, luttant, avec son élégance et sa grâce accoutumées, contre la fureur des éléments déchaînés. Celles, moins audacieuses ou moins habiles, qui ont cherché un appui sur la *paba*, deviennent, en pleine mer, plus intrépides et nagent quelquefois fort avant, assises ou couchées sur leur lit plat et à la surface si bien taillée en carène, avec le bec assez légèrement relevé pour que la vue ne se fatigue pas à le chercher.

C'est un spectacle étourdissant, je vous l'atteste, que celui dont je vous parle et dont j'aimais tant à jouir; c'est un merveilleux tableau que cette mer moutonneuse et bruyante sur laquelle jouent, ainsi que le feraient dans un pré, des femmes gracieuses, pleines de santé et de vie, comme si elles étaient lasses de leur bonheur, comme si elles voulaient fatiguer la constance du ciel qui les protége.

Dès que la nuit arrive ou dès que le plaisir de la nage les a satisfaites, les ardentes naïades se réunissent sur une seule ligne, et, heureuses d'avoir vaincu, elles se livrent à la lame voyageuse, qui vient les rejeter sur la plage.

A quoi bon vous dire encore les émotions de l'Européen témoin stupéfait de tant de prodiges ? En serez-vous plus avides de voyages ? En aimerez-vous moins vos fades allées et vos joies écrasantes de vos cités enfumées ? Est-ce comprendre les explorations que de les lire ? Croyez-moi, ô mes amis casaniers, croyez-moi, la vie est dans le mouvement ; hâtez-vous : la façon dont je vous conte ces choses-là est si tiède, si décolorée ! Allez visiter Lahéna et Anourourou, puisque le ciel n'a pas éteint votre vue, et revenez, si vous en avez le courage, dire au pauvre aveugle qu'il a bien vu jadis, que ses souvenirs sont fidèles et que la civilisation, en pénétrant dans les pays qu'il a autrefois parcourus, ne les a pas encore déshérités de leur beau ciel, de leurs dômes si frais de verdure, de leurs hospitalières demeures et de la bonté de leurs mœurs primitives. J'aime toujours ce que j'ai tant aimé une fois.

16

ILES SANDWICH.

Wahoo. — Petit et moi. — Course à la pêcherie de perles de Pah-ah.

Comment expliquer les deux contrastes qui viennent de frapper mes regards, quand on les comprend à peine? Vous avez vu les naturels d'Owhyée, en tout semblables aux volcans qui mugissent sous leurs pieds et sur leurs têtes, toujours prêts à s'élancer, à la moindre menace de la catastrophe.

A deux pas de là, Mowhée, calme et presque endormie, des hommes, des femmes, des enfants, laissant doucement glisser la vie, sans songer au jour qui vient de mourir, sans s'occuper de celui qui va naître, non-

chalamment étendus sous leurs éternels parasols de verdure, et respirant à l'aise la brise de mer qui ne leur
fait jamais défaut. Et maintenant encore, à deux pas
de Mowhée, une île, Wahoo, peuplée de Sandwichiens
d'une autre nature, d'une autre humeur, ou plutôt
d'une race d'hommes donnant un perpétuel démenti,
par leurs mouvements, aux êtres qui les entourent.
A Mowhée, le bonheur c'est le repos ; à Wahoo, il
n'est que dans l'activité ; là-bas, on sourit quand on
clôt la paupière ; ici, quand on l'ouvre après le sommeil ; d'une part, toute marche semble une tâche
lourde et pénible ; de l'autre, toute course devient un
amusement. Le bruit du canon ferait tomber en défail-
lance les habitants de Lahéna ; ceux d'Anourourou l'é-
couteraient avec délices ; le chant, la danse, sont in-
connus au premier village ; au second, la parole est
une musique, la danse une marche. Il y a deux mille
lieues entre les deux îles ; il y en a plus encore entre
Mowhée et Owhyée ; mais la cause de ces différences,
qui en indiquera l'origine ? Depuis quand existent donc
ces illogiques contrastes, faisant mentir toutes les hy-
pothèses, imposant silence à toutes les théories ? On
dirait vraiment que si, par exception, la principale
île des Sandwich a nourri dans son sein quelques
hommes au caractère joyeux, à l'humeur pacifique,
quelques femmes âpres aux plaisirs bruyants ou au repos du corps et de l'âme, tous se sont élancés un beau
jour au milieu des flots, les uns pour habiter Lahéna
la suave, la douce, la solitaire ; les autres pour peu-
pler Anourourou la vive, l'enjouée, l'heureuse aussi

comme sa voisine, mais avec une couleur plus tran-
chée.

Au surplus, si l'aspect d'Owhyée vous étonne d'a-
bord et vous glace d'épouvante, si la vue de Mowhée
vous afflige au premier coup d'œil et vous réjouit plus
tard en face de Lahéna, la situation riante d'Anourourou, encadrée dans de belles collines médiocrement
élevées et laissant aux regards de petites échappées ouvertes à un lointain vaporeux, vous force à vous mettre
de moitié dans les plaisirs de cette île fortunée, où naguère encore eut lieu, comme à Mowhée, une sanglante bataille, de laquelle sortit vainqueur le grand
Tamahamah.

Anourourou est plus qu'un village, plus qu'une
ville : c'est une capitale. Il y a là des huttes, des cabanes, des hangars, des temples, trois ou quatre maisons européennes, deux comptoirs américains, une
plaine unie, émaillée, deux larges et profondes rivières, l'une au nord, l'autre au sud; un volcan éteint,
jaune et rapide comme une meule de blé, un ciel d'a-
zur, une rade large, sûre, spacieuse, et une barre
avec une belle ouverture par laquelle les navires menacés peuvent se mettre à couvert de toute bourrasque, de toute tempête, dans un port tranquille et abrité.
Le mouillage de Wahoo se nomme Pah ; on laisse tomber l'ancre à quatre encâblures de la ville et à deux de
la chaîne de brisants dont je vous ai parlé.

Les pointes en forme de croissant de Liahi et de
Laïloa ne garantissent que faiblement la baie des vents
les plus fréquents dans ces contrées intertropicales;

mais comme la sortie est facile, comme l'entrée du
port l'est également, le mouillage de Wahoo sera toujours regardé comme le plus attrayant de tout l'archipel.

Par suite de l'antipathie qui fait le fond du caractère sandwichien, on doit s'attendre à trouver à Wahoo
une grande partie du sol inculte et d'un rapport à peu
près nul. Ainsi en est-il. Peu de cultures, des plantations négligées, des champs abandonnés à la générosité seule de la terre, point de limites d'une propriété
à l'autre, point de lois protectrices pour la garantie
du possesseur, et tout cela encore aux portes mêmes
de la ville, tout cela adossé, pour ainsi dire, aux cabanes, car l'insouciance des habitants est telle qu'ils
ne veulent point aller chercher au loin ce qu'ils peuvent
trouver sous leurs pas. Les courses et le travail vole-
raient trop d'heures au plaisir, et c'est le plaisir seul
qui fait leur vie. Dans Anourourou, sur les places publiques de cette joyeuse cité, vous trouvez à chaque
instant du jour une foule assez compacte de gens allant à droite et à gauche, rien que pour aller; des
hommes forts et lestes jouant à des tours d'adresse;
de jeunes filles courant après vous pour vous inviter à
je ne sais plus quelles distractions du pays; des guèr-
riers avec leurs casques originaux, parés comme en
un jour de fête; et tout cela plein de force et de sève,
le sourire à la bouche, l'ardeur à l'œil, la souplesse
dans les membres. La population entière d'Anourourou est sans cesse à la veille d'un événement im-
prévu; on dirait qu'elle sort à peine d'une catastrophe

récente, et si l'on ne l'étudiait pas avec attention, on serait tenté de la supposer dans l'anxiété de quelque sinistre désastre.

Loin de là pourtant : cette turbulence qui la tient en haleine est dans les mœurs, dans les usages, dans le sang de ce peuple à part. Il est bon, généreux, attentif, hospitalier, mais parleur, questionneur, indiscret. Vous êtes accueilli dans chaque case avec un empressement qui va jusqu'à la violence; mais une fois là, vous devez vous attendre à un flux de paroles dont un roulement de tambour peut seul vous donner une idée exacte. Le naturel de Wahoo veut tout apprendre, tout savoir ; je dis plus, il sait tout, et il demande à chacun la confirmation de ce qu'il sait déjà. Le parler est pour lui d'une nécessité absolue ; sa langue est en activité, soit qu'il se trouve avec vous, soit qu'il se promène seul : on jurerait qu'il en a plusieurs. Il vous demandera comment s'appelle un bouton, comment on le fait et à quoi il sert ; il vous voit coiffé d'un chapeau ; et il comprend certes pourquoi on le place sur la tête : eh bien ! à Anourourou, chaque individu vous demandera le nom du chapeau ; et quand il aura achevé sa longue série de questions, il les recommencera, comme s'il avait oublié tout ce que vous venez de lui dire. La vie des naturels de Wahoo est une fièvre perpétuelle.

Mais ce qu'il y a de bizarre et de curieux dans tout cela, c'est que les chefs qui, en certaines occasions, savent établir tant de différence entre eux et le peuple, se mêlent ici à la foule, rient, chantent, cabriolent

avec tous et proposent des paris d'hameçons, de clous,
de cocos, de brasses d'étoffes, aux jeux intéressants
que je vous ai déjà fait connaître. Le gouverneur
d'Anourourou surtout, frère de Kraïmoukou, ivre
dès le matin avec l'ava, ivre à midi, le soir et la
nuit avec l'ava, et qui, par parenthèse, voulut aussi
se faire baptiser par notre abbé, était le plus ardent
des joueurs et des parieurs, et dans ses zigzags per-
pétuels sur la plage ou sur la pelouse, il tombait cent
fois et ne parvenait à se tenir debout quelques instants
sur ses pieds qu'à l'aide de cinq ou six esclaves, dont
l'un armé d'un vaste parasol chinois, et un autre d'un
éventail de plumes, protégeaient le colosse abruti
contre les insectes et les rayons d'un soleil trop ardent.

Que de fois, en dépit de ma volonté opposée, je me
suis vu forcé d'accepter un pari de ce hideux Silène,
avec lequel il y avait profit à perdre, afin de ne pas
trop l'irriter, en l'appauvrissant, contre ses sujets dociles, sur lesquels il faisait souvent tomber les effets
de sa colère toujours dangereuse et souvent fatale.

Le gouverneur d'Anourourou est le seul véritable
fléau de l'île. Il est chrétien aujourd'hui : peut-être
comprendra-t-il enfin que la continence est une demi-
vertu. Je suis de ceux que l'uniformité des plaisirs fatigue, et si j'aime les contrastes dans la nature, je les
aime encore plus dans les sentiments ou les passions.
Il y a tant de joies à Anourourou qu'elles me débor-
dèrent un beau jour et que je résolus de m'en affranchir, ne fût-ce que pour quelques heures.

Un matin donc que les légers nuages voilaient le

ciel, je me levai avant le soleil, je descendis à terre,
muni d'une ample provision de petits objets d'échange,
et, m'acheminant à tout hasard vers l'intérieur de l'île,
j'allai à la recherche des aventures. Ai-je besoin de
vous dire que Petit portait mon bagage?

A peine les habitants réveillés d'Anourourou nous
virent-ils nous éloigner de la ville que, dans le but
tout bienveillant de nous être agréables, plus encore
que poussés par un désir d'intérêt et de curiosité, ils se
mirent de la partie et nous servirent en même temps
d'escorte et de guides. Je savais qu'à trois ou quatre
lieues de la capitale, à l'embouchure d'une rivière
fort large, on pêchait des perles; c'est de ce côté-là
que je portai mes pas. De temps à autre j'amusais
mes compagnons de course par mes jongleries, et Petit, de fort bonne humeur avec de semblables camarades, leur disait sans se soucier d'être compris :

— C'est un luron celui-là; s'il le voulait, il nous
avalerait tous ainsi que des goujons. Et comme les Sandwichiens riaient fort des paroles inutiles du matelot :

— Vous le voyez, monsieur Arago, continuait-il,
ils me comprennent à merveille : ça ferait d'excellents
gabiers.

Cependant je prononçai au plus grand Sandwichien
de notre escorte le mot *pah-ah!* il me fit entendre qu'il
savait fort bien ce que je voulais lui dire, et il se mit
fièrement en tête pour nous guider. La gaieté de ces
braves gens était si franche, si bruyante, que je résolus de leur prouver ma confiance en leur livrant tous
les objets dont je m'étais muni et qui pesaient déjà

19

sur le dos de Petit. Je leur abandonnai aussi mon
fusil, deux pistolets, mon sabre, mes provisions de
bouche, et je ne pourrais vous dire combien la bande
joyeuse se trouva flattée de mon procédé tout politique. O voyageurs! ne vous faites que rarement précé-
der par les menaces et l'artillerie. La meilleure sauvegarde des explorateurs est presque toujours la confiance
et la bonne foi. Vous pouvez être dupes et dévalisés
sans doute; mais c'est là le seul danger à peu près que
vous ayez à courir.

— C'est égal, me dit Petit en grommelant, je ne
peux pas m'empêcher de vous dire, monsieur Arago,
que vous venez de faire une lourde bêtise.

— En quoi donc?

— On donne à garder à tout le monde les munitions de guerre, mais on ne se défait jamais de ses
provisions de bouche. Le vin, l'eau-de-vie, c'est trop
tentant; une faiblesse est bientôt faite.

— Laisse donc, ma confiance nous rapportera quelque chose.

— Elle ne vous rapportera pas deux bouteilles au
lieu d'une.

Cependant nous avancions toujours à travers quelques bouquets assez touffus de bois de sandal et des
plaines incultes qu'il serait aisé d'embellir; et de temps
à autre les naturels nous priaient de nous détourner
de notre chemin pour aller frapper du pied quelques
légers monticules recouverts de galets, dernière demeure d'un ami ou d'un frère. J'avais toutes les peines
du monde à obtenir de mon coquin de matelot ces

singuliers témoignages de regret, et il est difficile de
se faire une idée exacte de la bouffonnerie du drôle à
exécuter les piétinements qu'on lui demandait avec
instances.

Les habitants d'Anourourou, tout entiers à la vie
animée et turbulente qui les galvanise, ne veulent pas
même auprès d'eux un seul des objets qui pourraient
porter quelque atteinte à cette folie de chaque jour,
que j'avais tant de peine à comprendre.

Après une marche assez monotone de deux heures,
nous arrivâmes à un groupe de cabanes élevées dans
une espèce de cirque bordé de roches volcaniques, entre
lesquelles croissent, élégants et vigoureux, quelques
cocotiers dominant d'autres grands végétaux pleins de
sève. Nous fîmes halte, et tandis que les naturels, assis sous les arbres, essayaient la répétition des tours
d'escamotage qu'ils m'avaient vu faire, j'entrai dans
une cabane déserte, je me reposai à côté de Petit; mais,
dans la crainte d'être vaincu par le sommeil et de ne
pouvoir exécuter ma course en une seule journée, je
me levai bientôt et retournai vers mes heureux compagnons de route. Le matelot, qui ne perdait presque
jamais de vue le sac des provisions, s'en approcha
tout doucement, et, après avoir visité les bouteilles :

— Ce sont des farceurs, me dit-il du ton de cette
colère qui le possédait quand mon pauvre domestique
Hugues se trouvait par hasard à mes côtés.

— Qui donc?

— Ces gredins, ces misérables, ce sont des voleurs!

— Qu'ont-ils fait?

— Ils ont vidé à demi une bouteille de vin, et pour nous tromper, ils ont achevé de la remplir avec de l'eau. Qu'est-ce que je vous disais pourtant!

— Peut-être es-tu dans l'erreur.

— Dans l'erreur, moi! allons donc, je m'y connais, je n'ai pas la berlue; le vin est pâle comme la mort : l'eau fait cet effet sur tout le monde.

— Je te dis que tu te trompes.

— Si vous ne voulez pas vous en rapporter à mes yeux, rapportez-vous-en à mon gosier, qui ne peut pas se tromper, lui. Jugez-en.

Petit avala une demi-gorgée du vin baptisé et la rejeta avec dégoût. Je fus convaincu à cette épreuve.

— Eh bien! reprit-il, me croirez-vous maintenant?

— Il n'y a plus moyen de douter.

— Oh! si je connaissais l'ivrogne!

— Je te défends de bouger.

— C'est cela : il faut se laisser égorger sans taper sur rien; il faut se laisser boire le sang et dire encore merci. Ils n'ont pas avalé la poudre, les scélérats; ils n'ont pas avalé la lame du sabre, mais le vin! Oh! tenez, je les méprise maintenant autant que je les estimais. C'est fini, en arrivant à bord, je conte ça à Marchais; nous faisons une descente à leur *Anourourourourou,* et gare dessous.

Cependant le chef de la troupe, c'est-à-dire le plus grand de tous, témoin de la bruyante querelle que me faisait Petit, se leva du milieu de ses compagnons et vint nous en demander la cause. J'eus beau ordonner à Petit de se taire, de garder un silence généreux, le sacripant fit tant par ses gestes et ses menaces qu'il parvint à expliquer fort nettement la cause de sa mauvaise humeur ou plutôt de sa rage.

A cette confidence, le chef irrité poussa un cri aigu, auquel répondirent tous les Sandwichiens en se levant, et nous fûmes ici témoins d'une scène fort plaisante d'abord, mais qui se termina bientôt d'une manière assez dramatique.

Placé au centre d'un cercle de quatorze hommes, auxquels il venait d'imposer silence, le chef, qui s'appelait Kroukini, se mit à les haranguer d'une façon fort sévère, en se frappant de temps à autre avec une extrême violence la tête et la poitrine. Cela fait, il s'approcha de chacun d'eux, se fit respirer sur la bouche, et dès qu'il paraissait convaincu de l'innocence de celui qui se trouvait soumis à l'épreuve, il lui serrait affectueusement la main, et deux nez se frottaient vigoureusement l'un contre l'autre. Au neuvième il s'arrêta tout à coup après la bouffée ordinaire, fit recommencer le Sandwichien, articula hautement et brièvement quelques sons aigus, appela auprès de lui chaque individu de la troupe pour appuyer sa certitude, et quand ils se furent montrés d'accord sur sa culpabilité, l'individu désigné sortit des rangs, entra dans le cercle, baissa la tête et se croisa les bras, tandis que les autres, piétinant et bourdonnant une chanson à trois notes, sans accord ni mesure, se mirent à tourner, d'abord avec lenteur et enfin avec une extrême rapidité, tantôt de gauche à droite, tantôt de droite à gauche.

Espérant que ce serait là la seule punition infligée

au coupable, je rentrai dans ma case avec Petit, qui disait qu'à ce prix il n'était pas malaisé d'avaler cinq ou six bouteilles de vin. Mais il y avait à peine un quart d'heure que j'y étais entré que des cris violents arrivèrent jusqu'à moi. Je me levai brusquement, je sortis, et je vis le malheureux Sandwichien, le dos courbé, recevant les coups énergiques et multipliés de ses camarades, armés d'arêtes de cocotiers, et tournant toujours autour de la pauvre victime, meurtrie et déchirée. Je m'élançai aussitôt, et, franchissant le cercle étroit, je me plaçai à côté du coupable, j'élevai ma main droite sur sa tête et m'écriai : *Tabou! tabou!*

Aussitôt et comme par enchantement tout le monde s'arrêta, les arêtes tombèrent, le calme se rétablit, et le malheureux, se jetant à genoux, souleva mon pied droit, le plaça sur sa tête, voulant par là m'apprendre que désormais il était mon esclave.

— Eh bien! me dit Petit, ce sont de bons enfants, peut-être même un peu trop bons.

— Que conclus-tu de tout ceci? lui demandai-je.

— Qu'ils ont des bras bien vigoureux.

— C'est tout?

— Je ne vois pas autre chose.

— Et que le vol chez eux est sévèrement puni.

— Ah! oui, le vol du vin.

— Tous les vols.

— Si l'on pouvait taper sur ce polisson de Rives avec la même rudesse!

— A t'entendre, on te croirait méchant.

— Vous savez bien que je suis un vrai mouton;

mais ce marsouin-là nous a trop indignement enfon-
cés. Au reste, monsieur Arago, vous êtes, vous, dans
ces deux affaires, le plus coupable de tous.

— Comment me prouveras-tu cela ?

— Ce n'est pas difficile. N'avez-vous pas voulu faire
le gentil avec les deux tendres épouses cuivrées du
farceur de Bordeaux ? Et comme le nain savait fort
bien ce qui lui reveindrait de vos *aimabilités*, il a pris
la chose comme il convenait, et avec elle il a pris aussi
les chemises, les pantalons, les mouchoirs que vous
lui présentiez *par paris à la préfecture*, ainsi que dit
Hugues en latin. En second lieu, si vous aviez donné
à garder à ce pauvre Sandwichien deux petits barils
d'eau filtrée, au lieu de deux bouteilles de vin, pas
une goutte n'aurait manqué à l'appel. On tutoie la
liqueur rouge, on respecte le liquide de canard. Tenez, moi, qui me pique, Dieu merci, de probité et
de vertus de toute espèce, eh bien je ne répondrais
pas de vous rendre intact un flacon de schnick, quand
même vous m'ordonneriez de me tenir de lui à longueur de deux gaffes.

— Oh ! tu es un franc ivrogne, et je ne serais pas
assez niais de t'exposer à la tentation.

— Vous feriez fort mal, vous ne me rendriez pas
justice, car, foi d'homme... j'y succomberais.

Cependant nous nous étions remis en marche ; je
remarquai que le voleur de mon vin avait humblement pris la queue de la caravane, et que personne
ne lui adressait plus la parole.

— Va, dis-je à Petit, va lui tenir compagnie et tâche de le consoler.

— Oui, je vas lui faire de la morale, lui apprendre que lorsqu'on a entamé une bouteille, faut l'achever, et que si on l'a puni si rudement, c'est parce qu'il s'était permis de baptiser le nectar.

— Petit, tu mourras dans l'impénitence finale.

— Là-dessus, monsieur Arago, je suis enchanté de me trouver parfaitement d'accord avec vous.

Nous arrivâmes enfin à l'embouchure de la rivière, où se faisait, avec assez d'insouciance, la pêche des huîtres ; mais comme les cabanes de l'établissement se trouvaient sur la rive opposée, il fallut traverser la rivière de Pah-ah. Or, je vous l'ai dit, je ne sais pas nager, et il n'y avait malheureusement près de nous aucune pirogue.

— Vous voilà pincé, monsieur, me dit mon matelot, ça vous apprendra à ne pas apprendre.

J'expliquai au chef de mes joyeux camarades le motif de ma résistance ; mais aussitôt, grimpant sur un arbre, il en détacha une assez forte branche, la descendit, la prit par un bout, plaça à l'autre extrémité un de ses amis grand et vigoureux, m'invita à m'accrocher au milieu et me donna à entendre que je n'avais rien à craindre.

— Courage donc, me disait Petit, vous verrez qu'avec un peu de bonne volonté vous saurez un jour quelque chose ; risquez-vous, et puis ne suis-je pas là, moi !

Enhardi par la confiance de mon drôle, je me déshabillai donc et saisis presque en tremblant la branche solide, tandis que, faisant un seul paquet de mes vêtements, un des Sandwichiens les plaça sur sa tête et s'élança dans la rivière. Je délibérais encore lorsque Petit, qui était derrière moi, me heurta violemment de l'épaule, me fit faire un plongeon et me dit en riant :

— Enfoncé ! il n'y a que le premier pas qui coûte ; barbottez maintenant, l'eau est salée en diable... c'est égal, tapez donc du pied ! Dieu que vous êtes mollasse ! on nage comme on marche, ça s'apprend tout seul. Si vous pouviez regarder, vous verriez comme c'est beau : nous avons l'air d'une bande de marsouins poursuivis par des requins. Dessinez-nous donc, monsieur Arago, ça fera un tableau magnifique.

J'entendais à peine les railleries de Petit, tant je tremblais dans ma peau que les forces ne vinssent à manquer à mes hardis et intelligents nageurs ; mais de pareils hommes sont façonnés à de plus étonnants prodiges, et avant d'atteindre la rive opposée je pus reprendre courage et m'aider un peu, afin de les soulager.

— A la bonne heure ! s'écria le brave matelot, qui ne me perdait pas de l'œil, voilà que vous faites des progrès, on dirait une grenouille ; vous y prenez goût, tant mieux, c'est si bête de ne savoir pas nager ! autant vaut n'aimer ni le vin ni l'eau-de-vie ; ça vous corrigera, j'espère, de vos trois vilains défauts.

Nous avions pris pied, et j'avoue que j'en fus enchanté, car il y a une horrible fatigue à naviguer d'une

manière si incommode. Ni mes effets ni mon calepin
n'avaient reçu la plus petite goutte d'eau, et l'on peut
dire qu'à l'égal des Carolins les naturels des Sandwich étonnent par leur admirable adresse à se jouer
de la fureur des vagues de la mer.

Le village de Pah-ah est composé de huit cabanes
où se reposent le soir, de leurs fatigues quotidiennes,
douze habiles plongeurs à un quart de lieue à peu près
au large; et dans une circonscription d'une lieue au
plus, ils plongent une trentaine de fois en un jour
par douze, quinze ou vingt brasses, fouillent les roches madréporiques, remontent avec quelques huîtres
qu'il leur est défendu d'ouvrir et les envoient ensuite
au gouverneur de Wahoo, qui les visite et en adresse
les richesses à Owhyée.

La qualité de ces perles de Pah-ah est rarement supérieure; elles sont en général faiblement teintées
de bleu; mais on en trouve parfois d'une eau extrêmement pure, et il est certain que le produit de cette
pêche pourrait devenir considérable si on la faisait
d'une façon plus commode et plus active. Quelques
beaux cocotiers, deux plantations assez étendues de
choux caraïbes, une large allée de palma-christi, un
champ de pastèques : voilà la colonie.

Après un frugal repas, où furent consommés par
mes camarades, Petit et moi, les restes déjà fort entamés de nos provisions; après avoir reconnu, par plusieurs largesses fort peu coûteuses, les politesses des
bons pêcheurs, j'ordonnai le départ. Mais les Sandwichiens n'avaient pas encore épuisé leurs forces, ils

se mirent à danser, comme si le soleil se fût voilé pour
eux, comme s'ils se fussent éveillés depuis un moment
d'un sommeil tranquille, et je ne saurais vous dire
quel plaisir j'éprouvai à les voir jouer au cheval fondu.
Je me mis de la partie en me rappelant mes jeux de
collége, et pourtant je me gardais bien d'imiter mes
lurons jusqu'au bout, car, échelonnés verticalement
à la rivière, après avoir franchi le dernier dos, le
sauteur tombait dans l'eau et venait rapidement gagner
le rivage.

— Encore un bonheur que vous avez à regretter, me
disait Petit; si une *catastrophe* vous arrive un jour, je
ne suis pas sûr d'être assez fort pour nous sauver tous
deux.

— Sais-tu bien, Petit, que ce que tu me dis là est
un grand témoignage d'amitié!

— Voyez-vous, monsieur Arago, si vous doutiez
le moins du monde de la mienne, je vous aplatirais
comme une morue.

— Donne-moi ta main.

— Oh! ma main! ma tête! mon cœur! tout est à
vous; tenez, vous m'ordonneriez dans un moment de
colère de boire une bouteille de bordeaux ou un verre
de cognac, que je crois, foi d'homme, que je me
risquerais.

— Je te connais et je ne doute pas de ta sincérité.

— C'est comme ça.

La pirogue de l'établissement nous porta de l'autre côté de la rivière, nous retournâmes à Anourourou par une route plus longue, mais aussi plus va-

riée. Nous longeâmes le rivage, où sont élevées çà et là plusieurs cabanes où vivent, à l'exemple des habitants de Lahéna, quelques familles heureuses ; et nous arrivâmes le soir aux premières maisons de la capitale.

J'appelai près de moi tous mes compagnons, si gais, si pleins de bonté, je plaçai à terre autant de lots qu'il y avait d'individus, et, commençant par le chef de la troupe, je lui dis qu'il n'avait plus qu'à choisir. Celui-ci prit le tas contenant des hameçons, une petite scie et une lime ; le second choisit deux couteaux et un rasoir ; le troisième s'élança sur une chemise rayée de matelot ; les autres s'emparèrent du reste, selon leur caprice, et quand vint le tour du Sandwichien voleur, il saisit timidement sa part et la porta au chef, qui l'accepta sans hésiter. Je voulus lui faire observer que ce serait m'affliger, mais ses camarades me firent entendre que là-dessus leur loi était précise, et qu'il ne pouvait agir autrement. Je me soumis donc, à mon grand regret, mais le lendemain sur la plage je retrouvai l'homme fustigé, qui me tendit la main et me dit que rien ne s'opposait plus désormais à mes générosités à son égard. Je lui fis cadeau d'un mouchoir et il bondit avec une joie semblable à celle qu'avaient montrée la veille les braves gens qui s'étaient offerts avec tant de désintéressement à m'accompagner à la pêche de Pah-ah.

Cependant, pour ne rien perdre de ce qui pourrait offrir quelques détails curieux et intéressants, je refusai d'aller rejoindre Marini, qui m'attendait, et je me rendis sur la place publique, sans cesse battue et visitée par

les heureux naturels de ce lieu de délices. C'étaient des
cris de joie à réjouir l'âme; c'étaient des sauts, des gambades, des danses sans convulsions comme celles d'A-
toaï, mais avec des sourires et des caresses. Ici, l'on
jouait au cerceau; là, on jouait à la boule; plus loin,
à l'équilibre, tandis que les femmes, plus réveillées
encore par une brise du large qui aidait le flot à monter, se dirigeaient joyeuses vers les récifs du port.

Et pourtant il y avait par là aussi sur les physio-
nomies quelque chose de gêné, d'emprunté que je
n'avais pas remarqué jusqu'alors. Que s'était-il donc
passé?

Mon coquin de matelot, que je trouvai adossé à une
cabane, se chargea de me l'expliquer.

— Que fais-tu là, avec cet air piteux?

— Je me repose.

— Tu viens de courir?

— Non, je viens de me battre, ou plutôt je viens
d'être battu...

— Pourquoi donc?

— Est-ce que je le sais? Ils étaient d'abord quinze
ou vingt qui m'entouraient, qui me pressaient, mais
sans me faire aucun mal; moi j'ai donné une torgnole
au plus hardi, au meilleur voilier; alors le drôle, qui
avait six pieds au moins, m'a saboulé d'une façon si
sterling que j'ai pris en cinq ou six minutes une
quinzaine de billets de parterre, et que ma chemise
n'est plus une chemise, ni mon pantalon un pantalon.
Il n'y a que mon nez qui y ait gagné quelque chose;
voyez, on dirait que j'en ai quatre au moins; il me

fait l'effet d'une patate première qualité. Ce ne devrait pas être permis de taper comme ça ; on est dur, c'est vrai, on est façonné à la douleur ; mais un marteau ne devrait tomber que sur une enclume...

— Viens, mon garçon, je vais me faire raconter le motif de cette rixe, et je parie d'avance que tu as tort.

— Je n'ai jamais eu tort, moi ; ils m'ont cerclé, j'ai souqué et gare dessous ; les plus voisins disaient : Assez.

— Je le savais bien que tu avais fait des tiennes ; n'importe, viens toujours.

— C'est difficile ce que vous me demandez là ; je ne peux pas bouger ; je suis moulu, aplati, quoi ; et si je ne pleure pas, c'est que je n'ai de larmes que quand on me fait mal au cœur.

— Tiens, me voici assis à ton côté ; compte-moi l'affaire franchement, en vrai matelot.

— C'est court. Vous rappelez-vous, monsieur Arago, un certain sermon que je prononçai à Guham aux imbéciles habitants d'Agagna, à qui je parvins à faire avaler quelques farces de saints, de martyrs, de vierges et autres apôtres?

— Oui. Eh bien?

— N'est-ce pas que j'étais magnifique et pour le moins vingt fois plus beau que l'abbé de Quélen, qui, soit dit en public, est fort laid?

— Je m'en souviens.

— Et moi aussi, car j'y gagnai de quoi me saûler pour deux mois au moins. Eh bien, tout fier de mon

truc et de la grâce de ma parole, j'ai voulu essayer
tout à l'heure ici la même cérémonie ; je me suis
hissé sur une cabane avariée, j'ai prêché, j'ai montré
à ce peuple cuivré les belles images de la mère de
Dieu, dont le cœur était percé de sept ou huit pointes
de gaffes, ainsi que des rosaires bénits par son altesse
impériale monsieur le pape ; plus, un tas de vaude-
villistes figurant pas mal les douze apôtres se soûlant
à table. Eh bien, vous le croirez à peine, ces marsouins ne m'ont pas compris, et, au lieu de me donner
en échange des nattes et de l'ava, ils m'ont largué
deux ou trois bordées de coups d'aviron à cinq feuilles,
et j'ai coulé bas, j'ai sombré... v'là tout.

— J'étais bien sûr que tu avais cherché querelle à
ces braves gens.

— C'est ça, parce que j'ai essayé de les convertir.

— Mais, mon garçon, ils ne comprennent pas ta
langue.

— Ce sont des pékins, je parlais pourtant bon français.

— Il valait mieux leur parler mauvais sandwichien.

— Le moyen, je vous le demande ; il y a de quoi
se démembrer la mâchoire à essayer leur plus petite syllabe ; si Marchais avait navigué dans mes *eaux*, nous
aurions brisé les leurs... Saisissez-vous, monsieur
Arago ?

— Oui, oui, tu seras toujours un drôle et un querelleur ; mais viens, je veux te rapatrier avec eux.

— Que j'amène mon pavillon en face de ces gaba-
res !

— Obéis, tais-toi, ou je te conduis à bord.

Petit se leva tout endolori ; nous traversâmes la place publique, et, à ma vue, les bons naturels s'empressèrent autour de nous. Tous parlaient à la fois avec des gestes multipliés ; ils voulaient sans doute me faire entendre qu'ils avaient été provoqués, et me donnaient à l'envi des témoignages d'affection que je comprenais à merveille. Le plus grand surtout, le *marteau* de Petit, luttait de zèle et de prévenances.

— Le voilà, dit mon matelot ; voyez, monsieur, s'il est permis d'avoir un poing de cette force ; il abattrait un grand mât.

— Sa figure pourtant est bien douce.

— Je vous assure que ses mains ne le sont pas.

— Allons, dis-je à Petit, il te donne un noble exemple ; il me demande la permission de frotter son nez contre le tien ; accepte, et je te promets une demi-bouteille de vin en arrivant à bord.

— Monsieur Arago, ça vaut deux bouteilles comme un liard.

— Tu les auras.

— Alors, qu'il frotte.

La réconciliation eut lieu ; les excellents Sandwichiens se mirent de nouveau à danser en nous accompagnant, et il ne fut pas difficile de me convaincre que la générosité et l'oubli des injures sont les vertus qu'ils pratiquent avec le plus d'amour.

17

ILES SANDWICH.

Wahoo. — Marchais et Petit. — Commerce. — Pêche de Liahi.
— Bonne foi des naturels. — Coup d'œil général. — Encore
Marini.

Depuis plusieurs jours Marchais était consigné à
bord, je ne me rappelle plus pour quelle faute ; mais
je parierais encore aujourd'hui beaucoup contre peu
que c'était pour avoir *aplati* un ou deux de ses meilleurs camarades. Bref, le brave matelot n'était pas descendu à terre, et comme le *liquide* était fort rare sur
la corvette, comme nous avions encore d'immenses
traversées à faire avant de pouvoir nous en procurer,
et que la pauvreté, qui rend égoïste presque autant que

III. 20

l'opulence, faisait garder à chacun sa faible ration de vin et d'eau-de-vie, il s'ensuivit que l'intrépide Marchais n'avait pu encore, depuis notre arrivée, oublier une seule fois dans l'orgie ses longues fatigues et ses pénibles travaux de chaque jour. Petit, seul dans l'équipage, donnait parfois sa part à celui qu'il aimait tant, et Marchais ne l'acceptait que parce qu'il savait à merveille qu'il était en mesure de rendre tôt ou tard à son généreux ami en coups de poing ce que celui-ci lui avançait en boisson.

Mais, hélas! les rations étaient si mesquines et la langue pavée de lave des deux vauriens était si peu sensible à la saveur du petit verre que mieux eût valu souvent qu'on ne vînt pas, à l'aide d'un pareil appât, leur rappeler l'amertume de leur position et la misère toujours croissante de leur vie de bord.

Cela ne pouvait durer plus longtemps, pour peu que nous tinssions à conserver nos deux lurons. Marchais séchait sur pied comme une fleur sans rosée (c'est la première fois qu'on le compare à une fleur), et son frère en infortune penchait aussi la tête par sympathie.

Que faire, ô bon Dieu! dans une si fâcheuse position? Ce qu'on avait déjà fait plus de cinquante fois depuis notre départ de France : s'adresser à celui qui n'avait jamais entendu un de leurs soupirs sans y répondre par un serrement de main et *autre chose*... De ces deux bienfaits dont je poursuivais mes excellentes *canailles*, le premier était le plus apprécié sans doute; mais je vous assure pourtant que le second avait une valeur immense.

Un matin donc que de la dunette je dessinais Anou-rourou, je vis Petit appuyé sur le grand mât, qui me faisait signe d'aller à lui ; et moi, dont les ressources s'épuisaient, je feignais de ne pas le comprendre. L'un de nous devait à la fin se lasser à la manœuvre, et comme je vis bien que ce ne serait pas lui, j'aimai mieux en finir avec ce manége télégraphique et accoster le drôle.

— Voyons, que me veux-tu encore?

— Tenez, cela est infâme à vous ; vous ne vous aper-cevez plus de rien maintenant ; on aurait beau mourir à bord de faim et de soif, que c'est pour vous comme si l'on était plein jusqu'aux écubiers.

— Mais, coquin, ne t'ai-je pas trouvé hier encore ivre à terre?

— Moi, oui, c'est vrai ; mais lui ! lui!!... Est-ce qu'il est permis de se soûler tout seul?

— Il me semble que tu n'attends pas toujours ton camarade pour te donner ce plaisir.

— C'est encore vrai, et voilà ce qui me met en co-lère contre moi. J'ai des remords, parce que j'ai de la conscience ; je veux me punir, me corriger.

— Tu ne te soûleras plus?

— Quelle bêtise! Je ne me soûlerai plus seul, voilà tout.

— Et c'est pour me faire cette confidence que tu m'as dérangé de mon travail?

— Oui, vous pouvez y compter à présent ; vous êtes averti : ça doit vous suffire.

— A merveille !

— Mais une autre fois songez mieux à votre devoir, ou ça ne se passerait pas ainsi.

— Je m'en souviendrai, vaurien.

Je laissai là le sacripan, lorsqu'un étau vigoureux, serrant mon poignet, me cloua à ma place.

— Doucement, j'ai deux mots à vous dire aussi.

— C'était donc un guet-apens, une conspiration?

— Possible, et puisque vous vous êtes laissé prendre, vous m'entendrez, moi, Marchais.

— Parle.

— M'y voici. Vous rappelez-vous, monsieur Arago, le jour où, amarré au gaillard d'avant, Lévêque m'administra sur le dos vingt-cinq coups de garcette?

— Oui, parce que tu avais rossé un de tes amis.

— Pas vrai, j'en avais rossé deux.

— Après?

— Après? j'en rossai un troisième.

— Continue.

— Je vous entendis, ce jour-là, vous approcher de Lévêque et lui dire tout bas : « Frappe doucement, et tu auras une bouteille de rhum. »

— C'est vrai.

— Eh bien! Lévêque, qui comprenait la grandeur de la chose, fit ce que vous voulûtes, en dépit même de Lamarche, présent à l'action, et qui au total n'est pas si méchant qu'il s'en vante, et que vous attirâtes de l'autre bord pour lui montrer un requin qui n'y était pas.

— Mais tout cela est passé depuis si longtemps.

— Tout cela ne passera jamais, monsieur, et Petit et moi nous nous en souviendrons toute la vie.

— Au delà de toute la vie, acheva Petit.

— Soit, je vous en remercie; mais où voulez-vous en venir avec cette vieille histoire?

— Où? le voici. Quand on est bon une fois, il faut l'être longtemps, il faut l'être toujours : sans cela, on donnerait à croire que la bonté n'était qu'une fièvre.

— J'espère, drôle, vous avoir prouvé à tous deux...

— Attendez. C'est dans les heures fatales qu'il importe de prouver ce que l'on vaut, et l'heure fatale a sonné depuis bien des quarts d'heure. Mon corps est sec, ma poitrine brûlante; il n'y a plus moyen d'y tenir : je meurs si vous ne m'humectez; la lampe a besoin d'huile, le torse a besoin de liqueur...

— Cela m'est impossible, tout à fait impossible; mon coffre est vide...

— Je le sais, dit Petit en soupirant.

— Et je ne dois recevoir quelques provisions que la veille de mon départ.

— D'ici là on m'aura f.... à l'eau.

— Que puis-je faire pour empêcher ce malheur?

— Prier M. Lamarche, qui, au total, vaut mieux que lui-même, de lever ma consigne et de me permettre de descendre à terre avec mon bon ami Petit.

— Qu'y ferez-vous?

— Le commerce.

— Le commerce de quoi?

— De tout.

— Mais vous n'avez rien.

— Raison de plus. La misère est la maman de l'industrie ; nous trouverons...

— En cherchant querelle, en vous battant.

— Foi de gabiers, nous serons sages.

— Allons, je vais tout arranger pour cela.

— Monsieur Arago, recevez notre bénédiction.

Mon ami Lamarche entendit raison, il se relâcha en ma faveur de sa sévérité habituelle, et, bras dessus, bras dessous, heureux et reconnaissants, Petit et Marchais descendirent à terre dans une pirogue, en me jurant encore qu'ils ne chercheraient querelle à personne.

Deux heures plus tard, je me fis descendre aussi pour une visite que j'avais promise à Marini, et le premier objet que j'aperçus étendu sur la plage, à gauche, ce fut Marchais, auprès duquel Petit, paisiblement assis, mâchait sa pincée de tabac. C'était le pendant fidèle de Marcus Sextus pleurant sa fille sur son lit mortuaire.

Je courus à lui.

— Eh bien !

— Eh bien ! plus personne : le voilà chou, carotte, drôme, tronc d'arbre, tout ce que vous voudrez.

— Comment s'est-il soûlé ?

— Nous avons fait le commerce.

— Explique-toi.

— C'est facile. Nous n'avions rien, comme vous savez ; mais vous nous aviez dit que ces braves gens avaient un bon cœur et de l'ava délicieux ; je connaissais la moitié de ces deux choses. Or, qu'ai-je imaginé ? J'ai

dit deux mots à Marchais, qui m'a compris; je lui ai
lié les deux mains derrière le dos à l'aide de sa ceinture, et je l'ai conduit avec des bourrades (qu'il me
rendra probablement plus tard) jusqu'à l'endroit que
vous voyez. Là il a un peu gigoté, un peu pleurniché,
pour la chose de rire, et ces bons drôles sont venus;
ils nous ont entourés avec pitié, ils nous ont demandé
si nous avions besoin d'eux; je leur ai fait comprendre que Marchais avait soif, qu'on ne lui donnait
rien à boire à bord depuis huit jours, et que s'ils
étaient généreux, ils ne le laisseraient pas mourir ainsi.
Là-dessus l'ava est arrivé, filant huit ou dix nœuds...
et voilà Marchais.

— Pas mal imaginé. Et toi?

— Moi, je suis un héros, monsieur; l'amitié a été
plus forte que l'ivrognerie. Si j'avais fait comme mon
ami, Dieu sait ce qui serait arrivé; j'ai mieux aimé
mettre en panne et ouvrir l'œil au bossoir pour lui.

— Allons, tu es toujours un brave.

— Connu; mais j'aurai ma revanche, et pas très-
tard. En attendant, comme le camarade en a assez, si
on pouvait le ramener à bord de la corvette...

— Tu as raison, va l'accompagner.

— Oh! non; j'ai mon commerce à faire aussi, moi,
là-bas, sur la place publique.

Je fis jeter Marchais dans une pirogue, je le confiai
à quatre Sandwichiens qui m'étaient connus. Petit se
mêla à la foule des joueurs qui encombraient la place,
et moi, je me rendis chez Marini pour les renseigne-

ments que j'avais encore à recueillir et qu'il m'avait promis avec tant de bienveillance.

Si je ne vous ai point encore parlé du commerce des îles Sandwich, c'est qu'en vérité on ne fait rien ou presque rien ici pour mettre à profit les richesses immenses qu'on pourrait tirer d'une terre si variée et si féconde. Owhyée, sous ce rapport, n'offre guère de ressources aux spéculateurs; mais Atoïaï, Mowhée et Wahoo pourraient, en fort peu d'années, devenir de belles et florissantes colonies. Les Américains ne l'ignorent pas, eux qui, rivaux heureux des Anglais dans une grande partie du monde, savent si avantageusement s'établir partout où les profits sont à peu près certains. Il n'y a guère que la France qui n'ait presque jamais su tirer parti de ses possessions d'outre-mer et qui regarde ses colonies comme une plaie.

Quatre Américains de Boston et de Philadelphie, dans leurs explorations commerciales au sein des océans, s'arrêtèrent un jour à Wahoo et firent quelques excursions dans l'intérieur de l'île.

Ils y virent les forêts riches de bois de construction, de teinture et surtout de sandal, dont ils savaient que les Japonais et les Chinois façonnaient de jolis colifichets, et qu'ils achetaient fort cher. Leur plan fut bientôt arrêté, et depuis dix ans qu'ils l'ont mis à exécution, leur fortune s'est considérablement accrue, malgré les difficultés sans nombre que présentent toujours les premières bases d'un établissement à former.

Tamahamah laissa faire les Américains, espérant trouver plus tard chez eux un appui contre l'ambition anglaise, qui convoitait déjà l'archipel tout entier, et de son côté la Grande-Bretagne laissa faire, bien convaincue qu'au moment opportun les comptoirs établis changeraient de maîtres et que les dollars seraient remplacés par les guinées.

Dans ces luttes ardentes remarquez bien que notre rôle, à nous, a toujours été celui d'observateur et que nous avons eu l'air de dédaigner ce que nous savions bien qu'il eût été difficile d'empêcher. Ne me dites pas que je calomnie mon pays, car je vous montrerais la carte du monde pour soumettre votre incrédulité. Au surplus, on n'a pas fait à Wahoo ce qu'on aurait pu y faire. Ces trois petits comptoirs américains, qui pourraient s'occuper de commerce, ne s'occupent, à proprement parler, que de contrebande. Je ne vous dis pas que les profits soient moins grands ; je vous dis seulement qu'ils sont moins honorables, et cela importe fort peu aux *banquiers* de Wahoo. Voici en quoi consiste toute leur industrie : ils ont, dans un des ports de la côte ouest d'Amérique, un correspondant ou deux, qui profitent de la belle saison pour mettre à la voile, chargés de pelleteries achetées à peu de frais ; leurs navires cinglent vers le Japon, la Chine et le Bengale ; ils font échelle à Wahoo avant de remonter vers le nord, laissant aux Sandwich des vivres, du vin, des liqueurs et quelques étoffes ; puis, complétant leur cargaison avec du bois de sandal, ils touchent à Iédo, à Kanton, à Makao, à Calcutta ; ils courent les caravanes, emportant les riches pelleteries, et, gorgés de roupies, les navires voyageurs redescendent à Maurice,

glissent devant le cap de Bonne-Espérance et rega-
gnent leur pays pour recommencer ce trajet par le cap
Horn.

Mais le bois de sandal, que coûte-t-il aux Américains? Rien, c'est-à-dire peu de chose. Un de leurs navires est continuellement dans la rade de Pah. Dès que
la cargaison est complète, il y a repos et calme aux
comptoirs; sitôt que l'exportation s'est effectuée, les
Américains vont faire une visite au gouverneur, ils
lui offrent quelques douzaines de bouteilles de vin et
d'eau-de-vie, ils le jettent à terre pour le ressaisir à son
réveil et lui procurer les mêmes délassements. Pendant
ce temps, des Sandwichiens, qui ne comprennent pas
trop pourquoi on attache tant de prix à un certain bois
inutile pour eux, sont expédiés dans les montagnes et
abattent les forêts; des femmes robustes chargent leurs
épaules des dévastations trimestrielles, ou en forment
des radeaux qui descendent le long des rivières; mais,
comme Tamahamah avait établi un droit sur ces den-
rées, que Riouriou l'a maintenu, qu'il deviendrait lourd
à subir et que les Américains veulent s'en affranchir
de gré ou de force, ceux-ci, à l'approche de la nuit
où la caravane arrive sur la côte, réunissent, dans un
large festin les seconds et troisièmes chefs d'Anourourou, les grisent, comme ils l'ont fait de Kraïmoukou cadet; leur donnent pour les paris du lendemain
quelques brasses de mauvaise étoffe bleue, et le brick
en station plonge un peu plus sa coquille dans les eaux
pour se délester quand les vieux amis viendront mouiller à contre-bord. Tout ceci est mesquin, n'est-ce pas?

tout ceci est petit et misérable? Eh bien! ces misères,
ces petitesses et ces mesquineries donnent des richesses; tout cela fait ce qu'on nomme opulence et bonheur dans notre stupide Europe.

Je voudrais bien pouvoir vous dire que les Américains de Waboo comprennent le commerce comme
nos Laffitte, car ils nous recevaient avec une grande
distinction; mais la reconnaissance pour les procédés
a ses bornes, et je dois la vérité tout entière à mes lecteurs, puisque je la leur ai promise, que c'est un pacte
de conscience entre eux et moi, et que c'est à ce prix
seul que nous avons consenti à voyager de compagnie.
La bonne foi est la meilleure sauvegarde de tous.

J'ai parlé de perles pêchées à Pah-ah; mais il y a
encore à la pointe Liahi une autre pêcherie, moins
importante que la première, et de laquelle cependant
on pourrait recueillir de grands avantages si on l'ex-
ploitait avec d'autres ressources et avec plus d'activité.
Les hommes que le gouvernement de Tamahamah y em-
ployait étaient des coupables auxquels on infligeait ce
châtiment pendant un certain nombre de jours, de
mois, d'années; selon la gravité de leur faute, ils étaient
condamnés à plonger dix, douze, quinze, vingt, trente
ou cent fois par jour, par un fond d'un certain nombre
de brasses; et à chaque excursion sous-marine, ils
étaient tenus de rapporter sinon une ou plusieurs huîtres, du moins un galet, une herbe, un fucus, témoins
irrécusables de leur visite au fond des eaux. Toutefois
il y avait châtiment plus sévère pour le plongeur qui,
après trois épreuves, ne revenait pas avec une huître

au moins à la surface. Riouriou ne pense plus à Pa-hah ni à Liahi.

Vous diriez, à la vie que mènent les étrangers au milieu de cette population toujours debout, presque toujours haletante, que chaque acte de plaisir ou de joie est pour eux une affaire de commerce, tant il y a d'ardeur à saisir l'occasion favorable au passage. Et ne croyez pas au moins que cette âpreté que je signale ait des conséquences telles que la bonne foi des trafiquants puisse être contestée : il n'en est point ainsi. Dans les amusements comme dans le négoce, on joue cartes sur table ; le filou serait puni par une réprobation générale, de sorte qu'il est exactement vrai de dire que tout bénéfice est une récompense plus encore qu'un bonheur. On croirait que les Carolines se réfléchissent sur les Sandwich.

Apprenez un tour de passe-passe à un habitant d'Anourourou, il vous offrira, un instant après, quelque objet en échange de votre complaisance ; et si vous refusez par générosité, faites-lui bien comprendre que ce n'est ni par dédain ni parce que ce que l'on vous offre est trop mesquin, car on aurait des injures et de la colère à vous jeter à la face. Après notre pénible ascension au volcan, Gaudichaud et moi nous offrîmes plusieurs bagatelles à ceux des naturels qui nous avaient, dans notre trajet, hissés, pour ainsi dire, sur leurs épaules. Tous refusèrent avec dignité, disant que le service ne valait pas une récompense et que plus tard peut-être ils se rendraient dignes de recevoir quelque chose. Un seul d'entre eux, nous ayant tendu la main,

reçut un petit couteau et deux hameçons ; mais ses
camarades s'en étant aperçus, ils forcèrent le mendiant
à une prompte restitution et lui refusèrent la permission de nous accòmpagner jusqu'au port. C'est à l'aide
des petits détails qu'on parvient à bien se rendre compte
de la physionomie morale des hommes.

Aux châtiments publics ordonnés par les lois il n'y a
jamais foule à Anourourou, et Marini m'a assuré que,
quoique en plein jour et au milieu d'une place publique,
le coupable subissait parfois sa peine sans un seul spectateur pour le flétrir ou l'encourager de sa présence.

Les bois de construction qu'on trouve dans l'intérieur de tout l'archipel sont d'une qualité supérieure,
et la plupart sont précieux pour la mâture. Les Américains de Wahoo le savent bien, ainsi que les Anglais d'Owhyée et d'Atoïaï, car ils font payer cher
aux navires entamés par les avaries les réparations
qui leur sont nécessaires.

Quant au bois de teinture, le commerce en est infiniment négligé et les insulaires ne s'en servent que
pour les bizarres bariolages des étoffes et les couches
dont ils prétendent embellir leurs ignobles idoles.

Je ne sais si les petits oiseaux dont les plumes rouges servaient à parer les chefs de Tamahamah ont
émigré en d'autres climats, ou si la guerre qu'on leur
a faite les a rendus plus rares ou plus sauvages : toujours est-il qu'on ne voit presque plus de ces magnifiques vêtements dans tout l'archipel, et qu'on les vend
maintenant fort cher aux étrangers. Jadis les manteaux,
les casse-tête, les éventails, les casques, les étoffes de

palma-christi étaient de véritables objets de commerce,
qui valaient aux naturels de la poudre, des fusils, des
canons, des sabres et beaucoup de bagatelles et curiosités européennes ; aujourd'hui les musées sont trop
bien approvisionnés de ces curieux ornements et armes pour que nous attachions le même prix à leur
possession. Notre indifférence n'aurait-elle pas découragé les habitants de cet archipel ?

Au surplus, je dois à la vérité de dire que jusqu'à
présent les Sandwichiens sont de tous les peuples de la
terre le moins propre à tout commerce et à tout négoce.
Ainsi que les bons Carolins, dont le souvenir me poursuit avec tant de bonheur, ils ont trop de loyauté dans
l'âme, trop de désintéressement, peut-être aussi trop peu
d'ambition et de désirs à satisfaire. La coquetterie des
femmes n'a besoin de rien emprunter au-dehors, et nos
belles étoffes sont sans aucun prix à leurs yeux. Elles
trouvent sous leurs pieds et sous leurs mains tout ce
qui chatouille leur vanité, des fleurs, des fruits, des
os, de la verdure, et quand elles ne se jugent pas assez belles ainsi, elles couvrent leurs corps de dessins
bizarres et capricieux qui ne laissent pas quelquefois
d'avoir un certain charme.

Ici le mot *superflu* est inconnu, parce que le mot
pauvreté y est incompris.

Et maintenant que conclure de l'aspect général de
cet archipel ? Comment formuler une opinion précise
sur ces hommes si diversement taillés au moral et au
physique ? Y a-t-il dans tout cela un avenir de grandeur et de prospérité, ou les bras se lèveront-ils à la

fois pour lutter contre une civilisation usurpatrice et
la refouler au-delà des mers? Rien dans le présent ne
peut servir de règle pour la solution de questions aussi
graves; rien ne peut indiquer la route à suivre pour
donner à ces bons naturels des idées de progrès qui
exigent des études et un travail toujours lourd à qui a
l'habitude non moins pesante du désœuvrement et de
la paresse.

Et puis, que donnerez-vous, par exemple, aux heureux habitants de Lahéna en échange de leur fraîche
nature, de leurs jours si sereins, de leurs nuits si
suaves? N'aimeront-ils pas mieux votre abandon, votre oubli que votre visite, que vos funestes présents?
Oh! ne les réveillez pas! laissez-les à leur sommeil
tranquille et pur, et que le voyageur trouve comme
moi sous les doux ombrages des cocotiers et des palma-
christi ces mêmes hommes si bienveillants, ces mêmes femmes si généreuses, que j'ai si bien étudiées,
si bien comprises. Accepteront-ils aussi votre civilisation tracassière, ces joyeux indigènes d'Anourourou,
à qui le ciel n'a sans doute donné tant de force et de
vie qu'afin qu'ils pussent un jour se laisser doucement aller à la tombe, sans rien avoir pris des étrangers qui viennent les visiter? Mais s'ils perdaient leurs
jeux, leurs danses, leurs luttes avec les flots, leur activité de chaque heure, ils mourraient, et la mort
pour eux, c'est le sommeil, dont ils ne veulent pas, le
sommeil, leur plus mortel ennemi!

Nous avons salué Atoïaï sans la visiter; c'est un regret qu'il faut que je dévore et que je joins à tant d'au-

tres. C'est de là, en effet, que vinrent aux Mariannes les individus que nous avons trouvés à Guham ; ces hommes à l'aspect si farouche et aux mœurs si douces; ces femmes aux allures guerrières, à la voix retentissante, bacchantes frénétiques dans leurs joies. C'est donc encore un peuple à part, un peuple opposé à celui de Mowhée, à celui de Wahoo, mais plus rapproché de celui d'Owhyée, dont il est séparé par un plus grand espace. Que de bizarreries, que de contrastes dans le monde échappant à la logique, donnant un démenti éclatant à toutes les probabilités! C'est qu'aussi dans un pays comme celui dont je vous parle, il suffit d'un homme pour changer tous les hommes, il suffit de la parole seule d'un chef pour faire mouvoir et agir les masses. Quand la volonté fait loi, où est la règle? Quand le caprice, si inconstant dans toutes les âmes, force les événements, sur quelles bases asseoir une conjecture? Tamahamah s'était retiré derrière un rempart d'hommes forts et de valeureux guerriers; Riouriou n'a pas même un ami sur lequel il puisse compter. Est-ce le climat qui a changé? Sont-ce les courages qui se sont ramollis? les bras qui se sont énervés? Non, un chef a remplacé un autre chef, un roi lâche a succédé à un roi belliqueux : voilà tout.

N'aurai-je pas résolu le problème que je cherche? Oh! si tandis qu'on s'occupe en Europe de tant et de si graves futilités, une généreuse ambition prenait au cœur nos rois, nos empereurs, nos autocrates, et qu'ils voulussent, dans un même besoin d'humanité,

porter enfin un coup fatal, non aux paisibles habitants de quelques archipels où l'on impose sans trop
de succès notre culte ou nos usages, mais aux farouches anthropophages de certaines contrées, et leur imposer le culte de l'ordre et de la paix ; si, d'abord par
la parole, plus tard par le fer et le bronze, on portait
la mort et la dévastation dans certains pays où tout
étranger sans défense est massacré et dévoré, nous
n'aurions plus à pleurer tant de destruction, nos navires toucheraient sans crainte aux îles Fitgi, à celles
des Amis, au sol des Papous, à quelques îlots malais,
à la Nouvelle-Zélande et à Ombay surtout, qui ne serait
plus un lieu d'épouvante, une relâche funèbre, où la
trahison et la mort sont le prix de la confiance et de la
bonne foi.

Hélas ! ma voix est si faible, nul ne s'approchera
pour l'entendre, et les navires voyageurs se verront
longtemps encore exposés aux horribles massacres de
nos plus braves officiers et de nos plus intrépides matelots.

Et maintenant, c'est une lutte entre les Américains
de Wahoo et les Anglais d'Atoïaï et d'Owhyée ; c'est
un démêlé particulier et mesquin, en attendant qu'il
devienne une guerre sérieuse et générale. Ce qui arrivera ? Eh ! bon Dieu ! c'est facile à prévoir. Lorsqu'un
établissement, formé à l'une des îles de cet archipel,
offrira à l'avarice, à la cupidité ou à l'industrie une
branche productive, ou une richesse nationale dans
l'avenir, deux ou trois grands navires sortiront de Ply-
mouth ou de la Tamise, franchiront bord à bord l'A-

tlantique, doubleront le cap Horn, comme pour une promenade amie; puis, remontant vers le nord-ouest, ils viendront aux Sandwich, laisseront tomber l'ancre, ouvriront leurs sabords, hisseront leurs pavillons ornés du léopard, et le commodore dira : Ceci est à moi, car je suis le plus fort.

Ainsi ont-ils déjà fait pour une grande partie des établissements des deux Indes; ainsi ont-ils fait pour notre belle et triste Île-de-France; ainsi feront-ils tant que nous aurons la faiblesse de les laisser faire.

C'est qu'en vérité il est bien douloureux, pour tout homme qui porte dans son cœur l'amour de son pays, de passer chétif et presque inconnu devant les archipels océaniques, lorsqu'en Europe le premier rôle, le plus beau, le plus glorieux nous a si longtemps et si vainement été disputé. C'est qu'il y a là un deuil à briser l'âme, quand vous arrivez sur une terre à demi civilisée, dans une contrée presque sauvage, de prononcer à haute et intelligible voix le mot *Français*, et de le laisser retentir sans écho!

Ici les mots *Anglais*, *Américain*, *Hollandais*, *Russe* sont connus; les deux nobles syllabes *Français* ne l'étaient pas.

Il n'y a de vrai soleil dans le monde que celui qui projette ses rayons sur toute la surface de la terre. Nul n'est grand et fort qui ne l'est que chez soi; la voix la plus éclatante est celle qui porte le plus loin, et l'on ne croit guère à la gloire qui meurt dans son berceau.

Je le répète donc, de peur qu'on n'ait pas bien saisi

le sens de mes paroles, ce groupe d'îles, si bien placées pour servir d'échelle aux navires venant du cap
Horn ou de la côte ouest d'Amérique, pour aller en
Chine ou dans les Indes-Orientales, n'est maintenant
qu'une relâche utile à certains approvisionnements ;
mais, quand l'industrie aura parlé, il deviendra peut-
être une des plus riches et des plus puissantes colonies
du monde.

Nous nous sommes éloignés d'Owhyée comme d'un
spectacle imposant, majestueux et terrible à la fois,
qu'on serait au désespoir de n'avoir pas observé, alors
qu'on en a mesuré toute la grandeur. Nous avons salué Mowhée comme on quitte un ami plein de bonheur, en adressant au ciel des vœux fervents pour que
nulle colère des flots et des hommes ne vienne tuer
tant d'ivresse et de calme ; puis nous dîmes adieu à
Wahoo, le cœur serré, l'âme attristée et endolorie
du tableau de cette population qui comprend la vie de
plaisir, mais au milieu de laquelle la spéculation amé-
ricaine est déjà venue jeter un voile sombre pour le
présent, terrible peut-être dans l'avenir.

Je partis le dernier ; je quittai Anourourou, prodi-
gue envers les insulaires de la presque totalité de mes
colifichets, et je versai bien de la reconnaissance dans
les cœurs. Il n'y avait pas dans cette capitale vingt individus qui n'eussent appris à prononcer mon nom.

En m'embarquant dans la pirogue qui devait me
porter à bord, une main vigoureuse pressa la mienne.

— Adios, señor Arago, adios !

— Adios, Marini ; mais parlons français pour que

vous ne croyiez pas quitter en même temps un ami
et une patrie.

— Vous êtes donc véritablement mon ami ?

— Ne vous l'ai-je pas déjà dit?

— Je pensais que la pitié seule...

— Vous m'avez assuré que parfois vous vous étiez
senti consolé dans vos confidences.

— C'est vrai.

— La pitié blesse et ne console pas.

— Parlerez-vous de moi après votre départ ?

— Comptez-y.

— Que direz-vous?

— Je dirai que j'ai vu à Wahoo un Espagnol né
à Mataro , officier de la bande redoutable de Pujol, un
des hommes les plus braves , les plus sévères, les plus
cruels de la Catalogne, qui a toujours nourri tant de
courages. Je dirai que cet homme , poursuivi dès son
enfance par la fatalité , s'est trouvé jeté, jeune encore,
au milieu d'un essaim de bandits dont le viol , le pillage et le meurtre étaient l'occupation de chaque jour.
Mais j'ajouterai que cet homme , ce Francisco Marini ,
établi à Wahoo, une des îles Sandwich , m'a juré un
jour dans un lieu désert, en invoquant le ciel , notre
seul témoin , que ses mains étaient toujours restées
pures du sang innocent.

— Vous ajouterez cela, señor!

— Je vous le promets.

— Eh bien , vous direz la vérité. Adios, señor
Arago , pensez à moi si vous revoyez jamais votre imposant Canigou.

— Adios, señor Marini. Je penserai souvent et long-temps à vous.

L'Espagnol s'assit sur le rivage et ne quitta la place que lorsque la nuit nous eut séparés pour toujours.

Pauvre exilé! quel moraï garde aujourd'hui tes restes! quelle hideuse statue pèse sur tes cendres!

18

EN MER.

Tristesse. — Ile Pilstard. — Ile Rose.

De tous tous les fléaux qui pèsent sur la pauvre humanité, le plus mortel et le plus corrosif sans doute, c'est la tristesse, si horrible, si poignante à celui qui succombe.

Lorsque ce sentiment (car c'en est un) vous prend à l'âme, c'est le clou rougi qui pénètre et déchire les chairs, c'est l'ongle aigu qui creuse ; et si pour essayer un remède, vous jetez une plainte au-dehors, celle-ci meurt sans écho. Hélas ! ce ne sont pas les gémissements qui vous rendront à la vie calme et paisible ;

au contraire, ils viendront en aide au mal. Ce qui tue
dans les commotions, ce ne sont ni le rauquement du
tigre, ni le roulement du tonnerre, ni le mugissement
de la vague écumeuse, ni la voix terrible de la cataracte. Ce qui tue, c'est la griffe qui ouvre la plaie,
c'est l'éclair qui se tait dans l'espace, c'est la gueule
de la lame qui absorbe et engloutit, c'est le remou qui
étouffe le dernier soupir. Ce qui tue, c'est le silence,
et la tristesse est toujours silencieuse. Hélas! ce mal est
un mal d'autant plus formidable qu'il porte en lui
un découragement qui épuise la vigueur sans la soumettre à l'épreuve, qui énerve et glace à la fois et ne
vous laisse de forces viriles que pour souffrir.

La colère peut être un plaisir, la vengeance une
ivresse, toutes les passions des hommes une consolation; la tristesse est toujours une douleur : elle vous
abandonne à la merci des tiraillements les plus horribles et vous prive de toutes les plus douces consolations des nobles cœurs; elle trouve l'enfance sans grâce,
la beauté sans prestige, les eaux sans limpidité, les
fleurs sans parfum, le ciel sans azur, la tendresse ma-
ternelle sans magie. La nature entière n'a qu'une
teinte pour la tristesse; elle n'a qu'une seule et monotone musique en présence de laquelle vous vous traî-
nez faible, endolori comme si vous échappiez aux
étreintes d'un dévorant cauchemar. La tristesse est en
soi, je le sais, et pourtant elle se fait jour à travers
tous les pores, elle se répand sur tout ce qui vous entoure; mais elle effleure les surfaces sans les pénétrer,
et vous êtes d'autant plus malheureux que dans cette

crise fatale nulle consolation ne vous est offerte, nulle pitié ne vous est acquise : « C'est un fou, c'est un maniaque, dit-on de toute part; la maladie s'en ira comme elle est venue. » La fièvre aussi passe, et en attendant elle vous brûle, elle vous torture. On plaint celui qu'elle maîtrise, plaignez donc aussi celui que la tristesse a saisi dans ses étaux dentelés.

J'écris ces lignes au moment où mon âme devrait, je le comprends, s'ouvrir à l'espérance, qui est une joie; le vent souffle régulier, la mer est belle, j'ai fait les trois quarts de ma longue course, j'ai échappé à mille dangers, tout semble me présager un retour prochain. Eh bien, ce qui pour les hommes dont je suis entouré est un espoir, presque une certitude, est pour moi seul un présage funeste, une catastrophe.

Hier, j'étais le plus joyeux de nous tous; hier, je vivais autant dans l'avenir que dans le passé; hier, je jetais mes folies au vent et le matelot insouciant me portait envie; aujourd'hui, me voilà sombre, taciturne, presque méchant, car la tristesse, qui est venue à moi sans ma volonté, m'a violemment saisi à la gorge. La tristesse et la véritable bonté sont incompatibles; comme personne ne la plaint, elle ne plaint personne, et l'homme bon est l'homme charitable.

Je viens de quitter un pays où cette maladie de l'âme est inconnue. La joie est à Wahoo dans les jeux, dans les occupations les plus frivoles, dans les querelles, peut-être aussi dans le sommeil. Oh ! je me sentis heureux, plein de force et de vie, au sein de cette population d'enfants comprenant que le plaisir est un bienfait qu'il ne faut jamais laisser échapper. Je me rappelle tous les incidents de mes promenades, de mes courses, de mes excursions; Anourourou, Lahéna, sont là comme deux sœurs aimées, là, sous mes yeux, comme deux souvenirs consolants, comme deux ports tranquilles après les tempêtes de l'âge et des passions... Et pourtant Lahéna et Anourourou me fatiguent, m'importunent; je m'en veux de penser encore à leurs fraîches allées, à leurs cases si paisibles, à leurs habitants si hospitaliers. J'en suis à comprendre comment j'ai pu me plaire sur ces deux terres fécondes, riantes et fortunées, et je m'irrite contre mon bonheur passé, comme si j'avais perdu quelque chose à être heureux. Pourquoi suis-je devenu méchant? Mon âme s'est-elle flétrie sans cause? Non, je suis triste, voilà tout, et qui me sourit m'outrage. Oh! si vous étiez triste comme moi, je le serais bien moins, je vous jure. Oui, j'ai complété les trois quarts de mes pénibles courses à travers toutes les régions; je me suis promené sur des terrains arides, sur des gazons frais, sur des cônes brûlants; j'ai étudié et décrit des mœurs sauvages et des natures bienfaisantes; j'ai lutté contre mille privations, contre mille périls se renouvelant sans cesse; j'ai vu disparaître pour toujours dans les eaux quelques-uns de mes plus chauds compagnons de voyage et un grand nombre de mes plus braves et de mes plus chers matelots; maintenant je touche presque du pied cette Europe à qui cependant j'avais cru adresser un adieu éternel; j'arrive, il ne me reste plus que six à huit mille lieues à franchir, et la tristesse s'est glissée dans mes veines, et la tristesse, rongeuse comme une désaffection, vient de me saisir pour m'abandonner quand il plaira à Dieu, car Dieu seul est puissant pour combattre et vaincre cette puissance rivale, contre laquelle s'épuiseraient en vain les efforts les plus héroïques des hommes.

Ah! c'est que plus on approche du but désiré, plus on craint de ne pouvoir l'atteindre ; c'est qu'on se retrempe aux obstacles, c'est que l'énergie naît des difficultés, et qu'alors qu'on a vaincu toute barrière difficile, on tremble de se voir arrêter dans sa course par le galet de la route ou le ruisseau qui la traverse. La tristesse ne naît guère dans le péril ; elle ne visite que l'homme assoupi ou désœuvré...

Et puis encore, vous avez laissé là-bas, au jour de votre départ, une patrie, des amis dévoués, des frères pleins de tendresse, une mère tout amour... Qui vous dit, hélas! que vous retrouverez au retour cette patrie, ces amis, ces frères, cette mère? Qui vous assure que leur affection ne s'est point affaiblie dans l'éloignement, que d'autres affections n'ont pas remplacé celles que vous gardez toujours dans votre sein? qui peut vous apprendre que l'infortune n'a pas frappé tout ce que vous aviez aimé, tout ce que vous aimez encore?

Et ces déchirements d'un pays que vous avez quitté fort et puissant, qui viendra vous dire qu'ils ont cessé leur marche, que les vieilles gloires ne sont pas flétries, que le trône les a protégées, que les haines ne les ont point souillées de leur souffle impur ?

Mais une seule de ces pensées peut imprimer sur votre front la tristesse et le découragement ; une seule de ces sombres pensées peut décolorer les riants tableaux au milieu desquels vous vous êtes si souvent trouvé jeté ; et quand toutes, comme des fantômes, viennent se ruer à la fois dans votre esprit terrifié, où saisir la force de les combattre et de les dompter ?

Je vous l'ai dit : la tristesse est mortelle.

Et pourtant, on rit autour de moi ; le navire sur les eaux unies glisse hardiment poussé par une brise ronde et régulière, il n'y a plus de malades dans les batteries joyeuses, il y a des chants sur le pont et de la mer à courir... Eh bien encore, c'est tout cela réuni qui redouble cette tristesse à laquelle je succombe.

Si, là ou là, il y avait des ennemis à combattre, des roches aiguës à éviter, un peuple à étudier, des recherches à faire, oh ! alors peut-être, contraint par le sentiment du devoir ou de la violence des événements et des choses, je lutterais avec profit contre le mal intime qui me dévore. Mais rien, rien que la monotonie d'une navigation sans colère, sans incidents, sans péripéties, sans dénouement tragique. Dieu ! que le bonheur est lourd à porter ! Silence ! Terre ! terre devant nous ! Tout le monde est là, accoudé sur le bastingage, les yeux à l'horizon, luttant d'ardeur à qui saluera le premier la roche, la plaine ou le mont dont l'Océan fatigue incessamment le pied isolé. Est-ce une île nouvelle que les feux sous-marins ont soulevée ? Est-ce une terre habitée par des peupla-

des farouches? un sol généreux où les naturels exer-
cent les pieux devoirs de l'hospitalité? Eh! que m'importe! la tristesse s'est plongée dans mon âme; ce qui
occupe, ce qui amuse, ce qui intéresse les autres me
trouve sans émotion, et c'est à peine si j'interroge l'horizon qui se rétrécit... Ne vous ai-je pas appris déjà que
Dieu seul était le dominateur de la tristesse!

Terre! crie le matelot en vigie; chacun se place à
son poste; je me place au mien, car j'ai aussi un devoir à remplir; mais ce devoir, auquel je me livrais
hier encore avec tant d'ardeur, il me pèse maintenant;
ce n'est plus un délassement, un plaisir, c'est un fardeau sous lequel je succombe; j'aurais voulu qu'on
m'eût laissé dans mon état de torpeur, presque d'a-
néantissement.

Ce que l'on fait avec dégoût on le fait toujours mal.
A tous les jeux, à tous les travaux, à toutes les fêtes il
faut que l'esprit et le cœur soient de la partie; toute
impulsion vient de là. Quand il s'échappe de la joie
au-dehors, c'est que l'âme est trop pleine pour la garder, et ce n'est, hélas! que pour la tristesse que nous
trouvons en nous de l'espace. Elle se loge dans tous
les recoins de nous-même. Plus il y en a, moins elle
s'échappe; c'est le corps du malheureux mis à la torture dans un cachot étroit, ses efforts secouent les murs
de sa prison sans les élargir.

Cependant je dois me soumettre aussi à la règle qui
m'est tracée, et, comme l'esclave à la tâche, je m'incline sous le fouet et la verge de fer.

Un petit point d'abord imperceptible se dresse là-

bas sur les eaux et monte verticalement ainsi que le
ferait le grand mât d'un navire ; à ses côtés, une seconde pyramide apparaît, puis une troisième à peu
près de la même hauteur... c'est peut-être une escadre qui croise au sein du vaste Océan. Non, c'est à
coup sûr une flotte immense, car voilà de nouveaux
mâts qui grimpent à la surface et se placent en cercle
autour d'une masse imposante, comme le feraient
vingt vaisseaux autour du vaisseau amiral dont ils at-
tendraient les ordres.

La brise souffle fraîche ; nous approchons de nos
amis, nous saurons probablement des nouvelles de
notre patrie absente depuis si longtemps, et voilà que
chez moi le sentiment qui me brise les membres semble s'amoindrir. Mais l'illusion est de courte durée,
la joie est fugitive ; le vautour ne quitte pas ainsi sa
proie et la tristesse reprend toute son énergique puissance.

Ce ne sont plus des navires à la mer, ce sont des
roches aiguës jetées là par la main de Dieu dans un
accès de poétique humeur. Figurez-vous un gigantesque cirque formé d'aiguilles colossales, taillées comme
le ferait un sculpteur qui dresserait un obélisque sur
un monolithe, toutes debout, telles que des soldats à
leur poste d'honneur, prêts à défendre leur drapeau.
Au centre est une masse compacte, point aiguë, celle-
là, mais onduleuse et formant l'exacte silhouette d'un
berceau avec sa tête élevée, son oreiller arrondi, ses
pieds qui descendent par une pente douce, et ses flancs
bordés et inclinés à pic. On fait plus que de regarder,

on admire. Nous approchons encore et nous pouvons étudier tous les plus petits détails de cet admirable caprice de la nature.

L'île, c'est Pilstard ; je vous l'ai dit, un grand berceau. Les clochers pointus sont des pyramides élancées de roches dont la base noirâtre est sans cesse battue des flots, et dont la cime, refuge éternel de myriades d'oiseaux voyageurs, gardent une teinte blanche qui de loin complète l'illusion, figurant à merveille le jeu des hautes voiles d'un navire. Chacune de ces roches a plus de trois cents pieds d'élévation, plusieurs en ont le double, et l'île entière est protégée par cette escadre granitique qui dit aux assaillants de se tenir au large, car un navire a toujours tort de venir se heurter contre leurs arêtes en forte saillie, dont le courroux des tempêtes n'a pu même user les aspérités.

Nous voici presqu'en travers. Maintenant c'est le berceau qui nous occupe. Tous les rares voyageurs qui ont vu Pilstard disent que l'île est inhabitée, qu'elle est inhabitable, qu'il n'y a pas, qu'il ne peut y avoir de source d'eau douce. Voilà cependant, ce me semble, un rideau de cocotiers au pied de la montagne, je vois encore une verdure assez fraîche, des touffes assez vigoureuses pour que je ne donne pas à l'eau du ciel, fort rare dans ces régions intertropicales, la puissance de les alimenter. Là aussi, plus haut, sur les flancs, je crois distinguer des sillons, et ces sillons ont tant de régularité qu'on les dirait tracés par la main des hommes. Qui sait! peut-être que les voyageurs ont menti. Qui sait! peut-être que plus tard des rivières et des

sources jaillissantes qu'il serait curieux d'étudier ont
percé la croûte du sol.

Mais le navire marche, et le soleil, qui descend à
l'horizon, va bientôt effacer devant nous ce superbe
panorama, dont mes regards ne peuvent s'arracher...
Silence! silence! car, pour bien voir, il faut parfois
bien écouter. Silence! voyez là-bas, derrière un des
clochers, un canot qui se meut, qui chemine... Non,
c'est un rêve... oui, c'est une réalité... toutes les longues-vues l'ont saisi, toutes les bouches le proclament:
il y a un canot; le doute est impossible; le voilà qui
met le cap sur nous et fait force de rames; il est monté
par trois hommes; deux seulement nagent avec ardeur;
le troisième, debout sur l'arrière, nous fait signe d'attendre; il agite à l'air un morceau d'étoffe blanche...
et la corvette suit sa route... O mon Dieu! si je pouvais descendre à terre! J'en demande la permission
au commandant: elle m'est refusée; il sait, lui, mieux
que moi, s'il y a du danger à mettre en panne, et sa
responsabilité est plus grande que la mienne. Eh!
qu'importe le danger! qu'importe un péril plus menaçant encore! Il y a là une île qu'on dit inhabitable:
un canot s'en détache; ce canot est monté par trois
hommes qui viennent à nous, qui nous font peut-être
des signaux de détresse, qui nous font à coup sûr des
signaux d'amitié. Oh! mettez en panne et tendez la
main à des amis: portons secours à des malheureux.
Qui sait si ce ne sont pas des naufragés qui attendaient un navire sauveur? Qui sait depuis combien
d'heures, depuis combien de jours, de mois, d'années,

ils sont là, livrés peut-être aux angoisses de la faim et
de la soif? Qui sait combien de temps encore ils atten-
dront l'occasion si heureuse, si inespérée qu'ils ten-
tent de saisir? Qui nous dit que ce ne sont pas les tristes
et seuls débris échappés à une catastrophe horrible?
Oh! que ne donnerais-je pas pour les voir de près,
pour les entendre, pour leur serrer la main et les arracher à ce coin de terre si éloigné de tout continent,
si tristement abandonné loin de tout archipel!

Mais je vous le répète, je ne commande pas la corvette, moi; notre capitaine sait son devoir, et le navire court toujours.

Enfin nous mettons en panne, loin, bien loin de
Pilstard la poétique, la mystérieuse, la regrettée; le
soleil s'est caché, la nuit est venue; la pirogue ou le
canot n'a pas osé, dans les ténèbres, poursuivre sa
route aventureuse; il a cherché à regagner son île, son
refuge : nous le perdons de vue; les clochers aigus disparaissent petit à petit sous le voile qui les couvre;
tout s'efface derrière nous; le chemin nous est tracé et
ouvert de l'avant; nous orientons de nouveau, et nous
saluons de nos regrets Pilstard l'inhabitable, d'où
pourtant s'étaient détachés pour nous voir trois hommes, trois infortunés sans doute, qui nous demandaient appui et protection. Que Dieu leur soit en aide!

Cette fièvre lente qui me consumait et tuait chez moi
jusqu'à l'espérance céda enfin à une volonté au-dessus
des volontés humaines, et je repris ma gaieté habituelle.
Selon moi, le seul remède véritablement efficace à la
tristesse intime et profonde de l'âme est la tristesse de

22

tout ce qui nous entoure. Manger à côté d'un affamé, c'est redoubler sa faim ; rire à côté de la douleur, c'est augmenter ses tiraillements, c'est insulter à la torture, et toute torture outrage et brûle.

Les travaux de chaque jour ne me trouvèrent plus si indolent, si rétif ; tout mon avenir s'embellit de mes beaux jours passés ; je tendais déjà la main à mes amis d'Europe, que je n'espérais plus revoir, et je rêvais de bonheur et de gloire.

J'en étais au premier pas de cette guérison miraculeuse, où la nostalgie jouait sans doute le rôle le plus corrosif, lorsque j'entendis frapper doucement contre les parois sonores de ma cabine.

— Est-ce vous, docteur ?

— Oui.

— Entrez, je ne dors pas.

— Tant mieux, me voici.

— Comment ! c'est toi, mon brave matelot !

— Oui, c'est moi, mille sabords ! qui viens vous dire que je vous méprise.

— Assieds-toi, mon brave garçon.

— Non, je suis mieux debout, car je veux gesticuler à mon aise, et puis je pourrais défoncer ce coffre, ousqu'il y a du vin, du rhum et de l'eau-de-vie... N'est-ce pas qu'il y a encore de l'eau-de-vie ?... Si je le défonçais, ce serait un grand malheur dont je ne me consolerais jamais.

— Eh bien ! reste debout et dis-moi pourquoi tu me méprises.

— Parce que vous êtes une poule mouillée, parce

que vous avez manqué d'énergie : l'énergie, voyez-vous, c'est un cabestan qui fait de la force par force, c'est une arme qu'il ne faut pas laisser tomber à terre ; sans ça vous êtes f...lambé.

— Tu t'es donc aperçu que le marasme m'avait saisi au cœur ?

— Je ne sais pas si c'est ce gredin de M. Marasme ou un de ses cousins ; mais pour ce qui est de la chose, c'est que vous étiez déjà maigre comme une demi-ration, jaune comme un sapajou de Chinois et triste comme une batterie où la dyssenterie vient s'asseoir. Ça nous faisait tellement bisquer, voyez-vous, que ce matin j'en ai f...iché une pile à Hugues, votre domestique, et que son frère, qui est venu à son secours, en a reçu les éclaboussures.

— Quel vaurien tu es !

— Oh ! ça, je ne dis pas non ; je vous aime trop pour disputer là-dessus avec vous ; mais pour ce qui regarde votre *spline*, comme ils disent, il ne faut pas que ça recommence, si vous ne voulez pas que nous vous f...ichions à l'eau.

— Quelle amitié !

— C'est la vraie ! c'est la solide ! Remarquez, du reste, que je ne jure plus.

— Tu frises le juron un peu encore.

— Ah ! f...ichtre ! on ne guérit pas tout d'un coup. Les B... et les F... sont dans la langue française et surtout dans la langue du matelot.

— Aussi je te remercie déjà de tes efforts.

— Bravo ! mais il ne s'agit pas de ça ; je venais,

au nom de mes camarades, vous ordonner de nous visiter quelquefois sur le gaillard d'avant, pour écouter nos gaudrioles, les aventures de Marchais, celles de Chaumont et puis aussi les miennes. Votre tristesse, monsieur Arago, nous en donnait un tantinet à tous, et puisqu'il ne nous reste plus que quinze à dix-huit mille lieues à faire, il faut rire.

— Tu remercieras tes camarades.

— Ils étaient si *chose* de vous voir les joues creuses, les yeux morts et la parole fiévreuse, que moi-même je n'ai pas osé, depuis plus de quinze jours, venir vous demander seulement une demi-bouteille de vin, et pourtant c'est bien peu de chose.

— Tu as fait ton devoir.

— J'y ai manqué, monsieur : mon devoir eût été de vous en demander une entière.

— Mais, mon ami, ma cave se vide.

— Je ne le sais que de reste f...ichtre! Plus on perd d'amis, plus on s'attache à ceux qui demeurent. Alors, monsieur Arago, je suis venu vous consoler et vous gronder à la fois; rendez-moi la pareille : appelez-moi ivrogne, et versez.

— Tu sais comment on ouvre le coffre; essaie encore.

— Ce n'est pas plus difficile que ça, voyez. Une seule, n'est-ce pas?

— Oui.

— Deux? eh bien! soit.

— Je t'ai dit une seule.

— Oh! vous avez dit deux. Tenez, je vais le deman-

der à Vial, qui est là-haut sur la grande hune; il doit
avoir entendu. Merci. Cré coquin! quel bonheur de
naviguer avec des marins de votre espèce!

— J'en ai pourtant assez de ta navigation.

— Laissez donc, vous dites ça à cause des jours de
tristesse que vous venez de passer; mais je vous en préviens, si ça vous arrive encore, si nous vous voyons
sur le pont ou sur la dunette, la tête baissée, le front
pâle et les lèvres boudeuses, foi de gabier, foi de Petit,
je ne viens plus vous demander une seule goutte de vin
d'ici à la fin de la campagne... Vous verrez!

Quelques instants après, je remontai sur le pont et
je vis quatre des meilleurs lurons de l'équipage faisant
la conversation avec mes deux flacons de vin, et je souris au tableau.

La bienfaisance ne serait-elle pas le plus puissant
remède à opposer à la tristesse de l'âme?

Mais la corvette poursuivait sa route, et, selon toute
probabilité, notre première relâche sera à Otahiti.
Nous avions, en effet, le cap sur les îles de la Société,
et nous saluions déjà de la main cette *Pointe de Vénus*
si joyeusement visitée par Bougainville. — Allons-y
donc! le but n'est pas là encore; mais le chemin par-
couru nous donne des forces pour l'avenir. — Terre!
terre! crie la vigie.

Nous consultons la carte : la carte est muette, et il n'y
a pas de terre devant nous. La voilà pourtant, elle
monte, elle se dessine maintenant; nous faisons une
découverte [1]. Oh! si c'était une île comme Bornéo,

[1] Voir les notes à la fin du volume.

comme Sumatra, seulement comme Timor! si c'était un archipel nouveau, une colonie comme on en rêvait une au quinzième siècle! si c'était un continent échappé depuis peu du fond des abîmes! La voilà! La terre découverte se déploie dans toute sa majesté : elle a, ni plus ni moins, un quart de lieue de diamètre.

Et c'est pour cela que nous regardons notre découverte comme fort importante pour la marine. Un navire s'ouvre sur une terre vaste et féconde, mais les hommes y vivent; le vaisseau se perd sur un rocher isolé; la mort plane sur tout l'équipage, et le rocher devient une tombe. L'îlot est entouré de récifs sur lesquels la vague se promène avec fracas; la cime est couronnée de quelques arbustes, et les flancs déchiquetés semblent vaincus par les ouragans océaniques. Un nombre considérable d'oiseaux pélagiens viennent chercher un refuge sur cette terre isolée, et les navires voyageurs veilleront bien à ne pas la heurter dans leur route.

Quel nom donnerons-nous à notre découverte? Le nom est trouvé. Rose est la patronne de la femme courageuse qui achève avec nous ce long pèlerinage, cette jeune et vertueuse épouse dont tant de larmes ont accompagné le départ, dont tant de joies ont salué l'arrivée. Pauvre voyageuse! qui a survécu si peu de temps à l'épreuve qu'elle avait acceptée avec tant de dévouement!

L'île s'appellera île *Rose,* et c'est en effet le nom qu'elle porte dans les nouvelles cartes marines...

Elle vient de s'effacer dans les flots; elle est seule,

basse, désolée, sommet presque invisible de quelque montagne sous-marine dont le pied repose dans le centre de la terre. Tout a disparu, ainsi que l'arc-en-ciel solaire qui semblait auréoler notre frêle découverte [1]. Nous avons à notre gauche les archipels des Amis et de la Société, les îles Fitgi, où vivent des peuplades farouches ; nous cherchons un des nœuds du méridien magnétique [2], et nous cinglons vers cette Nouvelle-Galles du sud, sur laquelle se pavane l'Europe, mais dont l'intérieur sauvage est encore inconnu.

Quel puissant intérêt dans ces nouvelles études !

[1] Voir les notes à la fin du volume.
[2] Idem.

19

EN MER.

Rois. — Princes. — Tamors. — Rajahs.

Puisque c'est une race privilégiée, consacrons-lui un chapitre spécial. C'est bien le moins, lorsqu'on a de sévères pensées à jeter au dehors, qu'on le fasse avec politesse.

La courtoisie est une demi-vertu, et j'aurais embrassé de grand cœur ce noble ou ce bâtard de noble qui, en menaçant un homme du peuple, lui dit :

— Prends garde, drôle, que je ne t'applique sur le dos vingt-cinq coups de ma canne à pomme d'or.

N'en croyez rien pourtant : je n'aurais pas embrassé

ce faquin ; seulement j'aurais souri à sa menace tout aristocratique. Les Montmorency, les Noailles avaient des façons plus courtoises, et ils ne se montraient fiers de leurs blasons que parce qu'ils y jetaient eux-mêmes un nouvel éclat. Si l'impertinence est pardonnable, c'est seulement quand elle va du petit au grand, du faible au fort.

Je dis *pardonnable :* c'est avouer, par conséquent, qu'elle est toujours une faute.

Prendre un ton trop humble en parlant à qui domine, c'est se rapetisser sans grandir l'idole. Vous aurez beau avoir six pieds, vous paraîtrez mesquin si vous vous courbez.

L'égalité parfaite n'est point dans la position : elle n'est que dans les sentiments. Ne mesurez jamais la valeur des hommes à l'espace qu'ils occupent : vous seriez coupable de trop de sottises.

Remarquez encore que d'ordinaire la hauteur du langage est en raison inverse de la hauteur des principes. Cela est logique. Celui qui commande par la noblesse de ses procédés n'a pas besoin, pour être obéi, de l'insolence de ses paroles.

Je méprise l'impertinent par nature ; l'impertinent par calcul m'inspire le dégoût.

Que si vous trouvez dans ce chapitre, d'ailleurs si court, quelques expressions à brûle-pourpoint, ne m'en punissez pas avec trop de colère ; la faute n'en est pas à moi seul.

Le vent de la mer a tout changé en moi, mœurs et habitudes. Demandez : j'étais un petit chérubin, un ange de douceur et de bonté dans ma jeunesse ; la marine m'a gâté ; j'ai pris des allures d'indépendance et de rudesse, dont il faut tenir compte seulement à cet élément maudit, qui me promène depuis si long-temps et si rudement d'un climat à l'autre. Rester naïf et pur après tant d'épreuves était une tâche au-dessus de mes forces : j'ai dû succomber.

Et puis encore, j'essaierais peut-être quelque nouvel effort en faveur de ce qui aurait besoin d'indulgence et de pitié ; mais je veux avoir mon franc-parler à l'é-gard de chefs, de rois, de tamors, de dominateurs, de despotes, c'est-à-dire d'êtres à part, d'hommes pri-vilégiés, omnipotents, de demi-dieux, devant lesquels la foule passe agenouillée.

Permettez-moi donc de me placer aussi dans les ex-ceptions et de me tenir debout en présence de qui a l'habitude de baisser la tête pour entendre. Quand il le veut, le nain se met au niveau du géant.

La route est belle et régulière ; les vents sont con-stants et d'une tiédeur mesurée ; l'ennui règne à bord : que faire ?

Écrire. Mon titre est trouvé.

Les baleines, les marsouins, les souffleurs, les bonites et les dorades se taisent à la surface des eaux ; aucun nuage aux flancs ténébreux, aux contours bizarres, ne vient nous visiter en passant et nous envoyer ses fraîches ondées ; tout est dans un accord parfait, dans une harmonie assoupissante, et les mol-lusques phosphorescents eux-mêmes, qui naguère, pendant les nuits les plus sombres, éclairaient souvent l'espace comme des gerbes de feu , ont éteint leur opale lumière pour ne pas troubler cette quiétude de la nature, qui énerve, glace, désespère.

Il faut lutter pourtant contre un ennemi si redoutable; il faut essayer de le vaincre pour ne pas en être écrasé. Que faire pour cela? Je vous l'ai dit : écrire.

O Phéniciens! c'est de nous surtout, pauvres enfants jetés en pâture aux flots océaniques, que vous devez recevoir et accepter les plus suaves parfums ; c'est nous qui devons vous dresser vos plus somptueux autels. La pensée ne serait rien si on ne pouvait la traduire, et c'est vous, inventeurs de cet art merveilleux

De peindre la parole et de parler aux yeux,

c'est vous qui avez rétréci ce monde immense, en rapprochant, à l'aide de vos caractères, peuples et amis séparés les uns des autres par le diamètre de la terre.

Écrivons.

Aussi bien n'ai-je pas tout dit encore sur certains hommes étudiés déjà au milieu de mes courses aventureuses et des périls les plus imminents. En toute chose, d'ailleurs, il faut conclure. J'ai dit les mœurs : tirons la conséquence. La comparaison m'y aidera ; rien n'est bien jugé quand il l'est dans l'isolement.

Chez nous, Européens, qui vivons sur une terre privilégiée de civilisation et de progrès, qu'est-ce qu'un roi? Un roi est, à peu d'exceptions près, le fils d'un roi , et voilà tout.

Est-ce beaucoup? est-ce peu? Là n'est pas la question, ou plutôt là est une question nouvelle que je ne veux pas résoudre.

Mais ce roi, ce fils de roi et le fils de ce fils en savent-ils plus, en sauront-ils plus que les autres hommes qui ne sont ni rois ni fils de rois?

Il y a à parier mille contre un qu'ils en sauront moins, car ils auront eu moins de temps pour apprendre; ou, si on leur a appris quelque chose, c'est précisément ce qu'il eût été sage et prudent de leur laisser ignorer.

L'intelligence, ce rayon du ciel qui va à l'âme, frappe aussi sur l'âme des rois, quand ils en ont une. Ce qui leur manque donc, ce n'est pas la lumière, mais bien les occasions de la répandre au dehors. Tant de gens autour d'eux, mais plutôt agenouillés que debout, sont sans cesse occupés de penser pour eux, qui ne daignent pas se donner la peine de penser par eux-mêmes! Rien n'est commode comme une besogne faite.

Notez bien que je ne vous parle pas des rois entêtés, qui, en général, ne font que des sottises bien lourdes, bien dangereuses et presque toujours ineffaçables, car ces rois, voyez-vous, sont comme certains animaux rétifs, d'autant plus emportés vers la droite ou la gauche qu'on veut, à leur profit, les diriger vers le côté opposé. Pour moi, je ne sais pas encore si j'aimerais mieux un maître têtu qu'un maître bête, car j'avais oublié de vous dire qu'un roi de notre pays est un maître. Vous le savez maintenant aussi bien que moi.

Mais dans un grand nombre de pays que j'ai parcourus et étudiés, il n'en est pas ainsi, mes frères. Un roi, c'est un chef, comme en Europe, et ce chef, c'est le plus fort, le plus grand, ou le plus intrépide, ou le plus prudent, ou le plus intelligent et le plus sage. Ceci n'est pas un rêve, je vous l'atteste; ceci est une belle et bonne vérité qui a résisté et résistera longtemps encore à nos efforts pour l'étouffer.

Suivez-moi.

L'intérieur du Brésil a des chefs; ces chefs commandent à des hommes réunis en bourgades, en villes, en camps, en masses mouvantes; ils ordonnent les marches, les haltes; ils décident de la paix et de la guerre; ils ont, dans les délibérations, la voix plus haute que les hommes de la même tribu, car, eux, ils ont passé par toutes les épreuves et en ont triomphé avec grandeur d'âme.

— Tu as, toi, fait une action d'éclat : eh bien ! viens ici, et que nous tracions sur ta figure ou sur ton corps quelques lignes profondes qui, en creusant les chairs, diront ton courage. Si tu grimaces au moment de l'opération, si tes doigts se crispent, si tes dents se serrent, retire-toi : tu n'es pas digne d'être chef; tu obéiras, puisque tu ne sais pas commander à la douleur, puisque tu lui cèdes et qu'elle te fait trembler. Un chef de Païkicés a plus de mille ciselures sur ses chairs, et pas une, même de celles qui ont été faites sur les parties les plus délicates, ne l'a vu sourciller. Oh ! cet homme-là peut commander maintenant, et il commande en effet. Si chez nous il fallait être roi à force d'égratignures, quel bouleversement, grand Dieu ! La douleur physique est comme le froid : la première décourage de toutes les autres.

Les Mondrucus et les Bouticoudos ne procèdent pas autrement que les Païkicés à la nomination de leurs chefs : c'est celui d'entre eux dont la case est le plus richement tapissée de crânes ennemis ; c'est celui qui a le plus de chevelures dans son butin ; c'est à celui-là qu'on se fait un devoir d'obéir. Je comprends à merveille les rois de cette sorte.

Voyez encore les Gaouchos, ces intrépides dompteurs de jaguars, ces maîtres de l'espace, qui, armés de leur terrible lacet et de leurs boules, s'enfoncent dans les solitudes des plaines et des forêts. Quel est leur chef? Ou ils n'en ont pas, ou ils ne se courbent que devant le plus agile, devant le plus intrépide, eux si insolemment debout et vaniteux en face des Européens ou des hommes civilisés de l'Amérique, chez lesquels ils viennent vendre le produit de leur chasse miraculeuse.

Voyez, voyez, plus loin, partant de Rio-de-la-Plata jusqu'au détroit de Magellan, jusqu'à l'île de l'Ermite, ces minotaures fabuleux, toujours ou presque toujours à cheval, traversant les immenses *pampas* et faisant comme les Gaouchos, mais moins audacieusement, une guerre de chaque jour aux tigres, aux lions et aux autruches de leur pays encore inconnu. Demandez-leur quel est leur chef, demandez-leur s'ils en ont un et à quelles conditions ils l'ont accepté; ils vous diront :

— Notre chef, à nous, est celui qui ne tombe jamais de cheval, qui le guide le mieux de la voix et de l'éperon dans les déserts où seuls nous pouvons vivre. Notre chef, à nous, c'est le plus habile nageur, c'est le plus fort d'entre les plus forts, c'est surtout le plus brave.

Les Patagons, cette race d'hommes formant sur la terre une race à part, mais que certains voyageurs ont eu tort de représenter comme des géants de sept ou huit pieds, quoique ce soit en effet le peuple le plus *grand* du globe; les Patagons, que n'ont pu corrompre ni tenter les mœurs efféminées de nos villes si indolentes, suivent la règle commune des nations indomptées, et s'ils se donnent un chef dans une expédition hasardeuse, le choix tombe toujours sur celui qui ose dire et sait prouver qu'il est le plus courageux et le plus habile.

Courons-du sud au nord de l'Amérique, allons d'un pôle à l'autre.

Ne vous a-t-on pas dit les chants de mort des Canadiens non civilisés, alors que, prisonniers et enchaînés, les vainqueurs procèdent par d'horribles tortures à leurs vengeances si raffinées pour la paix éternelle de leurs frères tués dans les combats? Ceci n'est pas la tradition douteuse, c'est l'histoire des temps modernes, c'est l'histoire des hommes d'aujourd'hui.

Que font les peuples farouches de la Cafrerie? Ce que font les nomades indigènes du Brésil. Si dans une rencontre un guerrier se distingue plus que le chef qu'on avait déjà choisi, sa bravoure est pesée dans la balance, et quand le fléau penche de son côté, c'est

lui qui, pour une expédition prochaine, sera à la tête
des combattants. Les Cafres sont des hommes de ra-
pine et de guerre; vous comprenez que si c'était un
pays de science, le même usage y serait adopté, on
nommerait chef le plus lettré.

Et si, en remontant l'Afrique vers son centre, vous
visitez ces peuplades sauvages qui forment entre elles
tant de nuances qu'on ne les dirait plus enfants de la
même terre, que trouvez-vous toujours? La puissance
entre les mains du plus éprouvé. Mais qui donne cette
puissance? qui décide de la plus grande valeur de celui qu'on investit du pouvoir? Est-ce un seul individu? sont-ce plusieurs? Non, c'est la bourgade entière. Ce n'est le plus grand nombre qu'alors que tous
ont dit leur opinion. Entre deux ou trois concurrents
le choix est bientôt fait, et l'on n'en vient jamais aux
mains pour nommer le chef. On s'assemble dans une
plaine, chaque compétiteur se place sur un point dif-
férent, les partisans de l'un et de l'autre le suivent,
celui qui l'emporte est reconnu, on lui obéit.

A la Nouvelle-Hollande, sur la terre de deuil nommée presqu'île Péron, je vous l'ai dit, je crois, les
quinze ou dix-huit malheureux indigènes qui vinrent
rôder autour de nos tentes semblaient obéir au plus
âgé d'entre eux. Ne serait-il pas sage d'en conclure que
c'était le plus prudent et le plus expérimenté?

Les rajahs qui règnent en vrais despotes sur les fé-
roces habitants de Savu, de Solor, de Denka, de Dao,
de Rottie et de Timor même sont des courages éprou-
vés dans plus d'une bataille, quoique, chez la plu-

part, grâce peut-être au contact de l'Europe, qui vient
s'asseoir et trôner à leur côté, on trouve déjà une
teinte de civilisation qui les appauvrit et qui leur en-
lève leur caractère primitif.

Certes, au respect que les anthropophages d'Ombay
témoignaient au vieux rajah accroupi sous le multi-
pliant où il s'était flatté de goûter à la tendreté de mes
membres et de ceux de mes camarades, je ne fais nul
doute que son bras alors si grêle et qui s'appuya si
gracieusement sur mon épaule n'eût au temps de
sa vigueur, dépecé quelques ennemis ou voyageurs
moins heureux que moi.

Le roi de Guébé, ce *capitan-sapajou* si leste, si
oseur, si bavard, si intrépide, sous la parole duquel
ses sujets courbent si humblement la tête; ce hideux
prince que Petit regardait avec tant de bonheur, n'é-
tait-il pas le plus intrépide de tant d'hommes intrépides? Ne comprenait-il pas le commandement? Avait-il
l'air seulement de prendre avis de ses ministres? Ne
leur imposait-il pas silence d'un mot, d'un geste, d'un
regard, sans se soucier le moins du monde de leur déplaire ou de les humilier? Si jamais prince m'a donné
une idée exacte du pouvoir absolu, c'est bien cet effronté
chef de forbans, balayant avec ses belles caraccores les
mers des Moluques et allant peut-être étaler son insolence sous les canons et le pavillon des comptoirs européens. Non, ce n'est ni le hasard ni la naissance
qui l'ont nommé chef de Guébé; non, il ne se main-
tient pas à son poste à l'aide de ses ancêtres, à moins
que ses ancêtres n'aient été toujours comme lui. S'il

règne, s'il gouverne, s'il fait à son gré trancher des têtes ou jeter des hommes et de jeunes filles à la mer, si on lui obéit en un mot, c'est qu'il est sans doute, ainsi qu'il nous l'a prouvé, le plus intelligent de tous ; c'est que, dans les occasions périlleuses, il est le premier à son poste et paie de sa personne aussi bravement et plus bravement que ceux qui l'ont nommé et le maintiennent leur capitan.

Je n'ai vu ni à Waiggiou ni à Rawack aucun chef, aucun tamor, aucun rajah, aucun capitan.

A Rawack il ne doit y avoir de concurrence que pour l'asservissement ; l'intelligence est du luxe pour qui n'aspire qu'à obéir ; le premier indigène de ces contrées qui s'avisera d'avoir une idée saine de morale et qui essaiera de la faire comprendre sera traité de fou et châtié, ou déclaré Dieu et adoré à genoux. Hélas ! l'époque de la métamorphose de ce groupe d'îles ne se devinait même pas dans les siècles à venir.

Que vous dirai-je des Carolins, dont j'aime tant à parler et sur lesquels mes souvenirs se reposent avec amour ? C'est ici surtout que mon système trouve une exacte application. Tout tamor est un homme supérieur, il n'est point tamor s'il n'est pas tatoué des pieds à la tête, il n'est point tatoué s'il n'a guidé un pros mieux que ses frères au milieu des brisans, s'il ne sait pas le cours des étoiles, si sa force et son habileté ont été trouvées en défaut dans diverses circonstances.

Le tamor des Carolines a sur le corps des dessins gracieux qui ont dû le faire souffrir sans doute, mais moins pourtant que ne doivent le faire ceux des Nouveaux-Zélandais et des sauvages brésiliens; tandis que chez ceux-ci ces dessins extérieurs attestent des cruautés et des massacres, chez les Carolins ce manteau si élégant est une annale vivante qui dira tous les bienfaits, le savoir, l'adresse, la force, l'intelligence. A la bonne heure, de pareilles archives.

Les Sandwich me viennent encore en aide. Ici, comme dans tous les archipels déjà parcourus, c'est la force qui gouverne. Mais l'Europe s'est montrée sur ces hautes terres, où le bois de sandal est une productive spéculation. Grâce aux navires voyageurs de nos contrées, les premières institutions s'effacent et le souvenir même de Tamahamah ne restera que gravé sur les dos, les bras et les poitrines de ses sujets oublieux et dégradés.

Ainsi donc, quand vous avez dit tamor, chef ou rajah, vous avez signalé le plus capable. Le mot est l'éloge, le titre est la qualité.

Faudra-t-il que l'Europe avance ou recule pour arriver au point où en sont les peuples sauvages? Est-ce en effet reculer ou avancer que de s'affranchir d'une loi qui blesse la raison?

On répond à cela : La loi existe, vous devez la respecter et courber la tête. Eh! qui vous parle de se ruer dessus et de la briser? Je dis seulement qu'elle me semble absurde et qu'elle me le semble davantage depuis

que j'ai étudié les usages et les mœurs de tous les peuples de la terre.

Tout ceci est-ce de la philosophie? Non certes, c'est
de l'histoire; ce ne sont point des faits douteux et je
n'écris que pour les constater ; dès qu'il s'agit de
voyages surtout, le doute c'est l'erreur. Je complète
donc.

Selon ma pensée, plus on entre dans la civilisation,
moins les rois me semblent dignes d'être rois. Le droit
divin est une belle chose que je ne comprends pas et
qu'on aurait bien de la peine à me faire comprendre,
tant je suis rétif à la logique de certaines gens. A la
bonne heure le droit de succession. Ce sont là de ces
principes que la plus épaisse intelligence peut saisir.
Vous êtes un homme de génie et vous régnez, n'importe par quel code; votre fils est un sot et vous rem-
place à votre mort ou à votre abdication. Qui osera dire
que cela n'est ni sage ni rationnel? Quelques esprits
faux peut-être, et il y en a tant dans le monde, en me
comptant ou sans me compter!

Mais s'il est vrai, comme j'ai eu l'impertinence de
l'avancer, que plus vous entrez dans la civilisation
plus vous trouvez de rois efféminés, est-il vrai aussi
que plus vous vous en éloignez plus vous rencontrez
des rois forts, intrépides, indomptés? Les faits sont
là pour constater cette vérité. Ce qui fait les rois en
Europe, c'est la paresse des autres hommes; ce qui
les défait, c'est leur colère. Or, la colère étant un état
anormal, il est aisé d'expliquer pourquoi les révolu-
tions qui sapent les trônes sont très-rares, quoique

depuis *l'invention* de nos monarchies on puisse en constater un assez bon nombre. Je vous conte des bille-
vesées peut-être , je vous dis là de ces sophismes tellement absurdes qu'ils vous font lever les épaules de pitié
et de mépris. Que voulez-vous ! c'est le résultat de mes
longues courses, de mes stériles études, de mes in-
fructueuses recherches et probablement aussi de ce soleil de plomb qui pèse sur ma tête. Les circonstances
seules sont comptables de ma déraison. Allez-vous châtier, à Bicêtre ou à Charenton, le fou qui blesse ou
tue ?

Ce serait de la cruauté et non de la justice, et les
lois de cette civilisation que vous aimez tant veulent
la justice pour tous.

Quand l'aigle plane au ciel, l'espace se fait libre pour
laisser toute son indépendance à son royal dominateur ; quand la baleine parcourt son empire, tous ses
sujets lui ouvrent un large passage pour ne pas gêner
ses mouvements de colosse ; quand le lion rugit dans
le désert, tous ses sujets se taisent et se courbent en
signe d'esclavage ; quand le boa sillonne de ses immenses anneaux la forêt ténébreuse, les victimes dont
il se repaît beuglent et tombent déjà vaincues par la
frayeur. On dirait vraiment, à voir cet ordre immuable de choses, que la terre n'a été peuplée que pour
le délassement de quelques êtres qui ne sont forts que
parce que les faibles n'ont pas osé se réunir pour les
combattre.

La force, de tout temps et dans tous les pays, a
presque toujours été orgueilleuse et brutale. C'est que

la force aime à s'essayer, afin de se donner la victoire, et le fort qui s'essaie écrase le faible. Les lois de la pesanteur ne reçoivent nulle part un démenti.

J'ai dit, en commençant ce chapitre, qu'en toute chose il fallait conclure. Ne suis-je pas conséquent avec mes principes ?

20

EN MER.

Quel est le plus beau pays du monde?

On m'a souvent posé plusieurs questions fort difficiles à résoudre, par cela surtout que chacun les ré-
soudrait à sa manière, selon ses humeurs, ses caprices,
ses passions. Il n'y a guère que les vérités mathémati-
ques qui ne trouvent point de contradicteurs, et encore
la logique lutte-t-elle parfois avec assez de bonheur
pour en rendre quelques-unes obscures ou douteuses.

Quel est, selon vous, m'a-t-on demandé, le plus
beau pays du monde?

Puis, par extension : Quel lieu de la terre préfére-
riez-vous habiter?

— Oh! messieurs, vous n'avez pas réfléchi.

Allez inviter le Lapon à venir à Paris, vantez-lui la beauté de nos édifices, le luxe, les plaisirs de cette capitale du monde, et vous verrez ce que vous répondra le chasseur de castors.

Ne m'est-il pas arrivé de présenter un tableau délicieux de ma patrie à des hommes habitant un sol marâtre, et de voir sourire de pitié, à la proposition d'une émigration chez nous, des infortunés poursuivis par toutes les privations et les misères?

— Il y a des gens fort riches dans mon pays, disais-je un jour aux heureux habitants de Lahéna.

— Dînent-ils deux fois? me répondit-on.

— Non, mais ils dînent mieux.

— Cela n'est pas possible; vous vous moquez de nous.

Pour des hommes, en effet, qui n'ont que très-peu de mets à opposer à leur appétit et qui n'en connaissent pas d'autres, le luxe de la table doit être incompris.

— Venez chez nous, disais-je une autre fois à un de ces bons et généreux Carolins dont je vous ai tant parlé; notre pays est si riche que vous ne fatiguerez plus votre vie à la recherche d'une nourriture qui vous est si souvent disputée par le courroux de l'Océan.

— Avez-vous beaucoup de cocotiers? me répondit celui à qui je m'adressais.

— Nous n'en avons pas un seul.

— Pauvres malheureux, que je vous plains!

Ainsi de chaque peuple, ainsi presque de chaque

individu. La vie est sympathique au sol qui nous a vus
naître ; la vie de l'homme mûr et de la vieillesse est
façonnée d'après la vie de l'enfance, et il en est des
goûts et des habitudes comme des affections, dont on
craint tant de changer. J'ai entendu un jour un petit
enfant à qui l'on offrait, pour le désennuyer, la lecture
d'un livre qu'il ne connaissait pas :

— Non, non, j'aime mieux *Télémaque,* que je sais
presque par cœur.

Il court çà et là une trivialité, une jocrisserie qui
pourtant, à mon sens, ne manque pas de raison : Que
je suis heureux de ne pas aimer les épinards, car si je
les aimais j'en mangerais, et je ne peux pas les souffrir. Je n'ose presque pas vous dire que cette stupidité
me paraît pleine de logique dans le sens exact et sévère
du mot, et je n'oserais non plus vous traduire ma pensée, parce que je ne serais pas là pour l'appliquer à
votre réponse.

Eh, bon Dieu ! Fontenelle n'a-t-il pas dit qu'il est
des bêtises qu'un homme d'esprit achèterait fort cher?

Je gage que si j'avais proposé à un Malais de Timor de venir en Europe, il se fût empressé de me
demander si les crihs se trempaient mieux chez nous
que chez eux, et s'il y avait au moins, pour le détermi
ner, beaucoup de crocodiles dans nos mers et dans
nos rivières.

Quant au farouche Ombayen, il aurait voulu savoir,
avant de me suivre, si le sang d'un Français avait plus
de saveur que le sang d'un compatriote, et si nos crânes

étaient des coupes plus solides que ceux de leurs amis.

N'avons-nous pas vu les sauvages naturels de la presqu'île Péron, épouvantés de notre arrivée, tremblants à notre approche, nous ordonner avec menaces de fuir, et craindre plus que la mort que nous ne vinssions les arracher à leur sol inhospitalier?

Voltaire a dit :

Plus je vis l'étranger, plus j'aimai ma patrie.

Voltaire n'avait pas voyagé; mais il savait que toutes les affections se logent dans le cœur, et que les yeux ne sont que le miroir qui reflète ces affections ou ces sympathies.

Sans contredit, il y a sur notre planète des terres fortunées pour lesquelles la brise est parfumée et le ciel tout amour. Là, des ruisseaux pétillants qui glissent frais et limpides; ici, des prairies émaillées; là, des fruits délicieux pesant sur des arbres au feuillage élégant, qui vous protégent de leurs mobiles toitures; à vos pieds, un sol que la colère des volcans n'ébranle jamais; sur la tête, des myriades d'oiseaux aux plus riches couleurs vous berçant doucement dans un concert de cris gais ou plaintifs et toujours variés; autour de vous, des essaims nombreux d'insectes ailés, d'inconstants et joyeux papillons vous frôlant de leurs ailes diaphanes, comme pour saluer votre bienvenue; partout, en un mot, la variété de la terre, embellie encore par le murmure des eaux et les émanations balsamiques de l'air.

Oh ! allons habiter ce ravissant et suave Eldorado,
auquel nul autre séjour ne peut être comparé; vite,
vite, hâtons-nous, voguons vers le Brésil, vers cette
terre privilégiée dont Alvarès Cabral a doté le monde
ancien.

— Mais vous ne m'aviez pas dit que là aussi vivait
un peuple abâtardi, sans cesse agité par des commotions politiques; vous m'aviez caché que là aussi l'esclave abruti, courbé sous le fouet noueux, ne pouvait, sans péril pour ses jours, dire, même à demi-voix,
le nom de sa patrie absente; vous ne m'aviez pas appris
que de hideux serpents, de monstrueux lézards, ve-
naient, hôtes incommodes et dangereux, visiter souvent votre domicile et vous épouvanter de leur cri funèbre et de leur dent envenimée. Il fallait me révéler
tout cela au moment du départ; je me serais bien gardé
de quitter ma ville natale et de sillonner l'Atlantique,
à travers tant de périls, et de m'en aller à plus de
deux mille lieues de mes amis et de ma famille.
Vite, vite encore, rendons-nous sur le port et partons
avec une illusion détruite. Je vous réponds, moi, que
si, sur cette terre d'épreuve et de fatigue, vous voulez
le bonheur des élus, vous mourrez avec le regret d'a-
voir cherché l'impossible. Mais si le calme et la richesse
du sol brésilien, si la fraîcheur de ses nuits et la douce
chaleur de ses soirées n'ont pas assez de magie pour
vous retenir, si vous demandez une vie moins monotone, plus turbulente, plus incidentée, quittez le Brésil
et suivez-moi au cap de Bonne-Espérance, à l'extrémité
méridionale de l'Afrique toute sauvage.

Là encore, une ville délicieuse, des promenades charmantes, de superbes allées dans un jardin public, d'où vous pouvez entendre, sans en être épouvantés, le glapissement de l'hyène hypocrite et haletante et le rauquement du tigre, mêlés au ténébreux rugissement du lion, dont vous êtes séparés par de solides et épaisses murailles : là encore se presse, dans des foudres monstrueux le délicieux vin de Constance, dont l'Europe est si avide ; et tandis que, de votre riant balcon, vous suivez de l'œil les voiles éclatantes du navire voyageur qui vous cherchait aussi, lui, pour vous fuir plus tard, afin d'entrer dans un nouveau monde, vous entendez à vos pieds, dans la rue silencieuse, les claquements si curieux de la langue cafre qui chante le bonheur sous le *sarreau* de l'esclave ; et votre oreille tinte bientôt aussi aux grognements sourds du hideux Hottentot, qui rit le premier de son crétinisme et de son avilissement.

Savez-vous bien que tout ce que je vous dis là est fort curieux à voir et à observer, surtout lorsque après l'étude vous pouvez tout à votre aise, dans des appartements meublés à l'européenne, vous reposer doucement de vos légères fatigues et vous croire encore au sein des peuples les plus civilisés du monde ?

— Oui, vous avez raison maintenant ; partons pour Table-Bay ; là est le bonheur, puisque là seulement est le calme, le repos et la variété à la fois. Mais gare ! gare ! à présent : le ciel se couvre, des flots d'une poussière tourmentée tourbillonnent dans tous les sens, le feuillage des arbres frémit, la Croupe-du-Lion s'est effa-

cée sous un quadruple réseau de vapeurs brûlantes, la
Tête-du-Diable vomit des flocons fantastiques qui se
ruent, comme des escadrons ailés, sur le sommet de
la montagne de la Table ; *la nappe est mise,* tout se voile,
tout se tait un moment... et puis vient le chaos avec
ses désordres, la tempête avec ses mugissements, l'ouragan avec ses écrasantes rafales, et les troncs noueux,
arrachés du sol pour être vomis çà et là, et les toits
enlevés, et les maisons saccagées, et les buffles écrasés
sous des ruines, et des ravins comblés, et les mornes
aplatis, et la mer refoulée, et les cadavres mutilés des
navires étendus sur la plage crevassée.

Le météore a passé; le lion et le tigre ressaisissent
leur fureur vaincue, l'hyène se lève péniblement de sa
couche d'ossements rouges de sang, l'Océan rentre dans
son lit, les habitants respirent à l'aise, et la ville se re-
peuple en attendant une nouvelle secousse, une nouvelle catastrophe. Voulez-vous choisir le cap de Bonne-
Espérance pour votre demeure habituelle? — Non, il
y a trop de misère et de deuil à la fois : j'aime mieux
une ville moins riante, une rade moins visitée, des esclaves moins soumis, des chants moins bizarres. L'ouragan est un port trop incommode; sa brutalité est
trop vorace. Quand le sol tremble sous ses atteintes,
comment voulez-vous que les hommes se rassurent?
Laissez-moi fuir la ville du Cap : ce n'est pas là mon
pays de prédilection.

Je vous ai dit les riants paysages de l'Ile-de-France
et les sauvages aspects de Bourbon; vous connaissez
les mœurs douces et hospitalières de ces généreux

créoles, pour qui la vie orientale serait encore un fardeau; je vous les ai montrés sous leurs varengues à
sveltes coloniles de bois peint en vert ou sous leurs tendres allées de lataniers et de bananiers, pensifs, attris-
tés, rêveurs, inaccessibles à tout bonheur trop violent,
écrasés sous la peine la plus légère, se plaçant à demi
assoupis au balancement régulier du palanquin, au
chant de l'esclave en sueur. Voulez-vous de Bourbon
et de l'Ile-de-France avec leurs productions équatoria-
les et leurs demeures européennes? Il y a là cette variété que vous cherchez et qui vous plaît tant.

Eh! ne vous ai-je pas dit aussi le terrible raz-de-
marée qui gronde, menace et tue? Ne vous ai-je pas
fait entendre les roulements de la foudre, moins
bruyants, moins désastreux que ceux de l'ouragan, qui
s'empare de tout, brise et mutile tout, joue avec tout,
et couvre tout d'un voile funèbre?

Oh! je le vois, vous n'acceptez pas ces deux colonies, et vous désirez plutôt retourner à votre pays,
moins calme et moins agité. Rétrogradons.

Peut-être eussiez-vous préféré vous arrêter à Gibraltar, avec ses bouches béantes de bronze, ses habitants
si énervés, son mont si aride?

Est-ce que vous seriez tenté par les Baléares, jadis
indomptées, aujourd'hui esclaves abruties, où, sous de
belles allées d'orangers, la paresse respire et s'endort;
ou par Ténériffe aux pavés de lave, aux murailles de
lave, aux remparts de lave, à la population dévotement
libertine, qui prie et se vend à la fois, et vit si tristement près de son pic neigeux et de son volcan éternel?

Non sans doute, si vous avez des désirs de bonheur, vous ne les assouvirez pas au milieu de la mollesse et de la dépravation ; vous ne les accomplirez pas loin de toute civilisation, sous le froc de moines et de religieux de tous ordres, chaussés ou déchaussés, la tête rasée ou les cheveux longs, crasseux et plats, qui absolvent volontiers le crime lorsqu'il se courbe et lancent l'anathème contre la philosophie qui se redresse. Tout ce qui tient à l'Afrique est sauvage, ignorant ou corrompu, quoique les îles soumises à l'Espagne soient un archipel africain.

Je ne vous parle point de la Nouvelle-Galles du sud, où une ville européenne s'est élevée sur le sol fertile occupé naguère par des huttes sauvages, cité grande et belle où les vices et le crime se sont purifiés, où les arts ont un culte et les sciences de fervents apôtres. C'est un ravissant spectacle, sans doute, que celui de ces palais, de ces riantes demeures, de ces vastes hôpitaux, de ces admirables jardins qui sont venus à l'antipode de la mère-patrie révéler les lumières fécondes de la civilisation à des peuplades farouches qui n'ont voulu ni la comprendre ni l'accepter. Je ne vous en parle pas encore, car, là aussi, il y a des déserts, des pluies, des serpents noirs, les plus dangereux des reptiles, ceux-là seuls qui osent attaquer et poursuivre l'homme.

Est-ce que vous seriez tenté de vous arrêter à la Nouvelle-Zélande, pays indompté, où le massacre est un jeu et l'anthropophagie un délassement ?

L'île Campbell, terre la plus rapprochée de l'antipode de Paris, n'offre rien de curieux à voir et à étudier, si ce ne sont les énormes montagnes de glaces que les ouragans polaires poussent jusque dans des zones moins tourmentées.

Le cap Horn aura-t-il vos préférences et votre amour, lui qui chasse au loin les navires explorateurs et qui ne reçoit la visite que des tourmentes australes? Ne fuiriez-vous pas comme nous au plus vite les îles Malouines, dont le sol froid et tourbeux n'a pu nourrir aucun végétal et où peuvent vivre seuls les phoques et les pingouins, dont je vous dirai plus tard l'existence si curieuse?

Est-ce le Paraguay qui sourira à vos désirs; le Paraguay avec ses plaines immenses, ses myriades de chevaux sauvages domptés par les Gaouchos, qui, eux, n'ont été domptés par aucun peuple; le Paraguay, où le jaguar fait entendre ses rauquements funèbres, et où se promène, insatiable comme l'incendie, le bruyant et dévastateur pampero, qui a rasé tant d'édifices et brisé tant de navires?

Encore une fois, non, ce ne sont pas là des pays pour lesquels on renonce à une patrie.

J'ai fait passer devant vos regards effrayés les mornes solitudes de la presqu'île Péron, la triste et froide stérilité des îles d'Irck-Hatigs... et de Doore; et les dunes de sable et de grès des terres désolées d'Endracht et d'Edels; ce n'est pas là bien certainement que vous essaieriez d'établir votre domicile, à moins pourtant qu'une torture de tous les jours ou une lente agonie au milieu des déchirantes convulsions de la soif ne fût nécessaire à votre esprit malade.

Peut-être serez-vous tenté par l'aspect de Solor , de Kéra et de Simao , où les boas monstrueux se jouent à l'air, immenses balanciers suspendus aux hautes branches par quelques anneaux de leur queue vigoureuse, où sifflent et s'élancent à travers les bois et les bruyères , rapides comme les flèches des Malais. Qui sait! les hommes sont si bizarres dans leurs caprices ! N'a-t-on pas vu naguère deux Anglais, riches, heureux, jeunes, pleins d'avenir, instruits et honorés, s'élancer dans un canot et se livrer au courant du Niagara et tourbillonner avec l'effrayante cataracte pour s'assurer si , en effet , le gouffre n'épargnait personne? Un sage géologue d'Edimbourg ne s'est-il pas fait descendre, il y a peu d'années, dans le cratère de l'Etna, d'où il n'a plus reparu à la surface? Pourquoi le boa ne serait-il pas, pour quelques-uns, un visiteur bien reçu, alors que les Malais bâtissent leurs cases à Solor, à Kéra ou à Simao, et que leur vie y coule heureuse jusqu'à une vieillesse avancée.

Timor vous épouvante, et je me flatte que vous détournerez les yeux et votre pensée d'Ombay la sanglante, où l'anthropophagie est peut-être une religion. Diely avec ses bois infestés de reptiles, Koupang avec ses mœurs farouches, Batouguédé avec ses cônes noirâtres, creux et sonores , n'ont laissé dans votre âme aucune image assez riante pour que vous les regrettiez, et je ne pense pas qu'Amboine, où la dyssenterie a si cruellement établi sa puissance, ou Obie, que j'oubliais parce qu'elle est oubliée au milieu de l'Océan, ou Boulaboula, autour de laquelle le flot

passe et repasse en fugitif, ou Pissang, que la végétation seule envahit, conviennent à vos goûts. Ce qu'il
vous faut, ce que vous cherchez, ce que vous voulez,
c'est une terre de repos et d'amour. Oh! alors fuyez
vite tous ces pays que je vous signale, le deuil et la
mort les environnent.

La rade de Rawack a beau refléter, paisible, un
ciel d'azur, ce n'est pas là ce qui pourra combler vos
vœux; respirer n'est pas vivre, et le soleil qui brûle
et torréfie n'est plus un astre bienfaisant.

Certes les habitants si hospitaliers, si généreux des
Carolines sont déjà vos amis; mais leurs îles sont tristes, unies, monotones; il n'y a là ni émotions fortes,
ni péripéties qui ravivent, ni catastrophes qui déchi-
rent; le bonheur tiède y est d'une uniformité à laquelle
on doit être façonné dès l'enfance; sans cela nul de
vous ne pourrait le supporter et il deviendrait un véritable supplice.

Je craindrais pour vous les belles Mariannes, les
mœurs bienveillantes de ces nobles et vigoureux Tcha-
morres, que le sang espagnol n'a pu abâtardir; je vous
verrais, ainsi que je l'étais moi-même à Guham, prêt
à vous reposer pour toujours des fatigues et des vani-
tés de la vieille Europe. Voilant le côté hideux du tableau, je ne vous ai pas fait traverser à mes côtés As-
san, Toupoungan, Maria-del-Pilar, Humata, lieux
terribles, habités par la lèpre, qui prend toutes les
formes pour vous saisir, vous briser, vous dissoudre.
Oh! sans la lèpre, Guham et ses rideaux de cocotiers,
Guham et ses bois odoriférants vous retiendraient au

milieu de vos courses, et retirés sous la case paisible, vous vous ririez parfois de la colère des volcans, inhabiles à vous frapper au milieu de vos joies si pures et de vos naïves amours. Et pourtant, à Guham, la tête mollement appuyée sur les genoux d'une nouvelle Mariquitta, si la jeune fille a façonné des cœurs à l'image du sien, vous seriez encore poursuivi par les regrets, pour peu que vous vous fussiez reposé pendant quelques jours sous les riantes plantations de Lahéna la suave, ou au sein de l'ardente population d'Anourourou la vive, la turbulente. Vous cherchez un coin de terre où vous puissiez vivre et mourir sans fatigue, sans inquiétude, sans tempêtes politiques ou tempêtes de l'âme? Je vous l'ai signalé. Ne craignez aucun obstacle pour vos passions, on ne refuse rien à Lahéna, parce qu'on sait qu'un refus affligerait et que toute affliction est incomprise sur ce délicieux coin de terre, où toute volonté est exaucée par le ciel et par les hommes.

Prenez-y garde, pourtant, Wahoo a plus d'attraits encore; et, dans tous les cas, si le calme de la première de ces îles engourdissait un peu vos sens, eh bien! vous pourriez en quelques heures leur rendre leur souplesse et leur énergie au milieu de cette population si active, si gaiement tracassière que je vous ai présentée. De ces deux séjours, prenez celui que vous voudrez, ou plutôt laissez faire au hasard, et si vous n'habitez pas le sol le plus riche du monde, du moins vivrez-vous au sein du peuple le plus heureux de la terre.

Mais dire adieu à la civilisation, au pays où les
arts et les sciences ont leurs autels ; mais ne plus revoir
ces superbes monuments de nos années de triomphes
et de gloire ; mais ne plus entrer dans l'arène ouverte
à toutes les ambitions, à toutes les intelligences ; ne
plus couronner son front d'aucune palme, ne plus
sentir battre son cœur aux mots si doux de patrie et
de liberté, alors que jeune encore la vie circule active
dans les veines, alors que tout s'agite, se meut autour
de vous pour de nouvelles conquêtes morales ou in-
dustrielles qui dotent un siècle !

Oh ! tout cela ne peut se perdre dans les délices des
Capoues modernes ; tout cela est trop magique et trop
puissant pour qu'on ait jamais le lâche courage de
n'y prendre aucune part, ou par ses efforts, ou par
son enthousiasme. Il y a de la gloire pour qui applau-
dit à la gloire.

Quel est le plus beau pays du monde? est donc encore une question mal posée, et par conséquent impossible à résoudre. Voici des plaines, des torrents,
des cascades, des forêts, des montagnes. Qu'aimez-
vous mieux? Choisissez. Voici un climat brûlant, un
sol tempéré, un ciel de glace, une mer sans cesse
tourmentée ; voyez, que préférez-vous? Êtes-vous Lapon, Espagnol, Papou, Mariannais, Zélandais? Ap-
prenez-le-moi, si vous voulez que je prévienne votre
réponse. L'inconstance des hommes est sans puissance
contre les exigences des climats en harmonie avec la
nature du sang qui coule dans leurs veines, et il est des

nécessités qu'il faut subir, quelque volonté qu'on témoigne d'abord de les secouer.

Croyez-moi, nous sommes encore moins esclaves de nos passions que de l'habitude; l'habitude est notre plus inséparable amie et notre ennemie la plus constante; l'habitude est une seconde existence que nous recevons comme la première sans que nous ayons le pouvoir de nous y opposer.

Pour bien saisir ces vérités, que je traduis ici entre mille autres qui se croisent et se heurtent en ce moment dans ma tête, il faudrait que vous eussiez voyagé comme moi. Vous êtes resté stationnaire? Oh! alors prenez mes paroles comme un fait accompli, vous êtes inhabile à me combattre et à me vaincre. Qu'est-ce que je vous demande? Ce que votre esprit paresseux est dans l'usage d'accorder. Ne vous êtes-vous pas interdit toute lutte avec la réflexion? Voyager c'est penser, et vous ne quittez pas votre fauteuil.

On ne voyage pas seulement pour courir le monde. En visitant chaque jour des pays nouveaux, le corps peut être immobile alors que la tête embrasse tout l'univers; celui-ci interroge les ressorts de l'architecture de l'homme, celui-là le siège de ses appétits, un troisième fouille dans l'histoire des âges et se bâtit un monde nouveau sur le monde englouti par les siècles. L'un étudie la philosophie des peuples pour se faire une loi selon la raison; l'autre, plus audacieux, va arracher les secrets de Dieu sur le trône même où il siége au milieu de ses globes de feu dont la couleur, la marche et la grandeur ne sont plus pour lui un mys-

tère. Ceux-là voyagent aussi et leur course est longue
et laborieuse, je vous jure.

Hélas! l'aveugle seul devrait reposer sa vie sous les
bananiers de Lahéna! car c'est un horrible tourment,
voyez-vous, que celui de l'homme de progrès et d'ambition qui sent que tout marche et grandit autour de
lui, quand lui seul est stationnaire, et qui ne peut
faire un pas sans tomber dans l'abîme ou se broyer le
front contre un obstacle.

L'aveugle est le valet de son valet, l'esclave de son
chien, le jouet de tout le monde. A son aspect l'amitié
meurt, la tendresse s'en va, et le mot pitié se pose
seul sur les lèvres et dans le cœur.

L'aveugle heurte et coudoie sans le savoir. Aussi
est-il partout et toujours coudoyé et heurté.

— Vous n'y voyez donc pas? lui dit une voix brutale.

— Hélas! non.

— Ouvrez les yeux.

L'aveugle ouvre les yeux et ne voit pas. Avoir tout vu
et ne plus rien voir, c'est le millionnaire réduit à la
mendicité, c'est mille fois pis encore. Avoir tout vu
et ne plus rien voir, c'est un martyre de chaque instant,
c'est une torture de chaque parole. Celui-ci vous dit
que les prés verdissent, que la fleur se colore, que la
feuille s'épanouit. Un autre ajoute que la masure est
devenue château, que la jeune fille est mère. Vous
entendez des mots qui vous écrasent, car on vous parle
de plaisirs que vous ne connaissez pas, que vous ne
pouvez plus connaître.

La tiède philosophie d'un voisin vous rappelle que

Milton et Homère ont été aveugles, que Delille le fut aussi et qu'Augustin Thierry l'est encore. Ah ! de pareils hommes ont un rayon de gloire pour éclairer et réchauffer leur âme !

Et puis, est-ce une consolation pour un noble cœur qu'une infortune opposée à son infortune ?

Oh ! trois fois malheur à l'aveugle ! trois fois malheur à qui ne le regarde qu'en pitié.

L'aveugle ne devrait avoir ni amis, ni frères, ni mère... Alors peut-être aurait-il assez de raison et de logique pour sentir que l'inutile est partout un vice, et que tout vice est un mensonge dans l'harmonie du monde.

Quelle est la patrie de l'aveugle ?
La tombe.

FIN DU TROISIÈME VOLUME.

NOTES

SCIENTIFIQUES.

NOTES SCIENTIFIQUES.

———

NOTE 1.

Mownakah.

— Page 115. —

En publiant, dans l'Annuaire de 1824, la liste des volcans du globe actuellement enflammés, j'avais à peine osé ranger le Mouna-Roah des îles Sandwich, parmi les montagne trachytiques. On ignorait d'ailleurs à cette époque, s'il y avait eu quelque éruption depuis les temps historiques, soit à Owhyée, soit dans les autres îles du même archipel. Tous

ces doutes ont maintenant disparu : les missionnaires américains viennent de découvrir que l'île où Cook fut assassiné
renferme un des plus grands volcans de la terre.

Le cratère est à six ou sept lieues de la mer, dans la partie
nord-est de l'île d'Owhyée ; les naturels le nomment Mowna-
Kaah , sa forme est elliptique ; le contour , à la partie supérieure, n'a pas moins de deux lieues et demie de long; on
estime que la profondeur peut être de 550 à 360 mètres; il
est assez facile de descendre dans le fond.

Lorsque M. Goodrich visita ce cratère pour la première
fois, en 1824, il remarqua dans la cavité douze places bien
distinctes, couvertes de lave incandescente , et trois ou quatre couvertures d'où elle jaillissait jusqu'à la hauteur de 50
ou 40 pieds. A 500 mètres au-dessus du fond , il existait
alors , tout autour de la paroi intérieure du cône , un rebord
noir, que le même observateur considère comme l'indice de
la hauteur où la lave fluide s'était récemment élevée avant de
se frayer une issue par quelque canal souterrain jusqu'à la
mer ; des émanations sulfureuses plus ou moins denses s'é-
chappent de toutes les crevasses de la lave solide , et produi-
sent , çà et là, un bruit semblable à celui de la vapeur qui
sort par les soupapes d'une machine à feu. Les pierres ponces
qu'on trouve en grande abondance dans les environs du cratère , sont si légères , si poreuses , d'une texture si délicate ,
qu'il est difficile d'en conserver des échantillons. Des filaments
capillaires fibreux , semblables à ceux qu'on recueille après
toutes les éruptions du volcan de l'Ile-Bourbon ; couvrent le

sol du cratère sur une épaisseur de deux ou trois pouces ; le vent transporte souvent ces filaments à la distance de six ou sept lieues.

Le 22 décembre 1824, dans la nuit, un nouveau volcan fit éruption au milieu de l'ancien. Au lever du soleil ; la coulée avait déjà une assez grande étendue ; dans certains points, la lave était projetée par jets jusqu'à cinquante pieds de haut.

A une autre époque, les missionnaires comptèrent jusqu'à cinq cratères de forme et de grandeur très-variés, qui s'élevaient comme autant d'îles du sein de la mer enflammée, dont les parties nord et sud-ouest du cratère étaient recouvertes ; les uns vomissaient des torrents de laves, il ne sortait des autres que des colonnes de flamme ou d'une épaisse fumée.

Il existe un autre volcan actuellement enflammé, à une certaine distance du Mowna-Kaah ; il a de moins grandes dimensions. Les flancs de la fameuse montagne Mowna-Roah offrent aussi plusieurs cratères, mais jusqu'ici, on ne les a observés que de loin, à l'aide de lunettes ; ils sont peut-être éteints.

NOTE 2.

Hauteur des Neiges éternelles dans les régions tropicales.

— Page 275. —

Voir les notes scientifiques qui terminent le tome quatrième.

NOTE 3.

Visibilité des Écueils.

— Page 541. —

Le fond de la mer, à une distance donnée d'un vaisseau, se voit d'autant mieux que l'observateur est plus élevé au-dessus de la surface de l'eau; aussi lorsqu'un capitaine expérimenté navigue dans une mer inconnue et semée d'écueils, il va quelquefois, afin de pouvoir diriger son navire avec plus de certitude, se placer au sommet du mât.

Le fait nous semble trop bien établi pour que nous ayons, à ce sujet, rien à réclamer de nos jeunes navigateurs, quant au point de vue pratique ; mais ils pourront, en suivant les indications que nous nous permettrons de leur donner ici, remonter peut-être à la cause d'un phénomène qui les touche de si près, et en déduire, pour apercevoir les écueils, des moyens plus parfaits que ceux dont une observation fortuite leur a enseigné à faire usage jusqu'ici.

Quand un faisceau lumineux tombe sur une surface diaphane, quelle qu'en soit la nature, une partie la traverse et une autre se réfléchit. La portion réfléchie est d'autant plus intense que l'angle du rayon incident avec la surface est plus petit. Cette loi photométrique ne s'applique pas moins aux rayons qui, venant d'un milieu rare, rencontrent la surface d'un corps dense, qu'à ceux qui, se mouvant dans un corps dense, tombent sur la surface de séparation de ce corps et du milieu rare contigu. Cela posé, supposons qu'un observateur placé dans un navire désire apercevoir un écueil un peu éloigné, un écueil sous-marin, situé à trente mètres de distance horizontale, par exemple. Si son œil est à un mètre de hauteur au-dessus de la mer, la ligne visuelle par laquelle la lumière émanée de l'écueil pourra lui arriver après sa sortie de l'eau formera avec la surface de ce liquide un angle très-petit ; si l'œil, au contraire, est fort élevé, s'il se trouve à trente mètres de hauteur, il verra l'écueil sous un angle de 45°. Or, l'angle d'incidence intérieure, correspondant au petit angle d'émergence, est évidemment moins ouvert que celui qui correspond à l'émergence de 45°. Sous les petits angles, comme on a vu, s'opèrent les plus fortes réflexions ; donc l'observateur recevra une portion d'autant plus considérable de la lumière qui part de l'écueil, qu'il sera lui-même placé plus haut.

Les rayons provenant de l'écueil sous-marin ne sont pas les seuls qui arrivent à l'œil de l'observateur. Dans la même direction, confondus avec eux, se trouvent des rayons de la lumière atmosphérique réfléchis extérieurement par la surface de la mer. Si ceux-ci étaient soixante fois plus intenses que les premiers, ils en masqueraient totalement l'effet : l'écueil ne serait pas même soupçonné. Posons une moindre proportion entre les deux lumières, et l'image de l'écueil ne disparaîtra plus entièrement ; elle ne sera qu'affaiblie. Rappelons maintenant que les rayons atmosphériques renvoyés à l'œil par la mer ont d'autant plus d'éclat qu'ils sont réfléchis sous un angle plus aigu, et tout le monde comprendra que deux causes différentes concourent à rendre un objet sous-marin de moins en moins apparent, à mesure que la ligne visuelle se rapproche de la surface de la mer ; savoir, d'une part, l'affaiblissement progressif et réel des rayons qui, émanant de cet objet, vont former sous-image dans l'œil ; de l'autre, une augmentation rapide dans l'intensité de la lumière réfléchie par la surface extérieure des eaux, ou bien, qu'on me passe cette expression, dans le rideau lumineux à

trayers lequel les rayons venant de l'écueil doivent se faire
jour.

Supposons que les intensités comparatives des deux faisceaux superposés soient, comme tout porte à le croire, l'u-
nique cause du phénomène que nous analysons, et nous
pourrons indiquer aux navigateurs un moyen d'apercevoir
les écueils sous-marins, mieux et beaucoup plus facilement que ne l'ont fait tous leurs devanciers. Ce moyen est
très-simple : il consiste à regarder la mer, non plus à l'œil
nu, mais à travers une lame de tourmaline taillée parallèle-
ment aux arêtes du prisme et placée devant la pupille dans
une certaine position. Deux mots encore, et le mode d'action de la lame cristalline sera évident.

Prenons que la ligne visuelle soit inclinée à la surface de
la mer de 57°, la lumière qui se réfléchit sous cet angle à
la surface extérieure de l'eau est complétement polarisée. La
lumière polarisée, tous les physiciens le savent, ne traverse
pas les lames de tourmaline convenablement situées. Une
tourmaline peut donc éliminer en totalité les rayons réfléchis par l'eau qui, dans la direction de la ligne visuelle,
étaient mêlés à la lumière provenant de l'écueil, l'effaçaient
entièrement, ou du moins l'affaiblissaient beaucoup. Quand
cet effet est produit, l'œil placé derrière la lame cristalline
ne reçoit donc qu'une seule espèce de rayons, ceux qui
émanent des objets sous-marins ; au lieu de deux images superposées, il n'y a plus sur la rétine qu'une image unique ;

la visibilité de l'objet que cette image représente se trouve donc notablement facilitée.

L'élimination *entière*, *absolue*, de la lumière réfléchie à la surface de la mer, n'est possible que sous l'angle de 37°, parce que cet angle est le seul dans lequel il y ait polarisation complète ; mais sous des angles de 10 à 12° plus grands ou plus petits que 57°, le nombre de rayons polarisés contenus dans le faisceau réfléchi, le nombre de rayons que la tourmaline peut arrêter, est encore tellement considérable, que l'emploi du même moyen d'observation ne saurait manquer de donner des résultats très-avantageux.

En se livrant aux essais que nous venons de leur proposer, les navigateurs doteront probablement la marine d'un moyen d'observation qui pourra prévenir maint naufrage ; en introduisant enfin la polarisation dans l'art nautique, ils montreront, par un nouvel exemple, à quoi s'exposent ceux qui accueillent sans cesse les expériences et les théories sans applications actuelles, d'un dédaigneux *à quoi bon ?*

NOTE 4.

Arc-en-ciel.

— Page 345. —

L'explication de l'arc-en-ciel peut être regardée comme une des plus belles découvertes de Descartes ; cette explication, toutefois, même après les développements que Newton lui a donnés, n'est pas complète. Quand on regarde attentivement ce magnifique phénomène, on aperçoit sous le rouge de l'arc intérieur plusieurs séries de vert et de pourpre formant des arcs étroits, contigus, bien définis et parfaitement concentriques à l'arc principal. Ces arcs *supplémentaires* (car c'est le nom qu'on leur a donné), la théorie de Descartes et de Newton n'en parle point ; elle ne saurait même s'y appliquer.

Les arcs supplémentaires paraissent être un effet *d'interférences lumineuses*. Ces interférences ne peuvent être engendrées que par des gouttes d'eau d'une certaine petitesse. Il faut aussi, car sans cela le phénomène n'aurait aucun éclat, il faut que les gouttes de pluie, outre les conditions de grosseur, satisfassent, du moins pour le plus grand nombre , à celle d'une égalité de dimensions presque mathématique. Si donc les arcs-en-ciel des régions équinoxiales n'offraient jamais d'arcs supplémentaires, ce serait une preuve que les gouttes d'eau s'y détacheraient des nuages, plus grosses et plus inégales que dans nos climats. Dans l'ignorance où nous sommes des causes de la pluie, cette donnée ne serait pas sans intérêt.

Quand le soleil est bas, la portion supérieure de l'arc-en-ciel, au contraire, est très-élevée. C'est vers cette région culminante que les arcs supplémentaires se montrent dans tout leur éclat. A partir de là, leurs couleurs s'affaiblissent rapidement. Dans les régions inférieures, près de l'horizon et même assez haut au-dessus de ce plan, on n'en aperçoit jamais de traces, du moins en Europe.

Il faut donc que pendant leur descente verticale les gouttes d'eau aient perdu les propriétés dont elles jouissaient d'abord; il faut qu'elles soient sorties des conditions d'interférence *efficaces;* il faut qu'elles aient beaucoup grossi.

N'est-il pas curieux, pour le dire en passant, de trouver dans un phénomène d'optique, dans une particularité de l'arc-en-ciel, la preuve qu'en Europe la quantité de pluie doit être d'autant moindre, dans un récipient plus élevé !

L'augmentation de dimension des gouttes, on ne peut guère en douter, tient à la précipitation d'humidité qui s'opère à leur surface à mesure qu'en descendant de la région froide où elles ont pris naissance, elles traversent les couches atmosphériques, de plus en plus chaudes, qui avoisinent la terre. Il est donc à peu près certain que, s'il se forme dans les régions équinoxiales des arcs-en-ciel supplémentai-

res, comme en Europe, ils n'atteindront jamais l'horizon ;
mais là comparaison de l'angle de hauteur sous lequel ils
cesseront d'y être aperçus avec l'angle de disparition observé
dans nos climats, semble devoir conduire à des résultats mé-
téorologiques qu'aucune autre méthode, aujourd'hui connue,
ne pourrait donner.

NOTE 5.

Magnétisme terrestre.

— Page 545. —

La science s'est enrichie, depuis quelques années, d'un
bon nombre d'observations des variations diurnes de l'aiguille aimantée ; mais la plupart de ces observations ont été
faites ou dans les îles, ou sur les côtes occidentales des continents. Des observations analogues, correspondantes à des
côtés orientales, seraient aujourd'hui très-utiles ; elles serviraient en effet à soumettre à une épreuve presque décisive
la plupart des explications qu'on a essayé de donner de ce
mystérieux phénomène [1].

---

[1] A tout événement, nous poserons ici le problème que serviraient à résoudre des observations faites dans les points que nous venons de nommer.

Dans l'hémisphère nord, la pointe d'une aiguille horizontale aimantée, tour-

Dans les lieux où le navigateur ne séjournerait pas une semaine entière il serait peu utile de se livrer à l'observation des variations diurnes de l'aiguille aimantée horizontale. Il n'en est pas de même des autres éléments magnétiques. Partout où le navigateur s'arrêtera, ne fût-ce que quelques heures, il faudra, si c'est possible, mesurer la déclinaison, l'inclinaison et l'intensité.

En cherchant à concilier les observations d'inclinaison faites à des époques éloignées dans diverses régions de la terre peu distantes de l'équateur magnétique, on avait reconnu, depuis quelques années, que cet équateur s'avance progressivement et en totalité de l'orient à l'occident. Au-

née vers le nord, marche de l'est à l'ouest depuis 8 h. $\frac{1}{4}$ du matin jusqu'à 4 h. $\frac{1}{4}$ après midi ;

De l'ouest à l'est, depuis 4 h. $\frac{1}{4}$ après midi jusqu'au lendemain matin.

Notre hémisphère ne peut avoir, à cet égard, aucun privilége ; ce qu'éprouve la pointe nord doit se reproduire sur la pointe sud, au sud de l'équateur. Ainsi,

Dans l'hémisphère sud, la pointe d'une aiguille aimantée, tournée *vers le sud*, marchera

De l'est à l'ouest depuis 8 h. $\frac{1}{4}$ du matin jusqu'à 4 h. $\frac{1}{4}$ après midi ; donc la pointe nord de la même aiguille éprouve le mouvement contraire : ainsi définitivement,

Dans l'hémisphère sud, la pointe tournée vers le nord, marche

De l'ouest à l'est depuis 8 h. $\frac{1}{4}$ du matin jusqu'à 4 h. $\frac{1}{4}$ après midi ;

C'est précisément l'opposé du mouvement qu'effectue, aux mêmes heures, la même pointe nord, dans notre hémisphère.

Supposons qu'un observateur, partant de Paris, s'avance vers l'équateur. Tant qu'il sera dans notre hémisphère, *la pointe nord* de son aiguille effec-

jourd'hui on suppose que ce mouvement est accompagné d'un changement de forme. L'étude des lignes d'égale inclinaison, envisagée sous le même point de vue, n'offrira pas moins d'intérêt. Il sera curieux, quand toutes ces lignes auront été tracées sur les cartes, de les suivre de l'œil dans leurs déplacements et dans leurs changements de courbure ; d'importantes vérités pourront jaillir de cet examen. On comprend maintenant pourquoi nous demandons autant de mesures d'inclinaison qu'on en pourra recueillir.

Les observations d'intensité ne datent que des voyages d'Entrecasteaux et de M. Humboldt; et cependant elles ont déjà jeté de vives lumières sur la question si compliquée,

---

tuera tous les matins un mouvement *vers l'occident* ; dans l'hémisphère opposé, *la pointe nord* de cette même aiguille éprouvera tous les matins un mouvement *vers l'orient*. Il est impossible que ce passage du mouvement occidental au mouvement oriental se fasse d'une manière brusque ; il y a nécessairement, entre la zone où s'observe le premier de ces mouvements, et celle où s'opère le second, une ligne où, le matin, l'aiguille ne marche ni à l'orient ni à l'occident, c'est-à-dire reste stationnaire.

Une semblable ligne ne peut pas manquer d'exister, mais où la trouver ? Est-elle l'équateur magnétique, l'équateur terrestre, ou bien quelque courbe d'intensité ?

Des recherches faites pendant plusieurs mois sur des points situés dans l'un des espaces que l'équateur terrestre et l'équateur magnétique comprennent entre eux, tels que Fernambouc, Payta, la Conception, les îles Pelew, etc., conduiraient certainement à la solution désirée; mais plusieurs mois d'observations assidues seraient nécessaires ; car malgré l'habileté de l'observateur, les courtes relâches de M. Duperrey à la Conception et à Payta, faites à la demande de l'Académie, ont laissé subsister quelques doutes.

mais en même temps si intéressante, du magnétisme terrestre ; et cependant, à chaque pas, le théoricien est arrêté par le manque de mesures exactes. Ce genre d'observations mérite au plus haut degré de fixer l'attention des marins.

Quant à la déclinaison, son immense utilité est trop bien sentie des navigateurs, pour qu'à cet égard toute recommandation ne soit pas superflue.

Les voyages aérostatiques de MM. Biot et Gay-Lussac, exécutés jadis sous les auspices de l'Académie, étaient en grande partie destinés à l'examen de cette question capitale : La force magnétique, qui, à la surface de la terre, dirige l'aiguille aimantée vers le nord, a-t-elle exactement la même intensité, à quelque hauteur que l'on s'élève ?

Les observations de nos deux confrères, celles de M. Humboldt, faites dans les pays de montagnes ; les observations encore plus anciennes de Saussure, semblèrent toutes montrer qu'aux plus grandes hauteurs qu'il soit permis à l'homme d'atteindre, le décroissement de la force magnétique est encore inappréciable.

Cette conclusion a récemment été contredite. On a remarqué que dans le voyage de M. Gay-Lussac, par exemple, le thermomètre qui, à terre, au moment du départ, marquait + 31° centigrades, s'était abaissé jusqu'à 9°, 0 dans la région aérienne où notre confrère fit osciller une seconde fois son aiguille ; or il est aujourd'hui parfaitement établi qu'en un même lieu, sous l'action d'une même force, une même aiguille oscille d'autant plus vite que sa température est moindre.

Ainsi, pour rendre les observations du ballon et celles de terre comparables, il aurait fallu, à raison de l'état du thermomètre, apporter une certaine diminution à la force que les observations supérieures indiquaient. Sans cette correction, l'aiguille semblait également attirée en haut et en bas; donc, malgré les apparences, il y avait affaiblissement réel.

Cette diminution de la force magnétique avec la hauteur semble aussi résulter des observations faites en 1829, au sommet du mont Elbrouz (dans le Caucase), par M. Kupffer. Ici l'on a tenu un compte exact des effets de la température; et cependant diverses irrégularités dans la marche de l'inclinaison jettent quelque doute sur le résultat.

Nous croyons donc que la comparaison de l'intensité magnétique, au bas et au sommet d'une montagne, doit être spécialement recommandée aux navigateurs. Le Mowna-Roa des îles Sandwich semble devoir être un lieu très-propre à ce genre d'observations. On pourrait aussi les répéter sur le Tacora, si l'expédition s'arrêtait seulement trois ou quatre jours à Arica.

On a souvent agité la question de savoir si, en général, dans un lieu déterminé, l'aiguille d'inclinaison marquerait exactement le même degré à la surface du sol, à une grande hauteur dans les airs et à une grande profondeur dans une mine. Le manque d'uniformité dans la composition chimique du terrain rend la solution de ce problème très-difficile. Si l'on observe en ballon, les mesures ne sont pas suffisamment exactes. Quand le physicien prend sa station sur une montagne, il est exposé à des attractions locales ; des masses fer-rugineuses peuvent alors altérer notablement la position de l'aiguille sans que rien en avertisse.

La même incertitude affecte les observations faites dans les galeries des mines. Ce n'est pas qu'il soit absolument im-possible de déterminer en chaque lieu la part des circonstan-ces accidentelles ; mais il faut pour cela avoir des instruments très-parfaits ; il faut pouvoir s'éloigner de la station qu'on a choisie dans toutes les directions, et jusqu'à d'assez grandes distances ; il faut enfin multiplier les observations beau-coup plus qu'un voyageur n'a ordinairement les moyens de le faire. Quoi qu'il en puisse être, les observations de cette espèce sont dignes d'intérêt. Leur ensemble conduira peut-être un jour à quelque résultat général.

FIN DES NOTES DU TOME TROISIÈME.

TABLE DES MATIÈRES.

———

www.ingramcontent.com/pod-product-compliance
Lightning Source LLC
Chambersburg PA
CBHW050750030726
47505CB00002B/478